천 번의 로그인

글쓰기 공동체를 꿈꾸는 열네 명의 100일 글쓰기

천 번의 로그인

글쓰기 공동체를 꿈꾸는 열네 명의 100일 글쓰기

©이미란 외 13명, 2022

1판 1쇄 인쇄__2022년 04월 20일
1판 1쇄 발행__2022년 04월 30일

지은이__이미란 외 13명
펴낸이__양정섭

펴낸곳__경진출판
　　　　등록__제2010-000004호
　　　　이메일__mykyungjin@daum.net
　　　　사업장주소__서울특별시 금천구 시흥대로 57길(시흥동) 영광빌딩 203호
　　　　전화__070-7550-7776　**팩스**__02-806-7282

값 19,000원
ISBN 978-89-5996-873-2 03810

천 번의 로그인

글쓰기 공동체를 꿈꾸는 열네 명의 100일 글쓰기

이미란 외 13명 지음

경진
출판

다섯 번째 '100일 글쓰기'를 마치고, 『오백 번의 로그인』을 출판하면서, 열 번째 글쓰기가 끝나면 『천 번의 로그인』을 펴내자고 했는데, 어느덧 기약한 때가 되었다.

봄·가을 두 시즌씩 다섯 해 동안 100일 글쓰기를 해 왔으니, 열 시즌에 모두 참여한 사람은 천 일 동안, 천 번 이상을 카페에 접속해서(동료의 글을 읽고 댓글도 썼기 때문에) 글을 쓴 셈이다.

돌이켜 보면, '100일 동안 하루도 쉬지 않고 글을 쓴다'는 열정적인 목표는 우리들의 마음을 사로잡았고, 글쓰기의 흥분과 동료의 글을 읽는 즐거움 속에 한 시즌이 금방 마무리되곤 했다. 하루의 일과 속에서 글쓰기에 적합한 얘깃거리를 발견했을 때의 짜릿함. 동료들의 멋진 생각에 공감하고 예민한 감수성에 공명하면서 느끼는 충일감. 내가 쓴 글에 대한 유머러스하고 따뜻한 댓글을 읽을 때의 고양감. 그리고 무엇보다도 이 공동체의 일원이라는 소속감. 이런 것들이 '100일 글쓰기'의 매력이 아니었던가 싶다.

그러나 시즌이 거듭되면서, 100일 동안 하루도 쉬지 않고 글을 써야 한다는 중압감 때문에 다음 시즌을 포기하는 동료들이 생겼고, 시즌에 참여했지만, 글쓰기를 거르는 이들도 점점 많아졌다. '100일 글쓰기'의 위기라고 할 수 있었다. 사실 생활인으로 살다 보면, 물리적으로 도저히 글을 쓸 만한 짬이 안 나는 하루하루가 있기도 하다. 그럴 때, 글쓰기의 의무는 즐거움이 아니라 부담이 된다. 글쓰기 공동체의 지속적인 활동을 위해서는 '100일 글쓰기'의 운영에 변화가 필요했다.

그래서 시즌 9부터는 '자기주도적 글쓰기'를 시도했다. 100일 동안 글을 쓴다는 콘셉트는 유지하되, 자기 나름의 글쓰기 규칙을 세워 실행하는 것이다. 전통적인 100일 글쓰기, 월·수·금 글쓰기, 주말 글쓰기, 자유롭게 쓰기, 100번의 글쓰기 등 개인별로 다양한 목표 설정이 있었고, 글쓰기의 부담이 줄어들자 시즌 참여 인원도 다시 늘어났다. 시즌이 끝나고도 100번의 글을 채우기 위해 드나드는 동료들로 인해 로그인은 계속되었다.

100일 동안 하루도 쉬지 않고 글을 쓰던 때의 긴장감과 결속력은 줄어들고, 우리는 좀 더 느슨하고 자유로운 공동체가 되었다. 날마다 글을 올려야 했을 때는 아무래도 짧은 글이 중심이 되었지만, 이제는 긴 글을 쓰는 이들이 늘어나다 보니, 글쓰기 동료들의 깊은 사유와 내밀한 감성을 만나는 계기가 되기도 했다. 우리는 아마도 서로를 가장 잘 이해하는 인생의 동반자가 되어 가고 있지 않을까?

『천 번의 로그인』은 이 책을 펴내는 데 동의한 각 시즌 참여자의 글 중에서 두세 편씩을 골라서 엮었다. 이 책을 펴냄으로써, 자신의 일상과 생각과 감정을 글쓰기로 공유하고, 서로의 독자가 되어 정서적 지지자가 되어 주는 글쓰기 공동체가 알려지고, 이러한 모임이 늘어나서 현대사회에서 개인이 느끼는 고립감을 해소할 수 있는 글쓰기 운동이 확산되기를 기원한다.

2022년 3월
글쓴이들을 대표하여
이미란

차례

〈시즌 7〉 2020년 봄

〈시즌 9〉 2021년 봄

〈시즌 10〉 2021년 가을

〈시즌 6〉
2019년 가을

이미란
김세영
김현정
강의준
박비오
진아위
조부덕
임유진
김덕희

아기 옷 소동

gratia

28일 17시 무렵

남편이 만취된 상태에서 넘어지는 바람에 손에 들고 있던 쇼핑백을 놓아 버림. 운전해 주신 분이 아파트 앞에 내려주었다는 것으로 보아 현관으로 들어오는 비스듬한 길목에서 넘어진 것으로 추정됨. 넘어지면서 안경알 한쪽이 빠져버려서 자기 몸 추스르기에도 바빴던 것 같음. 쇼핑백 안에는 외국여행을 다녀온 선배가 선물한 손녀 옷이 들어 있었음.

28일 22시 무렵

내가 집에 도착했을 때, 남편은 정신없이 자고 있었음.

29일 7시 무렵

잠에서 깬 남편이 허둥지둥 밖에 나갔다 들어옴. 이때야 나도 선물 받은 손녀 옷을 남편이 분실했다는 것을 알게 됨.

29일 9시 무렵

남편이 계속 실의에 빠져 있었음. 나는 술로 인해 필름이 끊긴 것과, 넘어진 것을 부끄러워하는 줄 알았음. 남편의 기운을 북돋기 위해, 엘리베이터 안에 아기 옷을 찾는다는 전단지를 붙일 것을 제안함.

30일 8시 무렵

산책길에서 만난 위층 분이 관리실에 가서 CCTV를 보라고 조언함. CCTV에도 영상이 없으면 손녀 옷을 포기하기로 함.

30일 9시 무렵

위층 분이 아기 옷이 든 쇼핑백을 들고 찾아옴. 산책에서 돌아오는데 아파트 현관 앞에 놓여 있었다고 함.

30일 9시 30분

엘리베이터 안에 아기 옷을 보관했다가 돌려준 분에게 감사를 드린다는 내용의 전단지를 붙임.

30일 11시 무렵

(아마도 쇼핑백을 돌려주었을) 누군가 전단지를 떼어감.

30일 19시 무렵

내가 술에 취해도 세상은 아직 살 만하다고 생각했는지 남편은 막걸리를 마시고 있었음. 술로 인한 사건 사고가 쉽게 마무리되는 바람에 남편의 금주 기간은 딱 하루에 그침.

(2019. 10. 31.)

솜사탕: 아기 옷을 찾은 것에 대한 축하주가 아니었을까요? ㅎ

muse: ㅎㅎㅎ 따뜻하고 유쾌한 이야기네요. 요즘 말로 가슴이 몰랑몰랑해지네요.

우슬초: 댁에서는 막걸리도 즐겨 드시는군요.^^ 스테이크에 와인을 더 좋아하실 줄 알았어요~

욕심은 나의 힘

gratia

산길로 올라가는 아파트 모퉁이의 모과나무, 10월부터 모과가 노르스름해지면서 푸른 잎새 안에서 형체를 드러내기 시작했다. 산책길을 오며가며 모과들이 커가는 모습을 날마다 지켜보았더니 나무도 감동했는지 이번 가을에 무려 열다섯 개의 열매를 주었다.

작년에는 경쟁자가 있었다. 우리의 산책 시간에 바로 앞서서 개를 산책시키는 이가 있었는데, 가을에 그가 차고 다니는 복대가 늘 불룩한 것은 모과 때문일 거라고 짐작하고 분해했다. 올해는 그런 경쟁자가 없었다.

떨어지는 모과들을 살펴보니 벌레 먹은 것들, 잘 자라지 못한 것들이 먼저 떨어졌다. 병든 사람이나 연약한 사람들이 먼저 세상을 뜨는 것처럼. 10월이 깊어지며 제법 잘 익은 모과도 떨어졌는데, 화단의 흙 위에 떨어졌는지, 보도블록 위에 떨어졌는지, 떨기나무

위에 떨어졌는지, 어딘가에 떨어졌다가 또 튕겨나갔는지에 따라 멍든 부위와 홈집의 정도가 달랐다. 내가 주운 열다섯 개의 모과 중 남에게 줄 수 있을 만큼 비교적 온전한 것은 여섯 개 정도였다.

그러니까 지금껏 모과나무에 매달려 있는 모과는 가장 강인하고 잘 익은 열매라고 할 수 있다. 11월 들어 이제 일곱 여덟 개 정도 남은 것을 또 날마다 쳐다보고 다녔다. 언제 비바람이 몰아치는 날이 되면, 새벽같이 일어나 나가보리라 다짐했다. 그런데 어젯밤 짧지만 강한 비바람이 있었다. 그래서 오늘 아침 여섯 시 반 알람이 울렸을 때, 벌떡 일어났다. 새벽 두 시가 넘어 잠들었기 때문에 평소라면 알람을 누르고 30분은 더 버텼을 것이다.

부랴부랴 산책 차림을 하고 모과나무에 갔더니, 나무의 밑동에서 줄기가 갈라지는 틈 사이에 노란 모과 한 개가 오롯이 앉아 있었다. 모과의 외모라고 할 수 없을 만큼 미끈하고 잘생긴 녀석이었다. 향기는 또 얼마나 그윽한지… 떨어지면서 멍든 자국이 옥중의 티라 고 할 수 있지만, 담아둔 그릇까지 환하게 하는 모과를 얻었으니, 이제 모과나무에서 눈을 거둘 수 있을 것 같다.

(2019. 11. 11.)

Sunshine: 주워 오신 모과는 무엇에 쓰시나요??? 혹시 모과차???
  ↳ gratia: 불로소득의 재미 때문이죠. ㅎㅎㅎ 모과향을 좋아해서요. 향을 즐기다
    거뭇해지면 산에 가져가 던집니다. 인연이 닿으면 모과나무로 거듭나라고...^^

보물찾기: 잠을 이기게 하는 모과의 생명력이군요. 경쟁자가 없는 그런 산책길이 있네요.
    우리 동네 호숫가에 있는 포도를 오가는 길에 보면서 좀 더 익기만을 기다렸는데
    순식간에 꼭지만 남았더라고요.^^

hanafeel: 15개 중 떨어진 하나가 샘 집으로 간 거예요?
  ↳ gratia: 그럴 리가요. 총 16개를 가져왔죠. 4개는 다른 이를 주고, 2개는 차 안에,
    가장 잘생긴 것은 식탁 위에, 나머지는 다탁 위에서 향기를 풍기다가 산으로...^^

매인다는 것

gratia

지난 4월, 연구실에 신사복을 말쑥하게 차려입은 남자가 찾아왔다. 모 은행 신용카드를 신청해 달라는 것이다. 가끔 이런 일이 있다. 은행에 갓 들어간 전남대학교 졸업생이 찾아오기도 하고, 나이 든 영업 사원이 찾아오기도 한다.

바쁘지 않으면 딱하게 보이는 사람들의 부탁을 들어주는 편이다. 카드를 만들어도 사용하지 않으면 그만이기 때문이다. 어떤 경우는 3개월만 사용해 달라고 하기도 하는데 내 물건을 내 돈 내고 사는 것 역시 크게 어려운 일은 아니기 때문에 선선히 수락한다.

4월에 온 남자는 어쩐지 실직을 하고 영업 사원으로 재취업한 듯 보이는 사람이었다. 신사복은 입었지만, 풀이 없어 보여서 마음속으로 카드를 만들어 주기로 작정을 하고 그의 말을 들었다.

그는 매월 30만원씩 6개월만 사용해 주면 당장 현금 6만원을 주겠다고 했다. 6개월이면 10월까지라 나는 그냥 12월까지는 사용해 주겠다고 했다. 그랬더니 그는 그 자리에서 8만원을 주는 것이었다. 나는 뭔가 굉장한 거래를 한 것 같았다. 그는 내가 매달 30만원을 쓰지 않으면 자신에게 불이익이 온다는 것을 호소하고 나갔다.

그 후부터 지금까지 나는 그 카드에 매여 전전긍긍하고 있다. 깜빡 잊고 있다가 정신이 번쩍 들며 30만원 이상을 썼는지 여부를 확인하는 것이다. 아, 돈 8만원에 매여 여덟 달 동안 이렇게 스트레스를 받다니, 다시는 없어야 할 거래였다.

(2019. 11. 21.)

muse: 소설감입니다. 웃프네요. 그 남자가 첫사랑인 사연이 많더라구요.^^

hanafeel: 그 남자에게 하나치과 소개해 주세요.

소명 자료

솜사탕

시험 기간이 학생들에게만 고행 주간인 것은 아니다. 나도 창의적이며 인생에 보탬이 되는 시험 문제를 만들기 위하여 반나절 동안 장인 정신을 발휘하였다. 사실 장인 정신은 뻥이다. 학생과 강사 사이에서 점수를 사이에 둔 분쟁을 최소화하는 문제를 창작하느라 시간을 보낸다. 요컨대 160명의 일종의 소신을 담은 선언을 읽고 한 줄로 세우는 것은 나처럼 사사로운 감정에 잘 흔들리는 자에게 너무도 난해한 절차라 시험 문제의 절반 정도는 찍을 수 있도록 제공하고 있다. 그리고 늘 그렇듯이 pt를 분실한 학생들, 결석한 학생들은 내가 수업 자료에서 질문의 형태로 비워둔 칸에 들어갈 '답'을 요구하는 쪽지와 메일을 보냈고, 답멜과 답쪽지로 적당히 친절한 강사 역할을 다했다.

그러는 사이에 오후 시간이 다 흘러갔고, 퇴근 시간을 얼마 남겨두지 않았을 때 10월 초에 제출한 연구계획서의 심의가 중지 혹은 보류되었으니 참고문헌을 제출하라는 초기심의 결과가 드롭박스에 올라왔다. 이건 또 무슨 일이냐며 위원회 간사에게 손수 전화를 걸었다. 여차저차 연구계획서 작성자(그게 누구냐? 나)의 서식에 대한 오독으로 결론을 내고 소명 자료를 제출하기로 했다. 또한 비싼 심사비를 입금하였으니 돌아오는 월요일 재심의에서 통과되기를 희망한다는 바람을 공손하게 목소리에 담기는 했는데 그 자는 과연 알아들었을까.

오후 동안의 사건과 처리를 구구절절 올리는 이유는 오후에 내가 커피 마시러 가지 못한 것에 대한 '소명 자료'이기 때문이다.

(2019. 10. 28.)

---

gratia: 누군가에게 소명하려고 모처럼 글을 쓰셨군요

muse: ^^

이제 편안하다

솜사탕

오늘 아침 8시 20분 비행기로 제주도에서 돌아왔다. 집에 돌아오니 엊그제 누군가 보낸 꽃다발이 도착해 있고 마루는 적당하게 따뜻하다. 비행기 놓치지 않고 잘 도착했느냐는 친구의 문자에 '이제 편안하다'고 답하였다.

이번 생에 제주도에 놀러 갔던 적은 10번이 채 되지 않으며, 그나마도 맨 처음 혼자서 놀러갔던 때를 제외하면 대체로 제주도행은 여행이라기보다 가족 행사, 친구 방문이었을 뿐이다. 광주가 아닌 곳에서 생활할 기회가 생긴다고 해도 제주도는 거의 생각해 본 적이 없었다.

여차저차하여 다음 주부터는 제주도의 직장으로 출근하여야 하므로 지난 금욜 수업이 끝난 후 나의 이사 도우미 동네 주민과 함께 내려갔었다. 예상할 수 있다시피 동네 주민과 나는 몇 번이나 짧은 시간 안에 해결해야 할 목록을 확인했지만, 도착한 직후부터 카페를 전전하고, 바닷가 앞에 사는 친구 집에서 어제 오후 늦게까지 시간을 다 보냈다. 결과적으로 다음 주에 내려가면 지낼 숙소도, 출근용 차도 아직 구하지 못했다.

그건 그렇고, 어젯밤 늦게까지 7년 전, 4년 전 제주도에 정착한 '도민 선배' 두 명으로부터 제주도 생활지침을 전해 들었다. 사람 사는 것 다 비슷하다.

(2019. 11. 10.)

---

gratia: 제일 중요한 일이 아직 해결되지 않았군요. 친구가 좀 한가해서 알아봐주면 좋겠지만.. ^^

muse: 제주도 가즈아~~!!

hanafeel: 샘 제주에 얼마 동안 근무하세요? 제주 한림읍에 친정올케 집을 비워둔 채 관리하는데 제 친구들이 얼마간 살 수도 있어요.

부양가족과 함께 이주

솜사탕

엊그제 사무실에서 부양가족 증빙서류를 제출하라고 했었고 난 해당사항 없다고 보고했다. 일반적인 기준으로 가족 지위를 인정받을 수 없지만 나에게도 부양가족 두 개체가 있다. 어제 일찍 광주에 갔다가 오늘 오후 늦게 완도에서 배를 탔고, 조금 전에 부양가족 두 개체, 김아반떼와 김첼로를 데리고 제주항에 내렸다. 뻥 좀 보태면 정말 가족과 함께 돌아온 듯 기분이 조금 묘하다. 후배 집으로 오는 동안 김아반떼가 오르막길이 많은 이 도시에 잘 적응할지 진심으로(?) 걱정이 되었다. 얼마 전까지 전기차를 심각하게 고르고 있었는데 그냥 김아반떼와 제주도를 떠날 때까지 함께 하기로 방금 마음을 정했다. 김아반떼가 지난 여름처럼 자기 마음대로 신호대기 중에 엔진이 멈춘다고 해도 지금 기분으로는 화가 날 것 같지 않다.

김아반떼를 너무 고생시키고 싶지 아니하여 어젯밤부터 마치

방주에 어떤 동물을 태울 것인지 고민하는 노아 못지않게 심사숙고하였다. 난 김첼로만 데리고 오면 다른 건 아무래도 좋았고, 엄마는 김치를 비롯한 반찬과 주방도구들을 챙겨서 넣는 바람에 김아반떼 인생에서 가장 역량을 보여준 하루가 되었다. 그런데 사실 당장 오늘밤에 덮고 잘 이불이 없어서 후배에게 이불을 기부 받으러 왔다.

그건 그렇고, 첼로 외에 제주도의 사교육은 어떤 것을 더 추가해야 할까? 해녀학교?

(2019. 12. 22.)

---

gratia: 솜사탕 님의 광주 생활은 김자전거가 감당해야겠네요.

hanafeel: 근처에 바닷물 수영장을 찾아보시겠네요.

muse: 제주어를 배워보는 건 어떨까요?

다윗과 골리앗

우슬초

오늘의 성경 말씀은 다윗과 골리앗의 싸움에 관한 내용이었다. 절대 이길 수 없을 것 같은 존재였던 골리앗에 맞서 싸우는 다윗과 그런 다윗에게 힘이 되어 주시는 하나님의 능력에 대한 이야기였다. 신앙적으로는 이러한 다윗의 승리는 곧 하나님의 능력에 힘입은 것이라고 이야기를 한다. 그러나 세상적으로는 다윗이 골리앗을 이길 수 있었던 이유는 골리앗이 전혀 예상하지 못한 방법을 택했기 때문이라며, 이러한 다윗의 처세술이나 성공술을 논하고는 한다. '강자를 이기는 약자의 기술'이라는 부제가 딸린 책까지 나오지 않았는가.

이러한 다윗과 골리앗에 대한 성경 말씀을 들은 오후, 순모임을 통해 각자가 마주하는 골리앗이 무엇인지를 이야기해 보는 시간을 나누었다. 나에게 골리앗은 무엇일까. 내가 처한 환경에 따라 시시

각각 골리앗의 존재는 달라지겠지만, 지금은 골리앗의 존재가 뚜렷하게 다가오지 않았다. 그저 생각나는 대로 '세상은 변했는데도 불구하고, 아직도 관례를 요구하는 기득권 세력' 정도라고 얼버무리는 것으로 대답을 대신했다.

그렇게 내가 마주하는 골리앗을 각자가 나누는데, 순장님께서 줄곧 우울한 표정을 짓는 한 순원에게 마지막으로 자신이 직면한 골리앗이 누구인지 또는 무엇인지를 물어보았다. 이에 그 순원은 자신의 골리앗은 바로 곧 자기 자신이라고 답하는 것이 아닌가. 자기 자신이 골리앗이었다는 것을 깨닫는 순간, 자기 자신을 이길 수 있는 방법을 찾기 어려웠다며 그래서 힘들다는 말과 함께….

순간, 정적이 흘렀다. 정적의 이유는 너무나도 심각한 표정으로 자신의 힘듦을 표현하는 순원에게 뭐라 위로의 말을 쉽게 건네지 못했기 때문일 수도 있다. 그러나 또 한편으로는 골리앗이 외부가 아닌 나의 내부에도 있을 수 있겠구나 하는 생각이 미치자, 각자가 나의 내부에 존재하는 골리앗은 무엇일까를 다시 한번 생각해 보게 되었기 때문인지도 모른다.

진짜 나의 골리앗은 무엇일까. 그리고 나는 그 골리앗을 어떻게 무찌를 수 있을 것인가.

(2019. 9. 1.)

muse: 만약 저 같은 경우 내외로 골리앗이라면 나의 가엾은 자아는 도대체 어느 귀퉁이에서 떨고 있는 건지.

gratia: 내 안의 내가 골리앗이라는 깨달음. 모임이 숙연해졌겠네요.

방임형 교육 vs 자기주도형 교육

우슬초

새로운 직장에서 내가 두 명의 아이를 둔 엄마라는 사실을 알게 된 분들은 나에게 아이들을 어떻게 돌보느냐며 한결같이 걱정의 시선을 보낸다. 누군가는 '살기 좋은' 순천으로 이사할 것을 권유하고, 또 누군가는 '아이들 교육을 생각해서' 광주에 그냥 있으라고 조언을 해준다. 나는 아직 결정을 내리지 못했다. 사실 이사를 고민하고 있었는데, 시간이 흐를수록 광주에 머무를 것을 권하는 사람들이 더 많아졌기 때문이다. 서울로 못 보낼 판국에 지방으로 내려올 생각을 한다는 것에 대해 이해할 수 없다는 반응을 보이는 사람들까지도 있다.

최근, 한 교수님이 나에게 자식 교육, 아니 교육이라기보다는 아이 돌봄은 어떻게 해결하고 있느냐는 질문에 "그냥 그렇게 하고 있어요."라고 얼버무리자, 돌아오는 반응은 "방임이군요."라는 것이었다. 그저 웃자고 하는 이야기였다. 나 역시 그 말을 농담으로 받아들이면서도, 방임이 아니라 자기주도형 교육을 시키고 있는 것이라고 맞받아쳤다.

정말 그렇다. 방임형 교육일 수 있으나, 나는 내 아이들에게 자기주도형 교육을 시키는 중이라고 믿고 싶다. 실제로도 내 아이들은 알아서 매일 본인 스스로가 정한 문제집을 풀고, 인터넷 TV에서 제공되는 무료 영어 콘텐츠를 일정 횟수 시청한 다음, 비로소 자기가 원하는 유튜브를 시청한다. 다음 날 준비물을 스스로 챙기는 것도 다 아이들 몫이다. 물론 아들이 유튜브를 보는 시간이 더 많지만, 그래도 혼자서 알아서 문제집을 풀고, 영어 콘텐츠를 시청해 주는 것만으로도 감사할 따름이다. 다만, 문제집 채점은 엄마인 나의 몫인데, 엄마의 게으름탓에 문제집 채점이 계속 밀린다는 문제는 남아 있지만 말이다. 이제는 문제집 채점마저도 아들의 몫으로 넘겨야 할지도 모르겠다. 그때가 되면, 진정한 자기주도형 교육이 될 것이다.

예전에는 느끼지 못했던 아이들에 대한 미안함이 요즘에 들어서야 부쩍 커진다. 자식에 대한 애착과 사랑이 아이들과 함께 보내는 시간에 비례하는 것은 아닐 것이다. 사실 한 달 전이나 지금이나 아이들과 보내는 시간이라고는 한두 시간 정도 줄어든 것뿐인데도 불구하고, 자식과 물리적으로 떨어져 있다는 것만으로도 괜스레 아이들에게 미안한 것인지도 모르겠다.

(2019. 9. 16.)

gratia: 똑같이 방임해도 자녀들의 성격에 따라 자기주도형 학습을 하는 아이가 있고, 그냥 방임되는 아이가 있더라구요.^^

Sunshine: 우리 아이들도 모두 방목 상태로 자랐답니다. 자신들이 공부를 해야 할 필요성을 알게 되고 난 후 정말 열심히 하더라고요.

장애인을 위한 여행

우슬초

장애아 부모들이 지레 장애를 겪고 살아갈 자녀의 인생을 걱정한 나머지 돌도 안 된 아이를 살해하고 자신도 자살을 선택하는 경우가 많다는 기사를 우연히 접하게 되었다. 안타까운 일이다. 장애를 안고 살아가는 삶을 나는 잘 모른다. 그저 지난 두 학기 동안 내 수업을 들었던 두 명의 장애 학생이 내가 접한 장애인의 첫 모습이었다. 내가 접한 두 학생은 매우 밝고 적극적인 학생이었다. 그런 학생들이었기에 어쩌면 대학에 진학해서 이렇게 씩씩하게 대학에 잘 적응할 수 있었는지도 모른다.

그런데 얼마 전, 외국에서 인기 있는 여행 상품이 등장했다는 뉴스를 접했다. 바로 장애인을 위한 여행 상품이었다. 장애인의 특성에 맞춰 여행 코스를 짜주는데 그 코스에는 때로는 극기 여행이나 오지 탐험과 같은 코스도 포함 가능하다고 한다. 이 코스는 보호자가 없어도 옆에서 동행해 주며 도움을 주는 가이드를 지원해 주기에 가능한 코스이다.

지난 30여 년 동안, 수천 번의 대중교통을 이용해 보았지만 장애인이 대중교통을 이용한 것을 본 적은 내 기억에는 단 한 번뿐이다. 그들이라고 왜 대중교통을 탈 일이 없겠는가. 이렇게 짧은 거리마저 돌아다니기 어려운 그들을 위한 여행 상품이라니, 참 좋은 아이디어가 아닐까 싶다.

(2019. 10. 11.)

---

hanafeel: 여행을 가면 장애인들이 유난히 여행지에 눈에 띠는 것 같아요.

muse: 그런 상품이 있군요. 정말 좋은 아이디어네요.

gratia: 제가 아는 어떤 이는 병든 사람이나 노인들이 가고 싶어 하는 장소로 데려다 주는 복지사업을 해보고 싶다고 하더군요.

자, 이제

Second rabbit

가을의 태양이짐짓 이글거리는 체하는 한낮이었다. 바람은 살랑거리며 불어 왔지만 멈췄다가 다시 불기를 반복했고 그것이 향하는 방향도 매번 새로웠다. 점심때라서 온갖 복장의 사람들이 떼를 지어 거리를 쏘다녔다. 우리 일행도 지존짬뽕에서 아점을 먹은 후 커피숍을 찾았다. 사흘 동안의 모임은 끝이 났고 이제 남은 일이라고는 각자 왔던 곳으로 돌아가는 것밖에 없었으므로 조금 더 시간을 끌어볼까 하는 아쉬움과 집에 가서 쉬고 싶은 조바심이 느긋하게 교차하고 있었다.

"그래도 커피는 한잔 해야죠."

일행은 커피숍 앞 인도에 아무렇게나 내놓은 탁자 주위에 둘러앉았다. 당나라 군대처럼 나태하게 퍼질러 앉아서 시간을 죽였다. 대화의 소재는 들판의 토끼처럼 이리저리 튀었고 그마저도 한두 마리가 아니었다.

"군복들이 많은 걸 보니 이 근방에 군 기지가 있나 봐."

"해군 기지가 있다는데….."

"중국과의 무역이 급증하면서 이 도시도….."

"내 마누라가 실업급여를 받는데 말이지."

"그런 걸 백색소음이라고 하지 않아?"

"유니클로 매장들이 문을 닫았다는데….."

"커피는 이 정도면 마실 만하지 않아?"

우리는 낯선 도시의 뻔한 거리에 앉아서 가을의 햇살을 즐기고 있었다. 삐걱거리는 의자에 몸을 맡기고 눈을 반쯤 감았더니 빛의 스펙트럼이 춤을 추었다. 바람이 강아지처럼 거리의 모든 사물을 핥듯이 쓰다듬고 지나갔지만 우리의 관심을 끌지는 못했다. 관광객만이 느낄 수 있는 약간의 외로움과 산만함의 시간이 거의 끝나가고 있었다. 이별은 조금 기다려야 했다.

그리고 마침내, "자 이제 일어설까요".

(2019. 9. 26.)

muse: 당나라 군대는 나태하군요.

muse: 토끼 님 글에서 점점 소설 냄새가 납니다. ㅎㅎ 재미있게 잘 읽었습니다.

muse: 이 글에서 제일 나쁜 놈은 가을의 태양인데, 그놈의 햇살을 즐기셨군요.

gratia: 무겁던 시간들이 지나간 자유로움을 한껏 누리셨네요. ^^

언어의 아름다움

Second rabbit

언어의 아름다움은 말 그대로 아름다운 언어, 수려하고 명쾌하며 매력적인 언어들에만 존재하는 것은 아니다. 물론 문어의 아름다움을 거역할 수는 없지만, 실제로 우리의 귀에 울리는 떨림들이 우리를 초대하고 흥분시키고 미소 짓게 하고 깊은 생각에 잠기게 하기도 한다. 잘 계산되고 정확한 언어들은 그것들이 우리 안에 겨냥한 목표에 명중하기도 하지만, 때로는 어처구니없는 비문들마저 우리의 기억 안에 흔적을 남기기도 한다. 고장 난 대포도 가끔은 요새를 무너뜨린다.

게리 슈테인가르트(Gery Shteyngart)의 『슈퍼 새드 트루 러브 스토리(Super Sad True Love Story)』에는 이런 문장이 있다고 한다. "나는 아이들이 실제로 쓰는 언어를 듣는 걸 정말 좋아해요. 과장된 동사들, 폭발할 것 같은 명사들, 아름답게 서투른 전치사들."

아름다운 표현이다. 마치 우리가 놓치고 있는 것들을 손가락으로 지목하는 듯한 언어. 하지만 저 표현이 떠오르게 하는 아이들의 어설픈 언어들은 정말로 아름답지 않던가. 이제 막 피어나는, 꽃발을 딛고 선, 땅에 뒹구는 강아지 같은 그 언어들.

물론 세상은 무의미한 소음들로 넘쳐나지만 그럼에도 언어의 아름다움을 찾아 나서는 일을 멈출 수는 없는 이유들이 남아 있다.

(2019. 10. 14.)

---

gratia: 네, 어린아이의 생명력 있는 구어를 잘 살려내는 것도 문학의 중요한 몫이죠. ^^

hanafeel: 최고예요.

교회력의 시작

Second rabbit

새로운 교회력이 시작되었다. 교회력이 대림절(Advent)로 시작한다는 것, 즉 도래(advent)를 기다리는 일로 시작한다는 것은 곱씹어 볼 필요가 있다. 대림절은 말하자면 빛과 어둠의 경계의 시간이고 아직 빛이 오지 않은 시간이다. 이것은 크리스마스를, 즉 빛의 탄생을 기다리는 일이 교회의 첫 번째 일임을 분명히 하는 것이다. 이 "시작"이 아직 어두울 때, 즉 미명에, 그러니까 아직 밝지 않거나 희미하게 밝을 때, 아직도 기다림으로 채워야 하는 시간에, 파수꾼이 새벽을 기다리듯이 이루어진다는 것을 기억해 두어야 한다. 믿음이 교회의 일이라면 그것은 아직 어두울 때, 아직 모든 것이 분명하지 않을 때, 즉 하나의 모험(adventure)으로써, 시작되는 것이다. 하지만 기다림은 일종의 기울어짐일 것이다. 빛과 어둠 사이의 경계에서 한쪽으로, 빛 쪽으로 기울어지는 것, 그 균형의 이탈에서 모든 것이 시작된다. 그리고 그 기울어짐은 결코 쉽지 않은 일이라는 것을 기억해야 한다.

어둠은 빛을 이길 수 없다. 촛불혁명 때 사람들은 외쳤다. 맞는 말이다. 그러나 사실은 조금 더 복잡할 것이다. 빛이 두려움일 수도 있기 때문이다.

네 개의 복음서는 한 아기가 태어남과 더불어 세상에 천국이 풀려났다고 진술한다. 어둠이 산산조각 났고, 수많은 해가 내뿜는 빛 같은 영광이 쏟아졌고, 별이 없던 곳에 별이 빛났고, 천사들의 밝은 날개가 공중을 가득 채웠고, 밤하늘은 빛나는 하늘의 군대로 붐볐고, 그들이 부르는 승리의 노래 "높이 계신 하나님께 영광"이 울려 퍼졌고, 동방에서 이상한 왕들이 와서 더 이상하고 신비로운 아기의 발 앞에 엎드려 선물을 바쳤다고 기록한다. 누가와 마태는 수 세기에 걸친 힘든 기다림 끝에 마침내 그렇게 세상에 빛이 비쳤다고 선포한다. 그러나 그 장면을 목격한 목자들에게 건네는 천사의 첫마디는 "두려워하지 말라"였다. 빛은 두려움일 수 있다. 대림절의 기도문은 이렇게 간구한다. "우리에게 은혜를 베푸소서. 그리하여 우리가 어둠의 일을 벗어버리고 빛의 갑옷을 입게 하소서." 그렇다. 우리는 갑옷이 필요할 것이다.

애나 번스의 『밀크맨』에 빛과 어두움에 대한 서술이 있다. 사실 나는 이 책을 빛과 어두움에 관한 책으로 읽을 수도 있다고 생각한다.

"이곳은 길고 우울한 이야기 속에 파묻혀 있어서 진정 빛나는 사람이라 해도 이 어둠 속으로 들어오면 어둠을 이겨내는 것이 아니라 오히려 어둠에 포섭될 위험이 있고 심지어는 자기 목숨을 잃는 지경에 이를 수도 있다."

그래서 작가는 질문한다. "만약 우리가 이 빛을, 투명함을, 광휘를 받아들이면 어떻게 될까. 우리가 그 빛을 즐기게 되고 두려워하지 않게 되고 익숙해지게 되면 어떻게 될까. 그걸 믿게 되고 기대하게 되고 감명을 받게 되면 어떻게 될까. 우리가 희망을 갖게 되고 해묵은 전통을 버리고 빛에 물들고 빛을 흡수해서 우리 자신이 빛을 내기 시작하게 되면 어떻게 될까. 그렇게 되었는데 바로 그때 빛을 빼앗기거나 사라지면 어떻게 될까."

우리는 빛을 두려워한다. 빛이 비추면 우리가 보고 싶지 않았던 것들, 보이고 싶지 않았던 것들이 드러날 것이다. 빛은 어둠을 끝장낼 터이지만, 어둠이야말로 평생 우리의 집이었다. 집을 떠나는 일은 언제나 쉽지 않다. 그래서 『밀크맨』의 사람들이 집을 떠나지 않으려 하는 것도 이해가 된다. "빛은 어두움을 이긴다고 말하지만 어두움이 장막처럼 드리운 사회에서는 빛이 어두움에 포섭될 수도 있다. 어두움 속에서 살아온 사람들에게 어두움은 안전해 보이기 때문이다. 그곳에서 사람들은 이렇게 생각하게 된다. '그러니까 빛은 나쁘고 '너무 슬픈' 것도 나쁘고 '너무 기쁜' 것도 나쁘니 따라서 이도 저도 아닌 채로' 사는 것이 가장 안전하다고."

빛을 기다리는 일은 어둠의 규율을 위반하는 것이고 세상의 중심과 공모한 우리의 모든 친인들과 척을 지는 일일 수 있다. 그럼에도 이런 시작이 의미 있다고 말할 수 있는가? 이것이 대림절이 묻는 질문일 것이다. 아마도 브레히트가 "혁명을 하려거든 오래된 옳은 것이 아니라 새로운 나쁜 것에서 시작하라"고 말했을 때 그도 같은 것을 말하고자 했을 것이다.

(2019. 12. 1.)

---

gratia: 오래된 나쁜 것... ㅈㅎ당^^

muse: 친일파 추가^^

어디쯤 가고 있을까 1

뭉게구름

갈매 커피 강좌는 현재 8기까지 진행되었다. 지난 6기 때부터 이론 중심에서 커피의 향미 평가를 우선하는 방식으로 수업 방향을 바꿨는데, 지금까지는 반응이 좋다. 하긴 매 시간 새로운 커피 100 그램씩을 가져가고, 수업을 마칠 때까지 30여 가지의 커피를 즐길 수 있는데 반응이 나쁘다면 그것이 오히려 이상한 일이겠다. 수강 생들은 매 수업 때마다 지난 시간에 가져간 원두를 맛보고 집에서 향미 평가서를 작성해 와야 한다. 이 과제가 부담스럽다고 말들은 하지만 각각의 평가서는 점점 핵심을 찾아가며 서로의 평가 속에서 그 원두의 특성을 더 잘 이해하게 된다. 그런데, 이런 방식으로 진행된 커피 수업을 마친 사람들이 늘어나면서부터(나 좋을 대로 표현하자면, 다양한 커피 세계에 눈을 뜨게 되면서부터), 더 이상 다른 커피점에서 커피를 마실 수 없게 되었으니 책임지라는 말을 자주

들게 된다. 그리고 지속적으로 고급 커피를 맛볼 기회를 제공해 달라고 한다. 이때 고급 커피라고 하는 것은(갈매 커피는 이미 다 고급 커피다), 생두 1kg 가격 기준으로 십만원대 정도의 게이샤 종이거나 특수 가공 방식을 거친 생두들이다. 이런 커피는 생두 수입처에서 로스팅하여 판매하는 경우라도 100그램 원두 가격이 대부분 3만원 대를 웃도니 일반적으로 접근하기 어렵다. 게다가 이런 커피들은 매우 약하게 볶기 때문에 기본적인 핸드드립으로는 균형 잡힌 커피 맛을 얻기가 어렵다. 아무튼 다양한 커피를 맛보는 중에 나는 수강 생들이 이러한 커피들 또한 맛볼 수 있는 기회를 제공해 왔고, 그때 그때 적절한 추출법이 무엇인지 알려주곤 했다.

며칠 전, 주로 이용하는 온라인 생두 판매점에서 게이샤종 생두를 들여왔다. 나는 커핑노트를 확인한 후 2kg을 선구매했다. 그리고 가격과 주문 수량을 고지했는데, 주문량이 생두량을 초과했다. 생두를 추가 구입하고 볶은 후 다시 공지했는데, '원두를 주문하신 분은 핸드드립과 프렌치프레스로 두 잔을 드실 수 있고 커피값은 오천원, 원두를 주문하지 않으신 분은 동일하게 제공하되 만원'이라고 했다. 일종의 구매자 특권을 준 것인데 참가자들이 재미있어 했다.

현대사회를 살아가는 대다수 사람들에게 커피는 활력을 북돋워 주는 카페인을 얻는 주된 음료이며, 개별적이거나 사회적인 의례 행위의 일부로 생활에서 중요한 자리를 차지한다. 그러나 여기서 나아가 어떤 사람들은 커피를 (와인처럼) 일종의 기호음료로 이해하며, 좀 더 음미할 가치가 있는 것이기를 원한다. 그리고 나는 그런 사람들의 기대를 충족시켜 주는 것으로 커피업을 발전시켜가고 있다. 나아가 소크라테스의 말을 변형해, "음미하지 않는 커피는 마실 만한 가치가 없다"고 외치고 있다.

그런데, 사실, 내가 하고 싶은 이야기는, 어쩌다 보니 내가 이쪽으로 옮겨와 버렸다는 것이다. 단지 처음에는 기왕이면 좋은 커피를 제공하고 커피를 마시는 사람들에게 맛있다는 이야기를 듣고 싶었을 뿐인데….

*연작 번호가 계속 이어질지는 모르겠지만, 의도했던 의도하지 않았던 내가 가고 있거나 끌려가는 방향이라는 것이 있기나 한 건지, 어떻게 해서 그렇게 된 것인지 이해해 보고 싶어서 써 보는 글입니다.

(2019. 9. 7.)

---

gratia: 커피 사업가로 변신하고 계십니다. ㅎㅎㅎ

솜사탕: 남미나 아프리카에 커피 농장을 하나 사시지요. 카렌 여사처럼 ㅋㅋ

muse: 커피를 모르는 저로서는 무슨 의학서적 읽는 것처럼 어려운 글이네요. ㅎㅎㅎ. 글은 참 잘 쓰시네요.*^^*

Sunshine: 브라질 커피 농장과 가공 공장들을 답사했던 때가 엊그제 같은데 벌써 10년이 훌쩍 ㅠ

어디쯤 가고 있을까 2

뭉게구름

볼리비아에 선교사로 나가 있는 이가 휴가차 와서 머무르는 중 갈매에 들렀다. 갈매의 주력 상품이 커피로 바뀌어 있는 것을 보고 웃으며 하는 말이, "저희에게 이전에 '미제의 ×물'이라며 커피를 마시지 말라고 하셨었는데요" 한다. 아, 도대체 이게 뭔가. 나는 지난 날 얼마나 쉽게 말을 해 버렸고(물론 쉽게 말했지만 그것을 스스로 실천하는 결기 또한 있었고, 그것이 나였다), 또 오늘날은 얼마나 지난날의 나를 간단하게 배반하며 살고 있다는 말인가. 아무튼 이래서 지난날 함께 일했던 사람들을 마주하면 안 된다. 내 부실함의 자취만 발견하게 될 뿐이니……

학생 시절 내 삶의 방향과 관련지어 큰 영향을 끼친 책 중에, 페니 러녹스의 『민중의 외침』은 첫 번째 목록에 올라야 한다. 라틴 아메리카에서 이뤄지고 있는 일들에 대한 르포로 다국적 기업들과

군부 독재, 미국의 CIA가 한데 엮인 어둠의 커넥션이 민중들에게 어떻게 폭력을 행사하고 있는지, 민중들은 어떻게 침묵 당하며 고통을 겪으며 저항하고 있는지에 대한 처절한 기록이다. 고등학교 〈인문지리〉 수업에서 어느 나라는 어떤 자원의 매장량이 많고, 어떤 특산물(고무, 사탕수수, 커피 등등)이 나오는지를 배우고 외웠었는데, 나는 그때에야 비로소 그런 특산물이 라틴 아메리카 민중들에게 어떤 고통을 강요하고 있는지 알게 되었고, 그 때문에 하게 된 말이 아마도 '미제의 ×물'이라는 표현이었을 것이다. 물론, 1980년대의 국풍 운동이나 5·18 이후 고조된 반미 감정도 영향을 끼쳤을 것이다. 그리고 나는 줄곧, 녹차만 마셨다. 커피는, 목수 일을 하면서 도편수가 참을 인스턴트 커피로만 제공했기 때문에 그때부터 마셨던 것으로 기억한다. 교회를 떠나면서 모종의 책임감이나 사명감에서 스스로를 해방시켰다고 할까, 아노미 상태에 가까워졌다 할까 아무튼 그런 의식 상태가 인스턴트 커피를 마시게 하는 것을 가능하게 했을 것이다. 어쨌거나 이렇게 일하던 중에 휴식을 취하며 마셨던 인스턴트 커피는 일종의 '에너지 드링크'였다.

그리고 그 후, 어찌어찌하여 생존을 위해 갈매를 연 뒤에는 기왕이면 손님들에게 좀 더 좋은 커피를 제공하겠다는 단순한 생각밖에는 없었다(커피만이 아니라 다른 모든 것들에 대해 그리 생각했었다). 그리고 하다 보니 로스팅을 하고 커피를 판매하며, 심지어는 강의까지 하고 '누구나 쉽게 마실 수 있는 커피'가 아니라 '구별 짓기를 수행하는 커피' 장사가 되어 버렸다. 갈매 커피가 최고라며 마시고 구매하는 고객층이 생겼는가 하면, 취급하는 커피의 다양함과 추출 능력, 커피의 질을 평가할 때 광주권에서 최상위쯤에 자리한다는 평도 듣는다. 그러다 보니, 일종의 책임 의식까지 생긴 것이 현재 상태다. 광주에서 한 곳 쯤은, 이런 퀄리티를 유지하는 커피하우스가 있어야 하지 않겠는가 하는 이상한 책임 의식. 아무도 내게 그것을 요구하지 않았지만, 일이 그렇게 되어 버렸음을 한층 더 의식하고 살고 있는 오늘이라고 해야 할 듯싶다.

여전히 '미제의 ×물'이냐고? 이것은 좀 더 생각해 봐야겠다. 그리고, 이에 대해서 언젠가 쓸 수 있기를 바란다.

(2019. 9. 19.)

Sunshine: 전세계 커피가 미국 뉴욕에서 경매가 이루어져 팔려 나간다고 하는 얘기를 들은 기억이 나네요. 그러니 커피는 미국 ×물이라는 말이 맞는 게 아닌가요???
　↳ **뭉게구름**: 뉴욕 경매 시장에서는 아라비카가, 런던 경매 시장에서는 로부스타가 주로 다뤄진다고 하죠. 아무튼, 제 말에 동조해주셔서 감사합니다만... 뭐, ×물이라고까지는... ㅎㅎ... 그리고, 이제 브라질 대농장 말고는 중남미 국가 대다수에서 소농들에 의해 커피 생산이 이뤄지고, 커피가 가난한 나라들의 주요 수입원이다 보니 저처럼만 말하면 농민들 입장에서는 부당한 거겠죠...^^

gratia: 열혈 청년 사제셨군요...^^
　↳ **뭉게구름**: 네... 좀 심하게요^^

muse: 커피랑 콜라도 안 마셨고, 물론 외산 담배 안 피웠고, 그렇지만 남에게 강요는 안 하는 학생이었습니다, 저는. 사상이 굳건하지 못했거나 커피 콜라가 제 몸에 안 맞아서 그랬을지도... 지금은 저도 커피, 콜라 그냥 마십니다.

hanafeel: 갈매에 질 좋은 맥주가 다시 넘쳐나길. ㅋㅋㅋ

보물찾기: 갈매 커피에 대해 무한한 신뢰와 애정이 생기게 하는 글입니다.^^

갈매나무 독서 모임 2

뭉게구름

갈매에서 새로운 삶을 꾸린 지 얼마 지나지 않아 한 선배가 찾아왔다. 그리고 선배는 그야말로 뜬금없이 여기에서 무얼 하고 있느냐, 무엇을 할 것이냐고 내게 질문을 던졌다. 솔직히 그 말의 진의가 무엇인지 나는 아직도 잘 모르겠다. 하지만, 그 질문이 내 삶에 일으킨 파장은 적지 않았다. 내가 이전에 광주를 떠나 한옥 목수 일을 하면서 몇 년 동안 타지를 떠돌아다녔던 것은 나로 인해 교우들이 혼란스럽지 않기를, 또 교회에 폐가 되지 않았으면 좋겠다는 나름의 생각 때문이었다. 그러니 그저 있는 듯 없는 듯 조용히 살아가면 그만이다 싶었고, 생계를 도모하는 것 외에 더 무엇을 해야 한다는 생각 같은 것은 아예 없었다. 그런데, 무얼 하고 있느냐, 무엇을 할 거냐니……

갑자기 나는, '내가 더 이상 현직 신부가 아니라는 이유로 그동안 내가 소중하게 여겼던 종교적인 가치나 이상, 바람직한 인간의 삶 이런 것들에 대해서 무관하다 할 수 있는가? 그 모든 것들은 단지 신부였기 때문에 꿈꾸고 말해 온 것뿐인가? 그렇다면 나는 내 스스로 살아온 삶을 부정하고 있는 것은 아닌가?'와 같은 물음에 한동안 묶여 있었다. 그리고 그렇게 답답한 심정으로 지내던 어느 날, 나는 그리스도교 신앙을 정리해야겠다는 생각으로 읽고 있던 책 속에서 초세기 교부 리옹의 주교 이레네오 성인이 한 말씀을 읽었다. "신이 인간이 되신 것은 인간으로 하여금 신이 되게 하기 위해서이다(Deus homo factus est ut homo fieret Deus)."

'당신은 그리스도교인으로서 무엇을 믿는가?'라는 물음에 대한, 즉 신앙의 핵심에 대한 답으로서 주어진 이 문장. 우리 인간의 신화(神化)! 나는 먹먹해졌던 그때의 심정을 종종 떠올리곤 한다. 물론, 이 말을 그리스도교의 인간론이나 구원론, 또는 신학적이거나 교리적인 측면에서 여기에서 덧붙여 설명할 생각은 없다. 다만, 내가 이 말을 통해서 내 소명은 계속되는 것임을, 참된 인간화의 길은 현직 신부건 아니건 내 온 생애를 통해서 걸어가야 할 길임을 깊이 인식했다는 사실이다.

과제가 남았다. 그렇다면 나는 이 길을 그저 가슴 깊이 품은 채 초대교회의 사막 수도자들처럼 묵묵히 살아가야 하는 걸까? 이 세상이라는 사막 속에서? 그것이 진정 나의 길인가? 하지만 나는 그렇게 살아온 삶이 아니지 않은가? 나는 도가(道家) 쪽 생각을 빌어서 말하자면, 세상도를 살아온 사람이지 않은가? 즉, 나는 내가 여전히 함께 살아가는 사람들과 함께 이 길을 걸어야 하지 않겠는가 하는 생각에 이르렀다. 그리고 그런 가능한 길이 무엇인지 찾기 시작했다. 그리고 그 탐색 끝에는 책을 읽어야겠다는 생각이 자리 잡았다.

(2019. 9. 30.)

---

hanafeel: 감동입니다.

muse: 탐색의 끝에 독서가 있었군요...음...

신문 읽기

복숭아

미용실에서 기다리는 시간에 책상에 놓여 있는 잡지와 신문을 골라서 읽었다. 대부분이 패션지이지만 스포츠 신문과 정치 신문도 있다. 패션에 관심이 없는 나는 결국 정치 신문을 골랐다. 물론 대부분이 요즘 화제가 된 조국의 임명, 안희정 성폭행, 장제원 아들 등의 내용이다. 정치에 대해서 큰 관심이 없지만 매일 아침부터 저녁까지 계속 관련된 보도가 나와서 나도 모르게 이 사람들에게 관심을 좀 생겼다. 그래서 핸드폰을 옆에 놓고 신문 내용을 읽기 시작하였다.

미용실 이모가 나한테 뭐가 그렇게 열심히 보고 있는지를 물어보셨다. "특별할 것 없고 그냥 정치인의 얘기예요."라는 내 대답을 듣고 이모가 약간 놀랐다. 젊은 여자가 패션지 아닌 정치 신문을 보는 것은 좀 특이하게 생각하시는 모양이다.

그러나 나도 종이 신문 읽기는 오랜만이다. 너무 오래 되어서 심지어 지난번에 언제 종이 신문을 읽었는지를 생각도 안 날 정도로…. 매일 핸드폰을 가지고 다녀서 핸드폰이나 TV를 통해서 뉴스를 볼 뿐이다. 오히려 종이 신문 읽기는 나이가 든 사람들이 즐겨하는 일이 되었다. 매일 출근하자마자 차를 마시면서 신문 읽기를 하시는 우리 아빠처럼. 디지털 시대에 종이 신문 말고 정보를 얻는 방법은 여러 가지다. 특히 수시로 핸드폰으로 볼 수 있어서 더 편할 것 같아서 다음에 또 언제 종이 신문을 읽을 것인지 모르겠다.

(2019. 9. 10.)

---

gratia: 종이 신문이 없어질까 봐, 거의 읽지 않으면서도 종이 신문을 구독하고 있습니다. ^^
    ↳ muse: 저도 한동안 그랬다가 요즘은 종이 신문 구독을 그만두었습니다. 다시 해야 할까요?

hanafeel: 미용실에서 패션잡지 보던 오래전 일이 떠오르네요.
    ↳ muse: 요즘에도 미용실에는 패션 잡지가...^^

뭉게구름: 종이신문 자주 보기를 추천합니다...^^

도시락 계획

복숭아

가족의 건강을 위하여 건강 음식을 연구하는 것에 빠지신 우리 엄마가 요즘 즐겨하는 일이 또 하나 생겼다. 새언니한테 도시락을 준비해주는 것이다. 새언니는 보통 점심을 배달시켜서 학교에서 먹는다. 다이어트를 하고 있는 새언니는 헬스 코치의 말대로 치킨 샐러드와 과일만 먹는다. 자기의 손으로 직접 만든 요리가 아니면 잘 안 믿는 엄마가 맨날 배달을 시켜먹는 새언니의 건강을 걱정하셔서 새언니의 도시락 담당이 되셨다. 그러나 메뉴는 좀… 다르다. 야채, 고기, 밥, 국, 과일, 요구르트, 비타민을 모두 준비하셨다. 결국 이 모든 음식을 다 담을 수 있는 도시락까지도 새롭게 사셨다.

그런데 엄마의 도시락 계획은 일주일 만에 실패로 끝났다. 메뉴가 바뀌었지만 새언니는 여전히 맨날 야채와 과일, 그리고 소고기와 닭고기만 먹기 때문이다. 그래서 매일 저녁 부모님 집에 가기 전에 남은 밥이나, 국, 요구르트 등은 다 오빠가 몰래 먹었다. 저녁밥을 먹기 전에 남은 음식을 해결해야 하는 오빠는 아무리 맛있는 저녁밥이라도 조금만 먹을 수밖에 없다. 그래서 부모님이 오빠가 어디 아픈지를 많이 걱정하셨다.

이처럼 일주일이 무사히 지나갔지만 남은 밥을 더 이상 먹고 싶지 않은 오빠가 엄마한테 이제부터 도시락을 준비 안 하셔도 된다고 말씀드렸다. 처음에 엄마는 도시락이 맛이 없어서 그런 줄 알고 다음 주부터 새로운 메뉴로 준비하겠다고 하셨지만 오빠는 거절했다. 어쩔 수가 없이 오빠는 새언니의 고민을 엄마한테 말씀드렸다. 엄마가 정성스럽게 준비하신 음식이라서 안 먹으면 엄마가 속상하실 것 같다. 그런데 다이어트도 너무 하고 싶다. 그동안 많이 고민하였다. 그러니, 이제는 엄마도 그렇게 힘들게 준비하지 마시고 새언니도 먹고 싶은 것을 먹을 수 있으면 좋겠다고 하였다. 결국… 엄마의 도시락 계획은 일주일 만에 좌초되었다.

(2019. 10. 7.)

---

muse: 저는 그 도시락 사랑하고 싶은데요?^^ 새언니의 다이어트 계획 응원한다고 전해주세요~!

기러기 아빠

복숭아

기러기 아빠를 얘기하면 자녀 교육을 위하여 배우자와 자녀를 외국으로 떠나보내고 홀로 국내에 남아 뒷바라지하는 아버지를 생각하는 것이 태반이다. 그러나 최근에 기러기 아빠라는 표현은 새로운 의미가 생길 것 같다.

한 2년 전부터 고모가 고모부랑 떨어져 지내고 한 달에 한 번씩 고모부를 만나러 집에 간다. 바쁘게 일하는 사촌오빠 부부가 어린 조카를 돌볼 시간이 없어서 고모가 스스로 아이를 키우는 '책임'을 맡으셨다. 사촌오빠는 먼 도시에 살아서 고모가 주말마다 집에 내려가는 것은 불가능하다.

처음에 고모의 얘기를 들었을 때 고모부가 불쌍하다고 생각했는데 요즘 남친의 이모들의 얘기를 들어서 고모부 같은 기러기 아빠가 적지 않은 것을 알게 되었다. 남친의 큰이모와 둘째이모는 바쁜 자식을 대신하여 손자, 손녀를 잘 돌보기 위해서 평일에 서울로 올라가시고 주말만 광주에 내려오신다.

큰이모 집의 누나는 중학교 교사다. 회사원인 남편보다는 덜 바쁘고 야근도 안 하지만 초등학교 2학년인 큰딸과 유치원에 다니는 둘째딸의 등하교 시간을 맞출 수 없다. 게다가 담임을 맡고 있어서 집안일 때문에 일찍 퇴근하거나 잠깐 학교에서 나오는 것도 힘들다. 그래서 손녀들을 위해서 큰이모가 평일에 서울로 올라가셔서 누나를 도와주신다.

둘째이모 집 누나는 롯데 홈쇼핑의 유명한 쇼호스트다. 홈쇼핑 촬영도 하고 다른 프로그램도 출연해서 항상 바쁘다. 금융회사에 다니는 남편은 출장이 많아서 주말까지 못 쉬는 경우도 많다. 그래서 맞벌이로 바쁜 부부는 아이들을 돌보고 집안 일을 맡아줄 도우미 아주머니를 고용하였다. 그러나 도우미 아주머니는 3개월 만에 그만 두게 되었는데, 가족이 아닌 아주머니가 어린 아이들이랑 잘 지낼 수 있는지를 많이 걱정했기 때문이다. 결국 둘째이모도 큰이모처럼 주말만 광주에 내려오신다.

바쁜 자식들을 위해 자기를 희생한 우리 고모와 남친의 이모들이 대단하다고 감탄하는 동시에 고모부와 남친의 이숙들이 너무 불쌍하다고 생각한다. 같이 사는 사람도 없고, 매일매일 혼밥도 먹어야 되어서…. 엄마의 도움으로 편해진 자식들과 자식을 도와줄 수 있어서 기뻐하는 엄마 간에 서로 이해하고 사랑하면서 잘 지낼 때 혼자 살 수밖에 없는 기러기 아빠의 기분은? 자식들을 귀찮게 하지 않은 것에 대해 뿌듯해 할까? 아니면 혼자 사는 것이 서운할까?
모르겠다.

(2019. 11. 28.)

---

gratia: 부모의 애프터서비스가 끝이 없네요.. 기러기 할아버지가 되다니... ^^

muse: 이런 경우까지 있는 줄은 몰랐네요. 아이를 돌보기 위한 주말 부부라...

김치

hanafeel

　몇 년 전, 정월 초사흘 아버지 제사에 어머니는 400만원이 넘는 돈을 써서 제수를 마련하셨다. 그 큰손을 자식들이 시비를 하고는 저마다 자기 집에 당도하자마자 어머니는 바로 요양병원에 입원하시게 되었다. 그 뒤로 수년 동안 집으로 가고 싶다는 말을 꺼내셨지만 두세 번의 추석에 산소에서 지내는 차례에만 겨우 모실 수 있었다. 지금은 체중도 많이 줄어서 40kg에도 훨씬 못 미치신다. 그토록 자랑스럽고도 걱정거리이던 자식이 여쭙는 안부에 겨우 한두 마디로 응답을 하신다. 식사는 더 나아지시는 듯하지만 중증의 치매 환자가 되셨다.

　두 달 동안 병원을 휴업하고 오지 여행을 다녀온 아들과 며느리에게 보신탕을 준비해주신 시어머니가 친정엄마 드리라고 따로 담가 주신 생김치 1/4쪽을 잘게 썰어가지고 요양병원을 찾았다.

엄마는 간호사 데스크와 가장 가까운 침상에 누워 계셨다. 엄마는 서울 사는 오빠가 가져다 드린 김치를 벌써 다 드시고 옆자리 환자의 김치를 나누어 드시는 중이라면서 담당 간호사가 김치를 반갑게 받았다.

이른 점심시간, 죽이 나와서 가져간 김치와 새우튀김을 잘게 잘라서 떠먹여 드리는데, 반찬만 드시던 옆 할머니가 나에게 김치를 달라 하신다. 한 가닥 잘라서 드렸다. 엄마를 돌아보니 그새 손수 숟가락에 김치를 얹어서 드시고 계셨다.

엄마는 식사하시는 동안 줄곧 잘게 자르고 갈아놓은 부드러운 병원 반찬은 마다하고 김치만 손가락으로 가리키시고, 옆 할머니는 밥상을 물리고서도 '아줌마, 김치 한 가닥만 주시요이.' 하고 돌아서는 내 등 뒤에다 말씀하신다.

기력도 욕망도 바닥이 나고 말면 우리의 존재에는 흰밥과 김치만 남는구나. 병원에서 매 끼니 때마다 기다려도 찾아주지 않는 자식처럼 엄마는 김치를 기다리고 계시겠지.

가을 장마로 하루 종일 비가 오락가락한다. 마음이 차분해진다. 김치 말고는 더 이상 아무것도 바랄 것 없는 마지막 내 삶의 모습이 의식에 겹쳐진다.

(2019. 9. 3.)

second rabbit: hanafeel 님 마음이 착잡하실 테지만, 저도 김치 한 가닥만 주세요.

gratia: 아.. 아무리 외국어를 잘하는 사람이라도 마지막 남는 것은 모국어라고 하더니, 한국인의 마지막 입맛은 김치군요... ^^

새벽 노을

hanafeel

　근 두 주 만에 새벽 산행을 나가려고 5시 42분에 일어나 거실 베란다를 보았더니 밖이 어둡다. 몸을 추스르는 잠깐 동안 베란다 창가로 뭉게구름이 뭉글뭉글 피어오르는데 구름 덩어리가 저마다 선명한 분홍빛 띠를 두르고 있다.

　여행에서 돌아온 날로부터 만나는 이에게 내뱉는 목소리는 한두 옥타브 높이 나온다. 온갖 뉴스를 귓가로 흘려듣는다. 어떤 소문이 들려도 가슴은 요동치지 않는다. 분별심 없는 평정한 마음만 충만하여 새로운 하루를 맞이하는 내 모습이 새벽 노을에 비친다. 올라가는 길에는 할머니가 산등성이에 후드득 소리를 내며 우박처럼 떨어져 굴러 흩어진 도토리를 주우려고 굽은 허리로 경사진 산비탈을 타고 오르더니 하산하는 길에는 젊은 아줌마가 조그만 주머니 배낭을 허리에 두른 채 도토리를 주우며 산비탈에 미끄러져 내리고 있었다.

고속도로로 진입하는 두암타운 사거리 언저리엔 버려진 조끼를 주워 입은 듯 셔츠 단추 세 개를 열어 젖히고 붉은 황토색 가슴팍을 드러낸 사내가 같이 일하러 갈 동료를 기다리고 있다. 다른 한 사내도 길가에 앉아서 하염없이 누군가를 또는 무언가를 기다리고 있는 듯하다. 근로자 대기소도 아닌데 길거리에서 어제 마신 술에 아직도 취해 있는지, 깨어 있는지도 알 수 없이 서성이는 이들, 새벽 길거리에 나서지 않으면 존재도 알 수 없을 법한 초라하지만 단정한 이들, 벌써 새벽 장을 봐서 꺼먼 비닐 차대기에 야채를 가득 채워서 들고 식당에 일하러 가는 이들, 모두 희망에 차 보인다.

호주 오지 사막에서는 새들이 모두 깨어나 이른 새벽을 시작하듯, 오늘도 일하러 가는 이들이 도시의 새벽을 분주하게 열고 있었다.

살아오면서 특별한 영예나 과오도 없었을 많은 이들이 이 새벽에도 길을 나서고 있다.

(2019. 9. 19.)

뭉게구름: 뭉게구름!!... 드디어, ㅋㅋㅋ... 이렇게 저를 출연시켜 주시다니 영광입니다... ㅎㅎ

친정

hanafeel

엄마가 요양병원에 입원하셔서 사시던 집과 쓰시던 살림을 정리하게 됐다. 이제 엄마 것으로는 세상에 남겨둘 것이 하나도 없다.

물론 엄마는 지금 세상에 대한 생각이 하나도 없으시겠지.

이번 일요일 친정 올케들이 나누어서 준비한 제수 음식을 가지고 나주 선산에서 두 주나 늦은 추석 모임을 가졌다.

어릴 적 지금의 동신대 뒤편에 있는 선산에서 광주행 버스를 타려고 나주 터미널로 오는 길에 나를 업어주고 달래주던 큰오빠도 연로해져서 이번 모임을 기해 뒷자리로 물러나 앉았다.

'애들 혼사는…? 애는…? 둘째는…?' 추석날마다 당숙 같은 말만 하는 넷째오빠가 친정 정례 모임을 기획하기로 하셨다.

그날은 무지 더웠다. 나는 신경을 써서 옷을 차려입고 모자까지 챙겨 쓰고 갔다. 평소 엄마의 화려한 나들이 차림을 따른 것이다.

내 어린 시절, 딸들은 우리 엄마 말로 '반란군' 스타일 옷만 입었었는데, 이제 요양병원에 들어앉아 계신 엄마가 내게 빙의하셨나? 생각하며 혼자 웃는다. 보이는 것만 중요시한다고, 내 맘은 조금도 이해하지 못한다고 평생 엄마를 무시했었는데 말이다.

산소에서 음복을 하며 듣게 된 형제들의 그간 안부다. 친정언니는 원수가 있었는데, 자기편을 안 들어준다고 형부에게 이혼 소송을 냈다가 법정에서 몇 차례 소란을 피우고는 패소하였다. 셋째오빠는 세월호 혐오 발언으로 벌금을 냈다 한다. 금연패치를 붙이고 와서는 담배를 피우려는 몇째 오빠한테 올케가 공공연히 잔소리를 해쌓는다.

나는 주로 말 없고 실행력이 떨어진다고 여겨지는 친구를 사귀어 왔다. 산소에서 다시금 알게 된 사실이지만 이런 친구들을 사귄 까닭은 말주변도 좋고 결단력 있는 아버지와 엄마, 친정 형제들과는 다른 사람들에게서 느끼는 생소함과 호감 때문이었던 것 같다.

큰오빠가 술을 한 잔 하시고는 페트병 소주를 마시고 있는 내게 다가와서는 인생에는 두 가지 부류가 있는데 '건더기랑 국물'이라고 하신다. 오빠와 나는 국물이라는 뜻인가?

경향 각처에서 달려와 뙤약볕 아래 산소에서 한두 시간 모여 앉았다가 벌써 돌아가려고 저마다 짐을 싸고 있다. 아무나 말을 꺼내면 박수를 치자던 큰오빠가 그새 마신 술에 만취한 채 하모니카를 잘도 불러대신다. 아버지가 날마다 술 드시고 풍금을 치며 부르시던 '오! 솔레미오', '매기의 추억'이다.

20여 명이나 되는 조카 가운데 둘이 이번 모임에 왔는데 그들도 벌써 마흔 줄이란다. 그들이 저마다 자기 가족 모임을 갖기 전에 친정 모임이 없어질 것 같기만 하다.

여러 가지로 섭섭한 마음이다.

(2019. 10. 1.)

뭉게구름: 아... 몰랐습니다. 늦었지만, 어머니의 영원한 안식을 빕니다...

muse: 어머니가 요양병원에 입원 중이신 거죠?
   └ **hanafeel**: 맞아요. 지금 엄마는 요양병원에 잘 계세요.

내 기억의 밥상 1

muse

지금까지 살아오면서 기억에 남는 밥상이 몇 개 있다. 그중 하나는 서울에서 받았다. 1988년 5월 어느 날, 대학교 2학년 스물한 살이었던 나는 가출을 하게 되었다. 가출을 감행하기 전날 내게 사랑을 고백한 H에게 나랑 함께 떠나자고 요청했지만, 그는 거절했다. 나중에 남편이 된 S도 나의 가출을 말렸다. 그래서 나는 혈혈단신 광주를 떠났다.

광주를 떠난 나는 일단 서울로 갔다. 고등학교 시절 친했던 친구들 대부분이 서울로 대학을 갔고 그들이 그리웠다. 친구들을 찾아 무작정 고려대학교에 갔다. 내가 지금 너희들을 보러 간다고 미리 연락할 방법은 없던 시절이었다. 5월이었고, 시위 준비가 한창이었다. 내가 사랑했던 친구 희는 광주 집에 내려가고 없었고, 철학과에 다니던 내 절친 지선이는 찾을 길이 없었다. 그림 그리는 동아리에서 걸개그림을 그리고 있을 거라고 해서 동아리방까지 갔지만, 만나지 못했다. 너무 오래된 일이라 그때 내가 어떻게 해서 사회학과에 다니던 근이라는 남자 친구의 고모 집에 가게 되었는지는 생각이 안 난다. 어쨌든 시위 준비로 바쁘기만 하던 1988년 5월 고려대학교 캠퍼스를 종종거리며 친구들을 찾아 헤매던 나는 근이의 고모 집에 가게 되었다. 근이의 고모는 고대 근처에서 하숙집을 하고 있었다. 그런데 문제는 근이가 거기 없다는 것이다. 내가 서울에 가기 몇 달 전에 근이는 이미 자취를 한다고 고모 집을 떠났다.

근이 고모님은 시골에서 올라 온 조카의 친구, 촌 아가씨를 무척 당혹스러운 눈길로 바라보셨다. 당혹스럽기는 나도 마찬가지였다. 그 집을 나서서 근처 여관에라도 가고 싶었지만, 그때 당시 여관이라는 곳에 대한 내 생각은, '여자 혼자 가서 숙박하면 그다음 날 시체로 발견된다'라는 수준이었다. 그럼에도 불구하고 친구도 없는 생면부지의 친구 고모 집에서 거할 만큼의 배짱도 없었다. 그런데 근이의 고모님은 나를 붙잡아서 방을 하나 내주었고, 나는 그 집에서 하룻밤을 유했다. 다음 날 아침, 나는 정말 '상다리가 부러진다'라는 말이 딱 어울리는 거한 밥상을 받았다. 그때 이후 지금까지도 그렇게 거한 밥상은 받아 본 적이 없다. 너무나 놀라서 숟가락질도 잘 못하는 내게 근이 고모님이 물었다. "그런데 우리 근이랑은 어떤 사이야?" 푸하하, 근이 고모님은 내가 근이를 찾아서 시골에서 상경할 정도로 아주 깊은 사이라고 오해를 하신 거다. 거의 조카며느리 대하듯 하신 거였다. 맙소사.

나중에 이 일을 늦게서야 알게 된 근이가 나타났다. 근이는 기절초풍할 일이라도 본 듯 나와 고모를 번갈아 보았다. 왜, 일이 이렇게 꼬인 것일까. 근이는 나를 버스터미널까지 배웅해 주었다. 근이에게 미안했다. 물론 근이 고모님께도. 나는 근이랑 헤어지고 광주 가는 버스를 타지 않았다.

(2019. 10. 30.)

gratia: 애인을 찾아 무작정 상경한 순진한 시골 처녀로 보였군요. ^^

행복의 가치

muse

내가 사랑하는 아이돌 방탄소년단이 서울 잠실 주경기장에서 세 번의 공연을 했다. 작년 8월 같은 장소에서 시작해 전 세계를 돌며 620만 명의 청중을 동원하고, 'Love Yourself'로 시작한 공연을 'Speak Yourself'로 끝냈다. 아미인 딸과 나는 콘서트 티켓을 얻는 행운을 누리지 못했다. 다행히 첫 공연과 두 번째 공연을 핸드폰 앱과 극장에서 해 주었다. 그래서 첫 공연은 브이라이브로 보았다. 두 번째 공연은 극장에서 실황중계처럼 방송되었고 딸과 나는 전주에 있는 롯데시네마에서 하는 티켓을 끊었다. 광주에 있는 극장에서는 왜 하지 않는지 불평을 하면서… 그런데 갑자기 광주에 있는 극장도 포함이 되었고 더구나 싱어롱 공연이었다. 화요일 12시에 예매가 시작되었다. 나는 11시 반까지는 그것을 기억했다. 그리고서는 까맣게 잊어버렸다. 화요일 오후에 딸이 예매했냐고 물어보자 무슨 소리냐고 반문했다. 그리고 탄식을 내뱉으며 급하게 예매사이트에 들어갔다. 이미 전 좌석 매진이었다. 딸에게 미안했다.

광주에 있는 극장에서 콘서트를 보지 못하게 된 우리는 결국 전주로 향했다. 일요일이었다. 월요일부터는 광주대 글쓰기 컨설팅 수업이 시작될 예정이었고, 고창도 가야하고, 교통방송 보고서도 제출해야 하고, 연극 리뷰도 써야 하고, 글도 써야 하고, 또, 또, 또… 머릿속이 복잡했지만, 전주를 향해 차를 몰았다. 날은 화창했고, 하늘은 예뻤고, 바람은 시원했고, 구름은 자유로워 보였다. 산에는 단풍이 들어 있었다. 탄이들 노래를 크게 틀고 창문을 열고, 썬루프도 열고 바람을 맞으며 우리는 국도를 달렸다. (내비게이션이 나를 국도로 데려갔다. 길치인 나는 왜 고속도로가 아닌지 성질을 내면서 결국엔 나를 원망했고, 나중엔 국도의 정취를 즐겼다.) 어느 순간 아이가 말했다. 너무 행복해. 엄마, 나 지금 너무 행복해.

전주에 있는 롯데시네마에 모인 아미들은 생각보다 열정적이어서 싱어롱 공연이 아닌데도 모두 일어나서 아미밤을 흔들며 펄쩍펄쩍 뛰고 목청껏 소리 질렀고, 자기 최애인 가수가 나오면 신음에 가까운 탄성을 내질렀다. 나도 미친 듯이 뛰었다, 처음에만, ㅋㅋㅋ. 나중에는 완전히 지쳐서 로그아웃되고 말았다. 나중에 딸이 왜 후반부부터 조용해졌냐고, 왜 일반 영화 보는 모드로 신중하게 관람만 했냐고 물었다. 늙어서 그랬다고 이실직고했다. 딸은 유쾌하게 웃었다. 정말 기분 좋게 콘서트를 보고 광주로 오는 길에 휴게소에 들렀다. 딸이 배가 고프다고 밥을 먹자고 했다. 그러더니 말했다.

엄마, 정말 고마워. 그리고 나 지금 너무 행복해. 엄마가 아미가 아니었다면 내가 어떻게 전주까지 와서 그 비싼 티켓을 끊어서 우리 탄이들을 봤겠어. 엄마가 아미여서 너무 고맙고, 너무 행복해.

아주 영리하고 예의 바른 아이이므로 혹시 립서비스는 아닌지 아이를 자세히 살펴보았다. 아이는 진정으로 행복해하고 있었다. 그리고 정말로 나에게 고마워하고 있었다. 무엇이 행복인지, 우리 인간이 살아가는 데 무엇이 중요한 가치인지 찰나의 순간에 백만 년의 시간만큼의 번뇌가 나를 스쳐 지나가는 느낌이 들었다. 울고 싶어졌다. 이 전주행을 위해서 내가 감내해야 하는 온갖 현실적이고 물리적인 사안들로 머릿속이 그토록 복잡했는데, 순간 다 날아가 버리는 느낌도 들었다. 행복하다는 말을 열 번도 넘게, 감탄사처럼 내뱉는 아이 앞에서 내가 할 수 있는 건 감사뿐이었다. 나에게 일인당 2만 8천원이었던 티켓 값을 낼 능력이 있었다는 것에, 전주까지 갈 자동차와 기름값이 있었다는 것에, 좋아하는 아이돌의 공연을 보고 행복을 느끼는 살아 있는 아이가 있다는 것에, 그리고 방탄에….

(2019. 11. 1.)

gratia: 극장 콘서트 가격도 만만치 않군요~^^

솜사탕: 방탄소년단이라고 하니 생각났는데 요즘 아이들은 지오디를 '장첸소년단'이라고
　　부른다고 하던군요. ㅋㅋ
　　└ **muse:** 아니, 왜? ㅎㅎ
　　└ **muse:** 아, 아, 그래서... ㅎㅎㅎ

hanafeel: 함께 기뻐할 수 있는 최고의 사랑인 듯합니다. 아주 부러워요.
　　그 무엇보다 값진 시간을 보내셨네요~

시험과 테스트

muse

방과 후 영어를 시작할 때 고창군 방과 후 영어 담당 장학사가 우리 교사들에게 당부한 것 중 하나가 재미있는 수업이었다. 그리고 시험을 보지 말 것과 숙제를 내주지 말 것을 강조했다. 평생을 범생이 모드로 살아온 나는 장학사의 오더를 충실히 지켰다. 고창군의 방침을 따라야 한다는 의식도 있었지만, 숙제와 시험은 나도 싫어하기 때문이었다.

11월에 나는 이 룰을 과감히 깨고 쪽지 시험을 보았다. 결과는 가히 충격적이었다. 아이들은 각 인칭별로 따라붙는 be 동사를 제대로 알지 못했다. 6학년이 말이다. 이제 곧 초등학생에서 중학생이 되고 시간의 순삭으로 수능을 대면해야 되는 그 아이들이 1인칭에는 am만이 붙어야 한다는 것을 모르고 있다는 사실에 나는 뭔가 일이 잘못되었다는 느낌을 받았다.

아이들의 실력을 알기 위해선 역시 시험밖에는 없다는 생각이 들었다. 나는 한 번 더 쪽지 시험을 보았다. 똑같은 문제로. 아이들은 평가와 전혀 관련 없는 방과 후 영어 시험에도 예민하게 반응했다. 나는 아이들을 안심시키기 위해서 "이건 시험이 아니야."라는 이상한 문장을 만들어서 내뱉었다. 자기 영어 이름으로 orange를 쓰는 미숙이가 물었다.

"그럼 선생님, 이게 시험이 아니면 뭔가요?"

"응?"

미숙이의 돌발 질문에 당황한 내가 멍청하게 말했다.

"그게 그러니까… 테스트?"

"테스트가 우리말로 뭔데요?"

"시… 험…."

아이가 나를 멍하니 바라보더니 너무 예쁘게 웃으면서 말했다.

"그러니까 결국 시험이네요?"

아이고… 아이들은 저번 주에 본 똑같은 시험지에도 역시 답을 제대로 쓰지 못하고 있었다. 미숙이 그러니까, orange가 시험이 싫다고 깽알대는 친구들에게 말했다.

"애들아, 이건 시험이 아니야. 테스트야."

나는 웃고 말았다. 나도 미숙이도 웃겼다. 상황이 다 웃겼다. ㅋㅋ ㅋㅋㅋㅋㅋ.

(2019. 12. 21.)

연잎차 만들기

Sunshine

어제 오늘 날씨가 좋아서, 어제는 널어 두었던 늦은 참깨를 털고 오늘은 작은 연못의 연잎을 정리하여 일부는 돼지고기 삶을 때 사용하기 위해 냉동고에 얼려두고 일부는 연잎차를 만들었다.

지난 봄에는 기온이 낮아서 찻잎이 잘 자라지 않아 녹차와 홍차를 충분히 만들지 못했다. 규모가 작은 우리집의 녹차밭이라서 소일거리로 잎을 따고 작은 무쇠솥에 덖는데, 올봄에는 몸도 마음도 여유가 없었던지 막내랑 아들에게 나눠주기 충분한 양이 못된다.

연못의 연잎이 색깔이 변하기 시작한다. 애들을 보고 한달 후에 돌아오면 연잎을 쓸 수 없겠다는 생각이 들어서 연잎을 정리하여 연잎차를 만들어야겠다는 생각에 서둘러서 연잎을 따고 썻고 물기를 닦고 연잎차를 만들었다. 집안에 연향이 은은하게 퍼진다.

연잎차는 끓여서 시원하게 물 대신 마시면 갈증을 해소해 주는 기능이 있다고 한다. 또 심신 안정, 지혈 작용, 고혈압과 노화 방지에 효과가 있다고 한다. 스트레스가 많은 현대인에게 알맞은 차라고 해서 연잎차를 조금 만들어 애들에게 가져다주면 좋겠다는 생각에 부랴부랴 연잎차를 만들었다.

무슨 일이든지 즉흥적으로 하게 되는 습관은 언제쯤 고쳐지려나? 계획을 세우면 계속 이 핑계 저 핑계를 만들어 미루기 일쑤이기에 생각이 나면 바로 행동에 옮겨야 한다. 덕분에 오늘도 계획에 없던 연잎차를 만들었다.

연잎밥과 연잎 삼겹살, 된장찜용 연잎은 냉동실에 넣어 두었으니 언젠가는 해 먹겠지?

(2019. 9. 15.)

---

hanafeel: 아주 부자세요.
  ↳ Sunshine: 현재에 만족하려고 노력하며 살고 있어요. 마음은 언제나 부자입니다.

gratia: 전원생활의 행복입니다.^^

뭉게구름: 아주 좋은 습관을 지닌 행동가로 보여집니다만...^^

muse: 생각을 바로 행동에 옮기는 면모를 닮고 싶네요... 생각만 하다가 못자리 고르게 생긴 저로서는, ㅋ

plumcot(자두살구)

Sunshine

주말여행을 다녀오고 났더니 집에 갈 날이 코앞이다. 무엇인가
밑반찬을 더 만들어 주고 가고 싶은데 마땅치가 않다. 미국에 와서
고기만 주로 먹게 돼 생선을 먹고 싶어 한국 마트에 들렸다.

제일 먼저 눈에 띄는 것이 미국에 와서 처음 먹는 plumcot이다.
자두와 살구를 교배하여 만든 새로운 과일인데 우리나라에도 나온
다. 우리집에도 플럼컷나무를 심었는데 꽃은 흐드러지게 피었는데
열매는 아직 열리지 않아 먹어볼 기회가 없다가 이곳에 와서 자주
사게 되는 과일이 되었다.

자두와 살구가 합해진 맛이 새롭고 궁금했던 과일이라서 더 맛있
게 느껴지는 것일까? 암튼 플럼컷을 보고 사지 않을 수가 없었다.

와~ 재래종 적갓이 싱싱하게 매대에 앉아 있다. 아들은 갓김치
를 좋아한다. 조부모님과 함께 살았던 입맛이라 울 애들은 유난히

갓김치를 좋아하나? 여수 돌산갓이 아닌 재래종 적갓김치, 떠나오기 전에 갓김치를 가져 오고 싶었지만 갓이 나오는 계절이 아니어서 서운했었는데, 이곳에서 갓을 보게 될 줄이야!!

덕분에 김치는 다 담가 놨는데 또 갓김치를 담갔다. 아이들이 이제 아무것도 하지 말고 쉬었다 가라고 하는데도. 갓김치, 파김치는 배추김치 담그기보다 훨씬 쉬워서 갓김치를 작은 통에 하나 담고 도토리 묵가루를 물에 풀어 도토리묵도 쒔었다.

우리나라에서보다 더 토속적인 음식을 하게 된다. 이제 이틀 밤만 자고 나면 한국으로 돌아간다. 내가 돌아간 후에는 조국 논란도 끝을 맺고 정국이 안정되어 있기를 기대해본다.

(2019. 10. 16.)

---

muse: 신과일을 못 먹는 저는 자두도 살구도 못 먹는데 자두살구는 어떤 맛일까요? 완전 최고로 신 맛? ㅋㅋㅋ 전 손도 못 대겠군요.

muse: 갓김치는 좋아합니다. 어릴 때 여수에서 자라서 갓김치 정말 좋아해요. 신과일은 못 먹지만 신김치는 잘 먹는 이상한 입맛이랍니다, ㅋ.
  ↳ Sunshine: 아니, 자두 살구 맛이 아주 달콤하고 즙도 많아요 ~^^ 좋아하는 과일 목록에 올려놨답니다. 전 ㅎㅎ
  ↳ muse: 우와, 한번 시도해 봐야겠네요.

hanafeel: 우와, 오~훌륭하신 솜씨.. 갓지에 도토리 묵.

단감

Sunshine

딸이 돌아갔다. 다른 때보다 서둘러 올라간다. 이제 집에서 쉬던 때보다 더 자주 내려오지 못하고 전화도 자주 안하게 되리라.

갑자기 돌아가신 엄마가 생각난다. 엄마랑은 거리상으로는 가까웠지만 자주 찾아가 보지 못했다. 내 일이 많았기 때문이었을까? 엄마는 언제나 든든하고 힘이 있다고 생각했을까?

친정집 뒷마당에 오래된 단감나무가 있다. 내가 어려서부터 있던 나무니까 나무도 꽤 늙었고 감이 많이 열리기는 하나 작았다. 엄마는 이맘때가 되면 감 가지러 오기를 바라며 기다리셨다. 편찮으신 시부모님을 모시고 사는 딸에게 전화도 못하시고 마음으로만 기다리시던 울엄마….

난 가게에서 사다 먹는 감이 훨씬 맛있고 먹기도 편하다 생각했었다. 감을 가지러 가는 일이 번거롭고 성가시게 생각되었으며 볼

품없는 감은 먹기도 불편하다 생각했었다.

지금 내가 살고 있는 집에는 감나무가 없었다. 묘목을 사다 심어도 잘 크질 않고 죽곤 했다. 가을이면 다른 집들은 감을 따는데 난 장에 가서 사야만 했다. 그 흔한 감을 난 사야만 한다는 사실이 속상했다. 돈으로 따지면 이삼만 원의 수준인데 왜 감 사는 돈은 그렇게 아까웠는지~. 지금은 감나무 몇 그루에서 단감과 대봉이 열린다. 감의 양은 적지만 나무가 더 튼튼해지면 점점 많이 열리리라 기대한다.

나도 엄마처럼 매 가을마다 단감을 사서 딸에게 부쳐주곤 했다. 딸에게 주려고 상품성은 좀 떨어지지만 농약을 치지 않은 못난이 감을 사서 딸의 차 트렁크에 실어준다. 딸은 우리집 감이냐고 묻는다. 그때 엄마가 주신 감이 얼마나 좋은 것인지 이제야 알게 됐고, 난 딸에게 엄마가 주시던 감과 비슷한 감을 사서 보내 주게 된 것이다.

내년쯤엔 우리집 단감나무에도 감이 주렁주렁 달려 우리집 감을 따서 딸이랑 주변 사람들에게 나눠줄 수 있기를 기대한다.

단감, 대봉 홍시… 친근한 우리 과일, 시골집에는 어느 집에나 있는 과일나무.

마음이 따뜻해지는 과일, 감.

(2019. 11. 4.)

hanafeel: 그러네요. 사서 보내면 되는데.

gratia: 단감의 아삭함도 좋지만, 겨울날 하나씩 익어가는 대봉을 기다리는 재미도 쏠쏠하지요. 남쪽 지방에만 선물처럼 주어진 기특한 녀석들...^^

보물찾기: 나이 들어 하나씩 알게 되는 사랑인 것 같아요.

muse: 감을 나눠 주실 주변 사람에 저도 포함되기를 간절히 소망해 봅니다. 하하하. 감나무야, 무럭무럭 자라렴~!

〈시즌 7〉

2020년 봄

이미란
김세영
김현정
강의준
박비오
조부덕
임유진
최혜영
김미경

Unsafe is safe

오늘 학위논문 심사가 있었는데, 그 논문 안에 텍스트로 제시된 흥미 있는 자료가 있었다.

2000년에 네덜란드의 한 작은 도시 드라흐턴에서는 교차로에 있는 신호등과 교통 표지판을 없애는 시도를 했다고 한다. 이 실험을 추진한 이들은 사람들이 '신호등'과 '교통 표지판'에 의존할수록 도로 주변의 위험 요소에 무감각해지기 때문에, 오히려 이러한 신호가 없는 게 더 안전할 수 있다고 주장했다는 것이다.

많은 사람들이 불안해하고 무서워했지만, 신호등과 교통 표지판이 사라진 자리에 마치 스케이트장처럼 무질서한 듯 자연스러운 질서가 생겨나게 됐다고 한다. 보행자들은 '손짓'과 '눈빛'을 이용해 신호를 대신했고, 운전자들은 그들을 유심히 살피며 운전하기

Unsafe is Safe **89**

시작했다는 것이다. 교차로에서는 보행자, 자전거, 차량의 순서로 통행한다는 약속을 지키면서 말이다.

1년 후, 드라흐턴에서는 연 20건 일어나던 교통사고가 1건으로 줄었다고 한다. 95%가 감소된 것이다. 이 시도 이후 현재까지 드라흐턴의 교차로에는 신호등과 교통 표지판이 없다고 한다. 도로에 문제가 생기면, 무언가를 추가하기보다는 제거하는 것이 좋다는 것을 말해 주는 예라고 하는데, 이에 대해 교통 기획자인 한스 몬더만은 이렇게 말했다고 한다.

"규칙의 수가 많으면 많을수록 사람들의 개인적인 책임감은 줄어듭니다."

오토바이가 무질서하게 도로를 질주하는 베트남과 같은 나라에서 교통사고가 잘 발생하지 않는 상황을 설명할 수 있는 실험인 것도 같다. 나의 길들여진 사고 안에서 신호등과 교통 표지판이 없는 횡단보도란 끔찍할 것만 같은데.

(2020. 4. 29.)

hanafeel: 그럴듯하네요. ^^

뭉게구름: ㅎㅎ... 일단, 파리에서 한 달 정도 운전해 보고 다니면 금방 적응하실 수 있을 테니 끔찍하지만은 않을 수 있어요.

second rabbit: 저는 저 논문의 주장에 공감이 갑니다. 제가 이사 온 후 10년 동안 저희 동네에 신호등이 한 열 곳은 생긴 것 같아요. 왜 이런 신호등이 생긴 것일까? 백이면 백, 주민들의 민원, 그리고 공무원들의 형식적이 사고가 만들어 낸 합작품이라고 말할 수 있죠. 신호등만 세워두면 거기에서 무슨 사고가 생기더라도 공무원들은 변명거리가 생기니까요. 미국과 다른 나라에서는 stop 사인이 있는데, 먼저 온 사람은 먼저 간다는 원칙이 그 공간을 안전하게 하죠. 우리의 신호등 세우는 형식주의적이고 편의주의적인 해결책 대신에 말이죠.

골짜기백합: 그래도 너무 일반화시키면 안 될 것 같습니다.^^

수어(手語) 이야기

gratia

유튜브에서 정은경 질병본부장의 수어 통역사인 권동호 씨 관련 영상을 보게 되었다.

언제부터인가 TV 화면 하단의 동그라미 안에서 열심히 활동하는 수어 통역사들이 있었다. 손짓, 몸짓, 표정을 다 쓰기 때문에 화면 속 다른 사람들에 비해서 훨씬 '열심히' 일하고 있는 것처럼 보였다. 우리나라도 점점 장애인들을 위한 시스템이 갖춰지고 있다는 생각을 잠깐 했을 뿐, 청각 장애인들이나 수어 통역사들에 대해 크게 관심을 가져본 적은 없었다.

그런데 이번 코로나19 브리핑에 등장하는 수어 통역사들은 브리핑하는 이와 거의 대등하게 화면을 2분할한 상태에서 연단에 섰다.

"농아인 여러분들이 크게 기뻐해 주셨어요. 속이 다 후련하다고요."

권동호 씨의 말을 듣고야, 청각 장애인에게 보이는 통역사 모습의 크기가 일반인에게 들리는 음성의 크기와 같다는 것을 깨닫게 되었다. 동그라미 안에서 작은 모습으로 보이면 수어의 중요한 도구인 손짓과 몸짓과 표정이 잘 안 보일 테니 말이다. 볼륨이 낮아 잘 들리지 않았던 말이 크고 분명하게 들리는 경험, 그들이 코로나19 브리핑을 보면서 얼마나 시원했을까.

청각 장애인을 위해 자막 방송을 한다고 하지만, 그것은 자신들의 언어 체계가 아니므로 그들은 긴 문장을 잘 이해하지 못한다고 한다. 정규 뉴스, 특히 재난 방송에 수어 통역사가 얼마나 필요한 존재인지를 나는 이제야 알게 되었다.

"대한민국에는 두 개의 언어가 있어요. 한국어와 한국 수어, 농인들을 언어 소수자로 인정해 주시고 배려해 주셨으면 해요."

권동호 씨의 영상을 보고 검색을 해본 결과, 2016년에 한국수화언어사용자의 언어권과 삶의 질 향상을 위한 한국수화언어법이 제정되었고, 지금 한국에는 한국어와 한국 수어가 공용어로 지정되어 있다는 것을 처음으로 알게 되었다. 예전에는 '수화'라는 말을 썼지만, 지금은 한국어와 격을 맞추기 위해 '수어'라고 쓰는 것이 개념인의 언어 사용이라는 것도.

(2020. 5. 23.)

hanafeel: 그러네요. 작은 원 안의 수화가 많이 불편하셨겠어요.

멈추고, 나아가고

gratia

레이 브래드버리의 『화성 연대기』는 1950년에 발표된 SF소설이다. 이 작품에서 식민지 건설을 위해 화성을 정복하려는 지구인들에 비해, 화성인들은 물질보다는 정신, 이성보다 감성을 중시하는 고도의 문명적 존재로 그려지고 있다. 이 화성인들은 2001년 지구의 4차 탐험대가 도착했을 때, 문명의 흔적만 남겨 놓은 채 종적을 감추었다. 3차에 걸친 지구의 탐험대가 옮긴 것으로 추측되는 수두 바이러스에 감염되어 거의 모든 화성인이 생명을 잃은 것이다.

4차 탐험대의 일원인 인류학자 스펜더는 화성인들의 유적을 탐사하고 나서, 마지막 화성인을 자처하며 동료들을 살해하기 시작한다. 탐험대가 돌아가 지구인들이 몰려오게 되면 화성인의 아름다운 문명과 유산이 송두리째 파괴될 것을 두려워한 것이다. 결국 그는 탐험대장에게 사살되지만, 이런 인상적인 말을 남겼다.

"그들은 우리가 1백 년 전에 중지해야 할 곳에서 제대로 중지했단 말입니다."

코로나 바이러스가 창궐하고 있는 지금, 우리는 지나간 시대의 어디쯤에서 효율과 이윤의 수레바퀴를 멈춰야 했을까 하는 질문은 공허하게 느껴진다. 이미 우리는 강제적으로 '멈춤' 상태에 도달해 버렸기 때문이다. 기후학자들과 환경운동가들의 끊임없는 경고에도 설마, 설마 하는 사이, 아담 스웨이단의 '검은 코끼리'가 갑자기 현실이 되어 버린 것이다.

다행히 우리나라는 지역 봉쇄 없이, 투명한 정보 공개의 방역 시스템으로 코로나에 성공적으로 대처하면서, G7의 초청 국가로 거론되는 등 국가의 위상이 높아지고 있다. K방역으로 국민의 생명을 보호하는 한편, 경제 활성화를 위해 대내외적으로 안간힘을 쓰고 있는 정부의 노력은 국가적 재난에 대한 적절한 대처로 보인다.

그러나 모든 비극적 사태에 대한 대책은 그 상황을 야기한 원인에 대한 성찰과 반성을 기반으로 세워져야 한다. 메르스 사태를 장악하지 못했던 방역 시스템과 의료 체제에 대한 반성과 보완이 K방역의 중요한 성공 요인이었다는 점은 이제 누구나 알고 있다.

사스, 메르스, 코로나19와 같은 현대의 전염병이 시간이 갈수록 빠른 속도로 광범위한 지역으로 확산되는 이유는 무엇이겠는가. 이윤을 위해 '더 멀리, 더 빨리, 더 깊숙이' 도달하려는 세계화 때문이 아니겠는가. 세계화로 인한 지구 생태계의 파괴, 자연 서식지의 파괴는 동물성 바이러스의 숙주들을 인간의 영역에 끌어들였으니, 세계화와 자연 환경의 파괴는 상승 작용을 일으키며 전염병을 부추기는 양대 원인이 되고 있는 것이다.

정부는 포스트 코로나 시대를 위해 '그린뉴딜' 정책을 세운다고 한다. 아무쪼록 '그린'에 방점이 찍힌 정책이 되었으면 한다. 그리고 국제사회를 향해서도 인류의 공동 사안인 기후나 환경, 원전 문제에 대해서도 한국이 발언권을 행사했으면 한다. 지구가 멈춰 선 원인을 치열하게 성찰하고, 이에 기반한 올바른 대책을 실행하는 범지구적 협력기구의 일원이 되어 미래를 향해 나아갔으면 한다.

(2020. 5. 31.)

골짜기백합: 1950년대 발표한 소설이 오늘날의 세계를 잘 그려주고 있네요. 문학가의 상상이라는 것이 참 대단한 것 같아요. 문학가가 상상하면 과학자가 그것을 실제로 만드는 일이 되풀이되고 있는 듯...

이제야 깨달음

솜사탕

겨울 코트를 가져다 두고 봄옷을 가져와야 하는데 한 달이 조금 넘도록 광주에 가지 못했다. 물론 도외 외출을 삼가는 것도 있다. 그런데 금요일 저녁에 광주로 퇴근하고 싶다가도 공항까지 가고 또 광주에서 중산간 마을까지 돌아올 과정을 자세히 생각하다 보면 차일피일 미루게 된다.

요즘 비행기를 타고 심신의 불편함을 참을 수 있는 최대한의 시간은 30분이다. 대한항공의 경우 제주 공항 이륙 후 비상시 행동을 시연하고 음료수를 나눠준 다음 곧 착륙을 준비한다. 여기까지는 반듯이 앉아 있을 수 있지만 그 이상은 곤란하다. 서울만 가더라도 없던 공황장애가 생길 것 같다. 매 학기 기말고사에서 공황장애 panic disorder를 '공항장애'라고 답하던 학생들이 있었는데 그게 다 경험에서 나온 것임을 제주도에 내려와 살면서 깨달았다.

난 그다지 다정한 딸은 아니지만 엄마와는 일주일에 몇 번 통화를 한다. 친애하는 후배 R은 임상심리전문가 수련을 시작한 뒤로 전화가 없다. 일생이 비효율적인 R은 임상심리 자격증 수련을 무려 두 번째 받는 중이다. 며칠 전 자기는 걷잡을 수 없이 불행하지만 아무도 그 사실을 모른다는 카톡을 보내왔는데 늘 그렇듯이 그다지 동정심은 생기지 않는다. 불행한 자치고는 말이 많으며 욕을 잘하고 무엇보다 사달라는 게 참 많다. 그동안 내가 제공한 신발 개수만 보면 R은 호모 사피엔스보다 지네에 가깝다.

(2020. 3. 16.)

뭉게구름: ㅎㅎㅎ... 친애하는 후배 R의 근황을 오랜만에 듣고 반가웠지만, 지네발 소식을 듣고 '공항장애' 올 뻔했어요

second rabbit: R의 입장에서는 억울할지도 모르겠지만, 타인의 입장에 서다는 말의 영어 표현이 in his/her shoes인 점을 감안한다면, 그 많은 신발 중에 어떤 신발을 신어야 할지 고민되는 상황일 수도 있겠군요.

골짜기백합: 공항 장애 ㅎㅎ 배 타고 오시게 되면 선착장 장애?

추억이 방울방울 2

솜사탕

어제 동네주민의 얼굴책에 섬진강 자전거길이 올라왔다. 작년 벚꽃이 흩날릴 때 곡성 두가헌 앞마당에서 구례까지 같이 다녀온 적이 있다. 작년 봄에는 자전거 나들이가 꽤 여러 번 등장했을 만큼 명실상부한 취미생활이었는데 가을 이후로 나의 빨간 자전거는 앞 베란다 인테리어 소품일 뿐이다.

서울 사는 새댁 J도 불쑥 1년 전에 담양에서 M과 함께 찍은 사진을 보냈다. 봄이지만 꽤 추웠던 날, J와 M이 광주에 와서 하룻밤 자고 다음 날 담양에서 시간을 보낸 후 올라갔던 날의 한 장면이다. J는 불과 1년이 지났을 뿐인데 이런 시간이 올 줄 몰랐다는 문자를 그 사진에 대한 설명으로 보냈다. 그 사이에 J와 M은 대사관의 협조를 얻어 종로구청에 혼인신고를 했고 작년 12월 이태리로 날아가 가정식 결혼식을 하고 돌아왔다.

속세의 전염성 질환이 지나간 뒤 인류는 이전과 다른 국면으로 접어들 것이라는 예언이 정보의 바다에 상당히 자주 떠다니는 걸 보면 아마도 그러할 것이다. 데이터 자체는 의도가 없으나 양적으로 많이 나타난 데이터는 결국 실현된다. 글쎄, 점차 다가오는 그 세상이 어떤 덕목을 호모 사피엔스에게 요구할지 잘 모르겠지만 난 그냥 오늘만 대충 수습하며 살 생각이다. 나의 본질과 다르게 성실한 직장생활을 다시 할 줄 알았으면 지난 10년 동안 대출이라도 받아서 더 놀러 다녔어야 했다.

(2020. 4. 5.)

---

muse: 논문 쓰기를 당장 멈추고, 집을 판 후 대출을 받아서 여행을 떠나고 싶은 충동을 느끼게 하는 글이군요.

hanafeel: 쳇

뭉게구름: 쳇에 꽂힌 하나필 님!!

노년기의 현실적인 풍경

솜사탕

저녁에 엄마는 짐짓 아무렇지 않게 전화를 하셔서 주말에 뭐하고 지냈는지, 저녁 식사는 뭘 먹었는지 물어보셨다. 지난주 광주에 갔을 때 엄마의 친한 친구 Y 아줌마가 아무래도 얼마 남지 않은 것 같다고 하셨는데 엊그제 호스피스 병동에 입원하셨다는 말씀을 하시고 싶으셨던 것이다. 내일 병원에 다녀올 생각이지만 Y 아줌마 얼굴을 보는 것도, 안 보는 것도 모두 마음이 무겁다고 하셨다.

아침에 몇 달 만에 문을 연 성당에 가셨고, 의자 하나당 한 두 명만 앉아서인지 교중미사인데도 차분하고 조용한 그 시간이 아주 좋았으며, 미사 끝난 후 로사 아줌마랑 찻집에 가서 수다를 나누고 모처럼 기분이 유쾌했다고 하셨다. 그런데 오후에 Y 아줌마 소식에 마음이 무거워져서 최근 몇 년 사이에 엄마 곁을 떠난 사람들을 생각하며 상념에 잠기려는 순간 이제 시계를 자기 마음대로 읽는 아빠가 자꾸만 밥을 달라고 해서 엄마의 분노를 샀다고 했다. 이런 상황은 코미디라고 하기에 손색없지 않는가.

오늘 오후 엄마의 심란하고, 우울하고, 어이없었을 기분이 상상되기도 하고, 남의 일 같지 않기도 하다. 가장 친한 친구와의 이별은 가족의 이별과는 또 다른 무게일 것 같다. 노년기의 현실적인 풍경은 이렇지 않을까. 삶에 대한 통찰력 따위는 은퇴 전, 심리사회적, 경제적 독립이 보장되어 있는 중년 후기의 덕목이며, 독립성, 친밀감, 사회성이 사라지는 노년기에는 많은 노력을 들여 간신히 자아를 지탱하는 정도의 무력감의 시기 말이다.

(2020. 5. 10.)

---

hanafeel: 저도 다 계획이 있었네요.

gratia: 노년기에도 독립성, 친밀감, 사회성을 유지할 수 있도록 애써야지요.

꼴짜기백합: 솜사탕 님이 잘 위로해 드리고 잘 들어드리는 것이 최고인 듯해요. 내 친구 왈 "부모에게 자녀는 존재 그 자체로 위대한 선물이라고 생각해. 가끔씩 어머니께 안부전화 드려도 가슴이 벅차실 것이라 생각한다." 전화할 수 있는 멋진 딸이 있다는 것으로도 마음에 위로가 될 것 같아요.

코로나가 바꾼 일상

우슬초

1.

평소와 다를 바 없이 늘 동일한 시간대에 맞춰 버스터미널로 향했다. 그런데 예상치 못한 일이 발생했다. 내가 타야할 시간대 버스가 사라진 것이다. 벌써 두 번째이다. 한 차례 평소 내가 타던 시간대의 버스가 코로나 여파로 운행을 취소하여 좀 더 이른 시간대 버스를 이용했는데, 그나마 이 버스 운행마저 취소가 된 것이다.

황당한 것은 예약을 했는데도 아무런 취소 공지도 못 받았다는 것이다. 정확히 말하면, 며칠 전 스마트폰 예약 시스템 팝업을 통해 버스 운행 시간이 조정될 수 있으니 사전에 확인하라는 공지를 보기는 했었다. 그런데 예약한 사람에게 사전 공지도 없이 버스 운행이 취소되다니 황당할 따름이다. 하긴, 버스업체 입장에서는 몇 사람 타지 않은 버스를 운행한다는 것이 적지 않은 부담일 것이다.

그래도 공지는 해주어야 하지 않았는가 하는 황당함에 한 시간이나 다음 버스를 하염없이 기다려야만 했다. 오전에 회의가 없는 것이 얼마나 다행인가 하면서 말이다.

2.

오후에 회의가 있어서 대학 본부에 들어서는 순간, 발열 검사기를 발견했다. 일정 온도 이상의 발열이 있을 경우, 경보음이 울린다고 한다.

회의를 하면서 마스크를 써야 하는지, 벗어야 하는지 난감했다. 어제 보직 임명장을 받으러 갈 때에도 참석한 사람들이 우왕좌왕했다. 마스크를 써야 하는지 벗어야 하는지 서로 눈치를 살피다가 결국 기념촬영을 할 때에만 마스크를 벗는 것으로 했다.

오늘 회의 안건은 대학 개강 연기에 따른 원격강의 운영 방안이다. 이래저래 코로나가 대학의 일상을 바꿔버렸다.

3.

회의가 늦게 끝나는 바람에 평소보다 늦은 퇴근을 했다. 평소 같으면 운암동 중간 정류장에서 내려야 하는데, 내가 탄 버스는 문화동을 경유하는 것이라 유스퀘어 종점에서 하차했다. 하차하는 순간, 노란색 띠가 둘러 있다. 노란색 띠 안으로 걸어가다 보면 이내 곧 발열 검사기 앞을 지나게 된다. 군인 두 명이 발열 검사기 앞에서 하차하는 승객을 주시하고 있다. 그럼, 발열 증상이 있으면 어떻게 되는 것인가? 순간 궁금증이 들었다.

4.

파마한 지 8개월이 지난 내 헤어스타일은 참으로 볼품없다. 지난 10년 이상 동안 변함없이 2월 중순과 8월 중순, 그러니까 개강을 앞둔 시점에 늘 미용실을 갔던 나였는데, 이번에는 미용실을 갈 타이밍을 놓쳐 버렸다. 사회적 거리 두기를 실천해야 할 이때에 미용실에 갔다가 혹시나 하는 상황이 발생하면, "이 시국에 미용실을 가다니…."라는 비난을 받을까 두려웠기 때문이다.

코로나가 바꾼 나의 일상을 빨리 되찾고 싶다.

(2020. 3. 3.)

뭉게구름: 우슬초 님의 상황은 더욱 안타깝네요. 그런데 웃프다고 해야 할지, 단체 사진을 찍을 때 마스크를 썼으면 두고두고 회자될 이야깃거리가 되지 않았을까 싶어요.

second rabbit: 시대의 기록이 되지 않았을까요? 마스크 쓴 사진이다. 그럼 2020년이네. 이렇게요.

gratia: 원격 강의를 할 준비가 되어 있지 않은데, 걱정이군요. ^^

10시간의 기다림 끝에…

우슬초

집에 도착하자마자 전화기가 울린다. 여수에 사시는 시어머니셨다. 시어머니의 목소리는 한껏 상기되어 있으셨다. 여느 때라면 오늘밤 우리집에 오셔서 목요일과 금요일까지 아이들을 봐주셔야 할 것이다.

시어머니께서 전화를 주신 것은 바로 '마스크 구매 성공 일화담'을 들려주시기 위함이다. 어제 아침 7시부터 일어나 시어머니와 시아버지는 3시간 동안 우체국 앞에서 줄을 서서 다행히 마스크 구매에 성공하셨단다. 아슬아슬하게 시어머니 뒤에 세 사람을 남겨두고 마스크 구매에 성공한 것이다. 그리고 오늘 시아버지는 4시간 동안 줄을 서서 마스크 구매에 성공하셨다고 한다.

그렇게 총 10시간(시어머니 3시간, 시아버지 7시간)의 기다림 끝에 획득한 마스크는 내일쯤 우리집에 도착할 예정이다.

어머니는 신신당부하신다.

"아끼지 말고 하루에 하나씩 써야 한다."

시어머니는 며느리집에 오지 못하는 미안함을 마스크 구매로 대신 표현하신 것이리라.

시어머니의 든든한 전화를 받고 나서 나는 비로소 이틀째 사용하여 화장이 다 묻은 마스크를 과감히 쓰레기통에 내던졌다.

워킹맘은 또다시 이렇게 시어머니의 도움을 받을 수밖에….

(2020. 3. 4.)

---

gratia: 저는 인터넷 구매에 밝은 딸의 도움으로 줄서는 것은 면했습니다.

muse: 마스크에 무념무상입니다. 뭐, 약간의 여분이 있기도 하고, 내 립스틱인데 뭐, 어때, 이러면서 계속 쓰고 다니기 땜세... 시어르신들의 사랑은 감동이군요.

벚꽃 사진 한 장에

우슬초

여러 혼란 속에 비대면 수업이 진행되고 있다. 나에게는 내 수업 보다 우리 학교 전체 비대면 수업을 신경 쓰느라, 사실 내 수업에 대해 신경을 많이 못 쓰는 편이다. 그래도 나름 열심히 동영상을 만들어 학생들에게 강의를 제공해 주기도 하고, 바쁜 시간 쪼개어 오픈채팅방에 글도 남겨주고, 또 일대일 상담 전화도 돌리는 중이 다. 물론 상담 전화를 많이 돌리지는 못하고 있지만….

그런데 얼마 전 일대일 전화 상담 중 한 학생으로부터 기분 좋은 소리를 들었다. 내 수업이 자신이 듣고 있는 여덟 개 수업 중 가장 질 좋은 수업 동영상을 제공해 주고 있다는 것이다. 실은 가장 평범 한 PPT 활용 동영상인데도 내 수업 동영상이 가장 좋다는 것은 그리 좋은 현상이 아님은 분명하다. 그러면서 그 학생이 전하는 말은 "에브리타임에 교수님 칭찬이 자자해요."였다.

에브리타임은 교수들은 들어갈 수 없기도 하고, 에브리타임에는 좋은 내용보다는 안 좋은 내용이 더 많기에 일반적으로 교수, 조교, 직원은 절대로 들어가서는 안 되는 금단의 영역으로 알려져 있다. 자칫 잘못 들어갔다가 상처받을 수 있기 때문이다. 그런데 이전 대학에 있었을 시절, 한 학생이 에브리타임에 게시된 나에 대한 정보를 스크랩하여 보내준 적이 있었다. 칭찬인지 아닌지는 모르겠으나, 이전 대학의 에브리타임에 올려진 나에 대한 키워드는 '천사' 이었다.

아무튼 새로운 대학에 와서 이곳 학생으로부터 들은 에브리타임에 대한 나의 평 이야기를 들은 지 2주가 지났다. 그런데 어제 한 직원으로부터 에브리타임에 한 교수가 화제가 되고 있다는 이야기를 전해 들었다. 내용인즉 한 번도 학교에 오지 못한 신입생을 위해 수업 동영상에 학교에 핀 벚꽃 사진을 올려준 교수에 대한 이야기라는 것이다.

직접 내가 그 글을 보지 못하여 그 교수가 어떤 교수인지 모르겠으나, 사실 나도 우리 학교에 핀 벚꽃 사진을 동영상을 통해 게시한 적이 있다. 지금 학교에는 이렇게 예쁜 벚꽃이 만개했는데, 함께 하지 못해서 아쉽지만 내년에는 꼭 함께 하자는 그런 인사말을 먼저 던진 후에 강의를 시작했던 것이다.

그 화제의 주인공이 나인지는 모르겠으나, 그래도 벚꽃 사진 한 장에 감동하는 학생들이 많았다니 괜스레 내가 흐뭇해진다. 그래, 이렇게 강의하고 연구할 때가 행복한 것인데, 행정일에 나의 온갖 에너지를 쏟는다는 것이 슬퍼진다.

(2020. 4. 10.)

---

hanafeel: 오~ 오, 최고시네요.^^

골짜기백합: 축하드립니다. 교수님이 틀림없는 것 같아요. 사실 교수하면서 가장 보람될 때는 학생들이 수업을 좋아해주는 것이라고 생각해요. 그런 면에서 교수님 파이팅!! 나중에 비결도 좀 알려주세요.

gratia: 누가 나를 '천사'라고 한다면 밧줄에 얽매인 기분이 들 것 같군요. ^^

세상의 마지막에 올리브를 먹다

Second rabbit

세상이 끝나려 하고 있고 나는 올리브를 먹는다. 원래 계획은 피자였지만 내가 식료품 가게에 갔을 때 선반은 모두 비어 있었다. 피자와 토마토소스는 잊어버려야 했다. 내가 카운터의 계산원에게 말을 건네려 했을 때, 그 늙은 부인은 핸드폰을 들고 누군가와 스페인어로 통화를 하고 있었다. 그녀는 나를 보지도 않고 말했다. 그녀는 끝장난 것처럼 보였다.

"그들이 모든 것을 다 가져갔어요."

그녀는 중얼거렸다.

"생리대와 절인 피클만 빼고 모든 것을요."

피클 선반에 유일하게 남아 있는 것은 순한 고추와 함께 절인 올리브 단지 하나뿐이었다. 내가 좋아하는 종류였다.

내가 계산대로 돌아갔을 때 계산원은 눈물을 글썽이고 있었다.

"걔는 마치 따뜻하게 부풀어 오른 **빵** 같았어요."

그녀가 말했다.

"내 사랑스런 손주 말예요. 다시는 걔를 못 보겠죠. 다시는 그 애 냄새도 맡지 못할 거예요. 이제 다시는 내 새끼를 안아볼 수 없겠죠."

대답하는 대신에 나는 계산대에 올리브 단지를 올려놓고 호주머니에서 50불짜리 지폐를 꺼냈다. 그녀가 그 지폐를 챙기지 않는 것을 보고 내가 말했다.

"괜찮아요. 거스름돈은 필요 없어요."

"돈?" 그녀가 코웃음을 쳤다. "세상이 끝나고 있는데 지폐를 주면, 이걸로 내가 뭘 할 수 있을 거라고 생각해요?"

나는 어깨를 움츠렸다. "나는 정말로 이 올리브를 원해요. 만일 50불이 부족하면 더 낼게요. 얼마가 됐든지 간에…"

"허그." 눈물이 아직 맺혀 있는 채로 계산원은 내 말을 끊고 팔을 벌리면서 말했다. "올리브의 가격은 한 번 안아주는 거예요."

나는 내 집의 발코니에 앉아 치즈와 올리브를 먹으면서 티비를 보고 있다. 티비를 발코니로 끌어오는 것은 쉽지 않았지만, 만일 이것이 끝이라면, 별이 빛나는 하늘 아래 엉망진창인 아르헨티나 멜로드라마를 보는 것보다 더 좋은 끝이 어디 있겠는가. 드라마는 346번째 에피소드였고 나는 등장인물들을 하나도 몰랐다. 그들은 아름다웠고 감정적이었으며 서로를 향해서 스페인어로 고함을 지르고 있었다. 자막은 없었고, 그래서 그들이 뭐라고 소리 지르는지 이해하기 힘들었다. 나는 눈을 감고 식료품 가게의 계산원을 떠올렸다. 우리서 서로를 안았을 때 나는 작아지려고 애썼고, 실제의 나보다 더 따뜻했으면 싶었다. 나는 나에게서 갓 태어난 아기 냄새가 나기를 간절히 원했다.

NYRB에 실린 Etgar Keret의 단편이다. Jessica Cohen이 영역한 글을 내 맘대로 번역했다. 원래는 히브리어로 쓰였다고 하니 아마도 이스라엘 작가가 아닌가 싶다.

(2020. 4. 16.)

해피트리: ㅎㅎ 정말 모든 물건의 가격이 '허그'인 세상이라면 얼마나 재미있고 따뜻할까요.

hanafeel: 잘 읽었습니다. 대단하시네요.

뭉게구름: 어어... 제가 해피트리 님의 댓글을 읽고서야 뭘 잘못 읽었다는 걸 알았습니다. '허그'를 솔 벨로의 소설 '허조그'로 잘못 연상해서... 뭐지? 했었거든요. ㅋㅋㅋ

gratia: 좋은 소설을 발굴해서 번역에 도전해 보세요. 제2의 인생이 기다리지 않을까요? ^^

바람

Second rabbit

　바람이라는 단어는 미묘하고 매력적이다. 이 단어의 의미심장함을 가장 잘 표현한 것은 미당 서정주의 "나를 키운 건 팔 할이 바람이었다."는 문장이 아닐까 싶다. 그의 시구를 읽으면서 즉각 떠오르는 이미지는 바람에 흔들리는 나무였다. 나무는 바람을 맞으며 꿈을 꾼다. 바람을 따라 세상을 떠도는 꿈을 꾸면서 그 기원의 장소와 스러짐의 순간을 향해 깃발처럼 가지를 흔든다. 바람은 나무에게도 사람에게도 자유를 상징했을 것이다. 매이지 않는 것, 정처 없이 흐르는 것, 잡을 수 없는 것. 바람은 불고, 일어나고, 눕고, 속삭이고, 어루만지고, 성을 내고, 들기도 하고, 나기도 하고, 마침내 잠든다. 바람에 관한 표현 중 미묘하다고 생각하는 것 하나는 '바람이 든다'는 표현이다. 바람이 안으로 들어와 버린 것이다. 바람이 든 사람은 자유의 맛을 본 사람이 차꼬를 견디지 못하듯이 일상의 틀을 비집고 나간다.

하지만 바람이라는 단어를 한층 더 미묘한 것으로 만드는 것은 이 단어가 '바라다'라는 동사의 명사형이기도 하다는 사실이다. 이 바람은 시인이 말하듯이 사람을 성장시키기도 한다. 신앙인들이 흔히 하는 말 중에 '기도로 키운 자식은 망하지 않는다'는 표현이 있다. 기도라는 바람으로, 기대와 정성으로 키워진 인간은 실패하지 않으리라는 바람의 말이다. 인간은 그에 대한 기대와 바람 속에서 성장하고 또 살아간다. 하지만 이 바람은 또한 구속이 되기도 한다. 누군가 나에게 기대하는 것이 많을 때 부담스러워지듯이. 우리는 바람에서 자유로울 수 없다.

그런 의미에서 참으로 우리를 키운 건 팔 할이 바람이었다.

(2020. 5. 10.)

---

hanafeel: 오~ 바람이 그 바람.
　↳ 골짜기백합: ㅎㅎㅎ

골짜기백합: 어느 날 미풍이 저를 스치는데 너무 황홀했던 경험이 있습니다. 말로 할 수 없는 느낌...
지금 제가 관심 있어 하는 주제로 좀 엉뚱한 것이 있는데요. 스와스티카, 그러니깐 불교에서부터 나치에 이르기까지 쓰인 만자의 기원에 관한 것이에요. 그것이 태양이라는 설부터 온갖 설이 있는 가운데, 기원전 수천 년 전부터 지역적으로도 전세계적으로 나오는데요. 저는 고대 지중해 중심으로 살펴보려고 하고 관련 고고학 자료를 모았답니다. 지역과 시기에 따라서 다양한 의미와 상징으로 발전해 왔지만, 기원적으로는 수메르 문명에 나오는 바람이 신의 상징이 아니었을까 하는 아주 기상천외한 생각을 하고 있는데, 수메르 문명의 최고신은 엔릴이라는 '바람의 신'이었어요.

해피트리: 아~ 바람이 든다. 그 바람!! '바람이 난다'에서의 바람도 같은 의미인가요?

쉬운 여자

Second rabbit

그녀가 자신의 스타일이 아니라는 건 분명했다. 깨끗한 이마에 붉고 두툼한 입술, 굴곡진 몸매에 도드라진 가슴, 준비하고 있었다는 듯이 터지는 쉬운 웃음. 요컨대 그녀는 너무 밝고 가벼웠다. 처음 보았을 때부터 자신과 어울리지 않는다고 생각했다. 어쩌면 그래서였을지도 몰랐다. 평소와 다르게 먼저 말을 걸고 썰렁한 농담을 마치 가벼운 잽을 던지듯이 그녀에게 건넨 것도. 이런 연극적인 몸짓은 그에게는 전혀 정상적이지 않았다. 사실 이런 모임에 온 것부터가 이상한 일이었다. 그에게 이런 잘 알지도 못하는 사람들의 시간과 장소에 속하는 일은 마치 살인 사건의 현장에 휘말린 것처럼 잘못된 장소, 잘못된 시간에 속하는 일이었다. 맥락에서 벗어난 그런 환경이 그를 들뜨게 만들었던 것일까. 그의 과장된 말에 그녀는 기다렸다는 듯이 웃었고 그에게 가까이 왔다. 전혀 기대하지 않았던 반응이었지만 그는 그것이 당연하다는 듯이 연기했다. 마치 이런 남녀 관계를 잘 아는 카사노바처럼 그녀에게 호탕하게 굴었다. 그녀 또한 그의 노골적인 수작에—그와 동류의 사람들이라면 하나같이 유치함에 안색이 질릴 정도의— 스스럼없이 몸을 맡겨왔다. 그녀는 그저 말로만이 아니라 실제로 몸을 부딪쳐왔다. 그도 그런 접촉이 아무렇지도 않다는 듯이 굴었다. 첫 만남임에도 거의 껴안는 듯한 오버 액션도 있었다. 물론 아무것도 아니라는 듯이, 장난스러운 몸짓이었지만, 그날의 그는 마치 술에 취한 상태이거나 마약을 한 것처럼 업되어 있었다. 그 자신도 의식의 한 구석에서는 그것을 알고 있었지만, 그냥 무시했다. 그는 충분히 즐거웠고 만족스러웠다. 그녀와 함께 있는 것도 좋았지만, 어쩌면 자신이 이렇게까지 자신이 아닐 수 있다는 발견이 그를 더욱 몰입하게 했는지도 몰랐다.

시간은 마치 삭제된 것처럼 종막을 향해 흘렀다. 모임이 끝날 시간이 가까워지면서 그는 조금씩 말을 아끼기 시작했다. 뱉어낸 말들을 다시 주워 담고 싶다는 생각이 그의 의식에서 물고기가 튀듯이 떠올랐다. 마침내 이 만남을 어떻게 끝낼 수 있을까 하는 생각이 그녀에 대한 욕망 위에 그림자를 드리웠다.

그녀는 그가 원하는 사람이 아니었다. 아닐 것이다. 그리고 그도 그녀가 보았던 사람이 아니었다. 이 시간 이후에 그는 구두가 벗겨진 신데렐라가 아니라 계모의 딸에 불과할 것이었다. 그는 버스가 왔을 때 마지막 순간에 잽싸게 올라탔다. 문이 닫혔다. 그는 돌아보고 싶지 않았다. 그러나 결국 뒤를 돌아보고 말았다. 그가 오랫동안 기억하게 될 눈이 그를 보고 있었다. 왜라고 묻는 눈. 동그랗고 맑은 눈.

어쩌면 그녀는 그가 생각한 그런 여자가 아니었을지도 모른다는 생각이 들었다. 차가 속도를 냈고 흙먼지가 피어올랐다.

(2020. 6. 8.)

골짜기백합: 넘 재미있는 소설이 나올 것 같습니다^^

gratia: 실화 같습니다만 ㅎㅎㅎ

hanafeel: 쉬운 여자가 샘에겐 신 포도가 된 거예요?

muse: 쉬운 책 얘기가 아니군요. ㅋ

한잔의 커피를 마신다는 것의 의미

뭉게구름

앤서니 기든스는 『현대사회학』 7판에서, '커피'를 예로 들어 사회학적 상상력이 익숙한 사회생활의 타성에서 무엇을 발견할 수 있는지를 설명하고 있다. 사회학자의 눈에 비친, '한잔의 커피를 마신다'는 것의 의미를 함께 따라가 본다.

1) 커피는 단지 음료만이 아니다. 커피는 우리의 일상적 사회활동의 한 부분으로서 상징적 가치를 지닌다. 많은 사람에게 커피는 하루를 시작하는 개인적 생활 습관의 핵심이다. 한편, 모닝커피 이후에도 사람들과 만나 대화를 나눌 때 먹고 마시는 것은 사회적 상호작용의 단초가 된다. 즉 커피는 개인적 의례이면서, 사회적 의례의 기초가 된다.

2) 커피는 두뇌를 자극하는 카페인을 함유한 일종의 마약이다.

그러나 커피는 습관성이 있지만 마리화나 등과는 달리, 서구 문화의 대부분의 사람은 보통 커피 중독자들을 '마약 사용자'로 여기지 않는다. 즉 커피는 용인된 마약이다.

3) 커피를 마신다는 것은 전 세계적인 복잡한 사회경제적 관계망에 얽히는 일이다. 커피는 지구에서 가장 가난한 나라들에서 생산되며, 부자 나라들에서 소비된다. 가난한 나라들에서 커피는 외화를 벌어들이는 가장 큰 원천이 되고 지속적인 거래가 이뤄진다.

4) 커피를 마시는 행위에는 하나의 긴 사회경제적 발전의 과정이 전제되어 있다. 커피, 차, 바나나, 감자, 설탕 등은 1800년대에 이르러서야 널리 소비되며 서구 제국주의의 식민지 확장 과정과 궤를 같이한다. 즉 커피는 결코 서구적 식단의 '자연스런' 일부가 아니었다.

5) 커피는 세계화, 국제 공정 무역, 인권과 환경오염에 대한 논쟁의 핵심에 자리 잡고 있다. 커피는 '브랜드화'되고 정치화되었다. 그리고 어떤 종류의 커피를 어디서 사서 마실 것인가에 대한 소비자의 결정은 생활양식에 관한 선택이 되었다. 유기농 커피를 마실 수도 있고, 디카페인 커피를 마실 수도 있다. 혹은 '공정무역'을 통해 수입된 커피만을 마실 수 있다. 스타벅스 같은 체인점에서 마실 수도 있고, '독립적인' 커피하우스들을 후원하려고 할 수도 있다.

커피 한잔은 우리 손에 자동적으로 들어오는 것이 아니다. 예컨대 당신은 어떤 커피숍에 갈 것인지, 아메리카노를 마실지 드립 커피를 마실 것인지를 선택한다. 다른 수백만의 사람들과 함께 이러한 결정을 내림으로써 당신은 커피 시장을 만들어 내고 지구 반대편에 살고 있는 커피 생산자들의 삶에 영향을 끼치는 것이다.

(2020. 4. 1.)

해피트리: 오~ 커피를 마시는 의미가 굉장하군요. 커피를 사랑하는 한 사람으로서 앞으로도 뿌듯한 마음으로 마셔야겠네요.^^
  ↳ **뭉게구름**: 네^^... 저도 뿌듯해지네요...ㅋ

gratia: 저희는 '갈매나무'라는 독립적인 커피하우스를 후원하고 있는 건가요.. ^^
  ↳ **뭉게구름**: ㅎㅎ... 적극적인, 맹렬한 후원자시죠^^

second rabbit: 결론은 갈매나무? 모든 길은 갈매로 통한다!! ㅋㅋ
  ↳ **뭉게구름**: 음... 사실 제 입으로 그렇다고 얘기하기는 좀 쑥스럽잖아요...ㅎㅎ...

골짜기백합: 어떤 계기로 커피를 안 마시게 된 지가 아주 오래전 일.
  사회성 함양을 위해서^^ 이제 마시려하니 잠이 안 와서요~
  해결책이 있을까요?~~~
  ↳ **뭉게구름**: ㅎㅎ... 커피 드시지 마세요... 미국 같으면 디카페인 커피를 쉽게 찾을 수 있지만, 아무래도 국내에서는 그나마도 찾기 어렵죠. 어떤 분들은, 오후 세 시 넘어서는 커피를 안 마신다던가 하는 나름의 방식이 있더라구요. 전문적으로는, 로부스타 종이 블랜딩된 커피는 마시지 않는 게 좋습니다. 아라비카 종에 비해 카페인 성분이 두 배거든요. 대개의 프랜차이즈 커피숍에서는, 로부스타 종이 주로 사용됩니다.

나는 워프 제라쉬다!

뭉게구름

포근하게 비춰드는 햇살에 웅크렸던 몸이 서서히 열려가며 잠에서 깨어난다. 슬며시 기지개를 켜보지만 바람 한 점 없는 공기가 답답하다. 늘 겪어오던 날들과는 다른 오늘 아침의 이 기분은 뭘까. 지난밤 꿈결 속에 아스라하게 떠오르던 풍경들 때문일까? 그런데 대체 그것은 무엇이었을까?

축축하고 무성한 숲, 얽히고설킨 칡덩굴, 몸통을 포근히 감싸는 느낌을 주던 이끼, 바닥에 낮게 깔려 있는 보들보들하고 무성했던 양치식물(fern). 그 사이에 서 있던 부드러운 회갈색 나무 몇 그루. 줄기는 팔뚝 정도로 그리 굵지 않았다. 위쪽은 갈라져 있고, 가지는 길게 자라 축 늘어져 있었다. 잔가지에는 은빛이 섞인 녹색 이끼가 끼어 마치 마구 자란 턱수염 같았었는데. 잎은 어두운 녹색에 윤기가 나고, 잎맥은 또렷했던 그 나무는 무엇이었을까? 그러고 보니,

나와 비슷하게 생겼다. 하지만 새 가지들 위에 루비처럼 빛나는 열매를 맺은 그 나무들의 자태는 사뭇 나와 다르지 않은가.

한 줄기 바람이 스며드니 답답함이 가신다. 이 집에 들락거리며 나를 돌보아주는 이가 이제야 왔나 보다. 이제 내 잎을 쓰다듬으며 물을 주겠지. 옆 다육이에게서 옮아온 흰솜깍지 벌레가 내 잎에 자리 잡고 성가시게 하던데, 오늘은 이 녀석들을 다 잡아줬으면 시원하겠다. 아아, 어이! 오늘은 물을 더 마시고 싶어. 꿈속 풍경 때문에 어쩐지 오늘은 갈증이 더 생기는 걸.

어, 웬일이람? 난데없이 짹짹거리는 새소리가 들려오고 가지에 두 녀석이 내려앉는다. 열린 문 사이로 새어나가는 내 열매들의 향기를 맡고 들어왔나 보다. 반가워. 아냐, 거기에 씨앗을 뱉어내면 안 돼. 숲에다 옮겨줘야지. 야속한 녀석들이다. 아무것도 없는 바닥에 내 소중한 씨앗을 뱉어내 버리다니. 어이, 거기다 똥 싸면 안 돼. 가려고? 그런데 거기는 문이 아니야. 그렇게 부딪히면 뇌진탕 걸려. 바람의 결을 느껴봐. 그러면 나갈 수 있을 거야. 어어 싸우지마! 왜 그렇게 목덜미 깃털을 바짝 세우고 사납게 구는 거야. 데이트 나왔는데 이상한 곳으로 데려왔다고 여자새가 남자새에게 화가 난 모양이네. 쯧! 그러게 데이트 할 거면 준비를 잘했어야지. 그렇게 하면 차일 수 있으니 다음에는 잘해 봐.

이제 고요해졌다. 드물게 있는 새들의 난동을 겪었더니 다시 꿈결 속의 한 장면이 떠오른다. 굵고 시끄러운 소리를 내던 그 새들은 뭐였을까. 그렇지, 이름이 화이트 칙 투라코(white-cheeked turaco)와

실버리 칙 혼빌(silvery-cheeked hornbill)이었어. 어, 나를 일깨우는 이 기억들은 뭘까? 나는 하늘을 날고 있어. 그 녀석들이 나를 아주 멀리까지 옮겨주고 가네. 아, 본래 나는 워프 제라쉬(카파 지방에서 새가 심었다는 뜻으로 쓰는 말)였구나!

*갈매나무에 큰 커피나무가 한그루가 들어왔습니다. 화분 위에 살고 있는 커피나무의 꿈을 그려 보았습니다.

(2020. 4. 16.)

---

hanafeel: 커피나무가 아니면 쓸 수 없는 글이네요. 평화로움 따라가다 쳇, 뭉게구름 아니고 또 나무였네 함.
 ↳ **뭉게구름**: 어마무시하게 의인화를 잘했다는 의미죠? ㅎㅎ
 ↳ hanafeel: 그러네요. 아주...ㅋㅋㅋ
  새소리에 눈을 뜨고
  햇살 아래 바람이 살랑대는
  나무가 되는 느낌.
 ↳ **뭉게구름**: 오~ 놀라워라~~ㅎㅎ

해피트리: 커피나무를 봤던 기억이 있었던가.. 가물가물~~ 커피나무 실제로 함 보고 싶네요.
 ↳ **뭉게구름**: 아, 단톡방에 올릴게요. 갈매 커피나무 ㅎㅎ

gratia: 구름 님의 내면에 있던 문학성이 기지개를 켜고 있나 봅니다. ㅎㅎㅎ
 ↳ **뭉게구름**: 아이~ 뭘... 쑥스럽게, 이렇게까지야...! 아무튼 드디어 알아주시고...
  감사합니다. ㅋㅋㅋ

어머니의 계획

뭉게구름

큰형님 가족이 어머니를 모시고 갈매 가까운 식당에서 식사하신 후, 갈매에서 함께 커피를 마셨다. 가족이 함께 움직이는 경우가 아니면 좀처럼 갈매에 발을 들이기 어려운 어머니로서는 이때에 갈매 살림살이를 둘러보시곤 한다. 작년 봄 이후 1년 만에 갈매에 오셨는데, 그때 갈매를 둘러보신 후 이제야 커피 파는 집 같은 느낌이 든다 말씀하셨다. 누나들과 함께 둘째네가 사는 장흥에 다녀오던 길이었던지라 어머니가 카페를 언제 가보셔서 그런 평을 하시느냐며 누나들과 함께 웃었지만, 어머니 눈에도 그리 보였다는 것에 흐뭇한 마음이 들기도 했었다. 사실, 갈매에서 지내기 시작한 후 몇 해 동안은 어머니가 기어코 출근하는 나를 따라오셔서 갈매 앞 보도블록 틈새에 자란 풀을 뽑고 지금은 테라스가 있는 공터에 자란 풀을 베어주고 가고는 하셨다. 그러다가 내가 산티아고길을 걸었던 그해 즈음부터 내가 했으니 더는 신경 쓰지 않으셔도 된다고 말렸었다. 못미더워하시는 어머니를 위해 확인을 시켜주기도 했는데 해마다 풀이 우거지는 때가 되면, 집에 들르는 큰누나와 큰아들에게 뜬금없이 가서 풀 좀 뽑아주고 가라는 주문을 하시기도 했다.

어머니는 오늘 손주 부부의 부축을 받아 움직이셨는데 갑자기 갈매 모퉁이(쓰레기가 무단 방치되어 있는 곳) 쪽으로 걸어가셨다. 그러더니 한바탕 소리를 지르며 욕지거리를 퍼부을 태세를 갖추셨다. 얼른 달려가서 어머니를 모시고 오면서 동네는 저 안쪽에 있어서 여기서 말씀하셔봤자 들리지도 않으니 그냥 들어가시자고 했다. 못내 아쉬워하며 돌아서는 어머니를 보면서, 못된 아들은 웃었지만 뭉클하기도 했다. 그래, 동네 싸움은 본래 저렇게 하는 법이지 하는 생각에 웃음이 나오는 한편으로 쓰레기 때문에 잠 못 이루던 밤의 사연을 아시는 어머니가 아들의 속앓이를 같이 앓고 계셨다는 사실에 마음이 뭉클해지는 것이다.

가족들이 일어설 때 당신이 오늘 마수걸이로 커피값을 내겠다며 3만원을 두고 가셨다. 그런데 차를 타려고 하던 때 부축하던 손주들 사이에 당신 몸을 슬쩍 미끄러뜨려 갈매 앞 풀밭에 주저앉으시더니 풀들을 손에 잡히는 대로 급하게 뽑으신다. 여기는 장마철이 오기 전에 구청에서 작업을 하니 그냥 내버려두셔도 된다고 한사코 말려서 겨우 차에 모셨다. 부축하던 손주 내외가 할머니가 뭘 놓치셔서 그냥 앉으시나보다 했다며 당황스런 반응을 보였다. 갈매에 오실 때마다 어머니는 늘 계획이 있으셨던 것이다. 그런데 욕설을 뱉으시려던 그 순간이 가슴에 남는다. 옛날에는 온 동네가 울리도록 쩌렁쩌렁하게 소리를 내셨는데, 지금은 그 소리가 나오지 않는다.

오늘 KBS Classic FM, 〈세상의 모든 음악〉에서 흘러나온 시 때문에 나희덕 시인의 시집을 찾아 몇 편을 읽다가 "여전히 그들의 따뜻한 둥지가 되어 주시는 분"(나희덕, 「우리 어머니」)에서 가슴이 저려온다.

(2020. 5. 5.)

---

gratia: ㅎㅎ 어머니에게는 갈매의 애로 사항을 말씀드리지 마세요. ^^

골짜기백합: 어머니, 어머니...

100번은 들려주고픈 추억

hanafeel

내 인생 가장 찬란했던 수피아여고 1학년 시절이 지나가던 81년 설날 즈음 친정아버지가 돌아가셨다. 나는 대떡을 대나무 소쿠리마다 가득가득 쉬지 않고 썰어대었다. 장례 손님들을 치르기 위해서였다. 대학 시절 서클에서 치과진료 봉사 준비를 할 때마다 작은 상자에 거즈를 직사각형으로 접어서 차곡차곡 가득 쌓았었다. 일상이 지루하고 번거로울 때마다 나는 단조로웠지만 분주했던 그때를 떠올린다.

중학교 2학년 때, 둘째 새언니 혼수로 받은 파란색 티셔츠는 넓은 깃의 각이 살아 있고 부드러운 면이 허리를 감싸고 구김 없이 흘러내렸다. 그 뒤로 나는 오랜 세월 푸른빛 옷만 사 입었다.

고등학교 시절, 널따란 양은도시락, 눌러 담은 밥 위에는 양면이 고슬고슬한 계란프라이가 기름기를 함치르르하 두른 채 얹혀 있었다.

화정동 서부시장 쪽인가, 피정센터 쪽인가, 조대 앞 공고 방향 삼거리 골목 모퉁이 집인가에서 자전거를 빌려 도시락이 든 책가방을 싣고서 지금은 나주 동신대가 들어서 있는 방죽가 아버지 산소까지 내달렸다. 페달을 한 발 한 발 밟을 때마다 쌓이는 특별한 기분, 나만 홀로 독립적인 뿌듯함을 느꼈다. 여름방학, 남평 활주로 옆을 달릴 때 뜨거운 태양은 더운 바람을 일으키며 1차선 좁다란 도로를 지나가는 나에게 쏟아지던 택시기사들의 욕지거리를 흔적도 없이 날려버렸다.

자전거로 혼자 순천을 향한 무용담이 어릴 적 추억의 클라이맥스이다. 곡성을 지나 승주 깔끄막 고개를 자전거를 끌고 오를 때 등성이 길갓집에서 장작불을 때던 할머니랑 눈인사를 했다. 앞니가 빠져서 얼굴주름이 입가에 모여 있었다. 그분도 나도 자랑스러웠다. 거기에서 도시락을 먹었다.

고2 때도 반의 서기였던가? 학교통지문을 부치는 편지봉투 속에서 송정리 공군부대 관사의 주소를 발견했다. 그전에는 한 번도 안 가본 듯한 교실 뒷자리에 가서 그레고리 펙처럼 얼굴이 하얗고 마르고 키가 큰 그 주소 주인에게 사귀자고 했다. 짙은 속눈썹, 크지 않은 눈매는 다정하기만 하였다. 그날로 공군부대 1층 주택 관사를 거쳐서 비행장 활주로 옆에 있는 교회를 다녔다. 비행기 수리공이었을 그의 아버지가 항상 반갑게 맞아주셨다.

교회 학생회의 여남은 되는 중고생들 사이에는 공고 3학년 미술

반 오빠가 있었는데, 눈을 맞춘 적은 없었으나 지금도 그의 얼굴이 선명하게 떠오른다.

비가 오나 눈이 오나, 그리고 화창한 날에는 두근거리는 마음으로 21번 버스를 타고 종점 군부대 후문에 갔다. 갓 접은 듯 보송한 흰 폴라, 산뜻한 커트머리, 완벽한 크기의 또렷한 입술, 크지 않고 단숨에 떨어지는 코, 흑백이 선명하게 반짝이는 커다란 눈… 오래전 사라지고 없어 기억에만 어슴푸레한 작은 사진을 붙인 학생증을 위병소에 맡겼다. 공군 내무반 옆 건물 교회에 가는 것이다. 일일가출이거나 외박이라 할까? 넓은 부대 안에서는 아무도 나를 알아차릴 수 없다. 만년필 잉크 자국만큼만 신원이 드러나 보이는 비밀요원이 된 느낌이었다.

그 해에도 장마철이었을 것이다. 비를 머금은 대기의 냄새가 미처 다가오기도 전에 나는 바람에서 폭우를 예감하고 집을 나섰다. 한밤중이다. 아니면 새벽 4시였을까? 정성스럽게 비닐로 책표지를 싼 칼 세이건의 『코스모스』와 녹음테이프를 넣는 곳이 두 칸인 기다란 녹음기를 가방에 담아 둘러메었다. 집에는 고등학교 교사인 언니가 주말마다 학부형 시금치 밭에서 일하고 번 일당으로 장만한, 중앙일보사인지 삼성출판사인지에서 발행한 세계클래식음악 두 세트의 음악 테이프가 있었다. 시꺼먼 전집에서 노란 표지에 작은 영문으로 쇼팽의 폴로네즈가 쓰인 테이프를 뽑아 들고 갔다.

2층 이태리식으로 지은 원불교 교당 옆, 초록빛 지붕을 얹은 1층 부대 교회에 비스듬한 창문은 내무반 장병들 숙소의 창문마냥 꽉

닫혀 있었으나 자물쇠로 잠겨 있지는 않았다. 두려움 없이 창문을 넘었다. 곧장 강단 옆문을 지나 종군목사 사무실에 안착하면 봉지 커피를 타 마시고 뜨거운 물로 컵을 씻던 말수 적은 종군목사는 없다. 밤새 쇼팽의 피아노곡으로 빗방울 소리를 들으며 『코스모스』를 읽는다.

큰오빠는 내가 두 살 때 고흥 내나로도 초등학교 초임교사로 부임했고, 군대 다녀와서는 시골 초등학교를 전전하다가 중학교 국어교사로 재직하였기에 내가 어렸을 때부터 고향집에서 할머니와 함께 살았다. 산수국민학교 저학년 때 엄마와 아버지는 스물네 시간 내내 붙어살면서 싸움박질만 해대었다. 그것을 핑계 삼아 송정리에서 나주 노안 기말리 가는 시골버스를 타고 금성산과의 거리를 표식으로 삼아 할머니를 찾아갔다. 나를 고무 다라이에 넣고 이쁘다고 때를 밀어주던 정갈한 할머니, 토방에서 나와 오줌 누다 하늘을 보면 쏟아지는 별이 무서워서 마루나무 구멍에 그냥 오줌을 누었다. 꿈처럼 달콤한 기억들이다.

어제 아침, 큰오빠가 아들 넷의 이름을 곱게 붓으로 쓰고 외숙이 보낸다고 헌사를 쓴 『성까테 사람』이라는 책 5권을 보내왔다. 2017년에 창간한 계간지 『남도문학』에 오빠가 5년 동안 연재한 자전소설이다. 80번 정도 더 들으면 100번이 될 그 이야기. 나는 나오지 않는 그의 성장소설을 읽고 밀려오는 감동은 전집을 다 사들인 로맹 가리의 책을 한쪽으로 밀쳐두게 한다.

나도 큰오빠처럼 100가지가 넘는, 무모하리만큼 용감한 추억을 가지고서 지금은 용감하지 않게 살아가고 있다.

(2020. 3. 21.)

뭉게구름: ㅎㅎ... 저를 난독증 환자로 만드시는 하나필 님!... 오줌 눈 거 그거 꿈 아니었을 거구만요...
  └ **hanafeel**: 그러구나.

목련

hanafeel

산소 오르막, 넓은 잔디밭에 서 있는 커다란 흰 목련나무는 가녀린 흰 꽃잎을 환하게 펼치고 있다.

오동나무로 만든 작은 상자 안의 식은 재가 된 엄마가 막내사위의 손에 땅에 묻히는 동안 종달새가 짝지어서 노래를 주고받는다. 40년 넘게 다니던 곳에서 새삼스럽게 감지하는 정경이다.

방죽 건너 금성산 자락 동신대 기숙사 앞으로 전원주택 단지가 들어서 있다. 나주 시내 쪽으로 점점 낮아지는 풍경을 따라 시선이 머무는 곳마다 벚꽃이며 목련, 자목련, 개나리가 뽀송거리는 꽃무리를 드리운 가지로 도톰한 곡선들을 드리우고 있다. 물가는 평화롭기 그지없고 풀꽃도 보랏빛, 노란빛으로 또롱거리는 봉오리를 매달고 있다.

오늘은 친정엄마의 발인날이다.

오래전 그녀가 준비해둔 붉은 천원짜리를 노잣돈으로, 손수 만든 수의를 입고 평생 가장 아름다운 날, 가장 따스한 자리에 마련된 묘로 돌아가셨다. 누구보다 성공적인 장례날이 되었을 법하다.

　그제 새벽, 요양병원에서 급히 소환하여 우리 형제자매가 달려가고 있는 동안 엄마는 '다발성장기부전 – 노환'으로 운명하셨다. 자식들이 병원에 도착하자 원장이 사망진단서를 작성해주었다.

　3층 중환자실에 계셨던 엄마는 검은 마스크를 끼고 턱에서 머리까지 붕대로 감아 고정시키고 온몸에 검사 장비를 주렁주렁 달고 계셨다. 4~5년 동안 요양병원에 누워계셨던 얼굴 그대로였다. 어제까지는 장례사가 정성스럽게 화장을 해드려서 한껏 치장을 한 채, 꽃 사이에 누워계시다가 오늘은 관과 함께 불 속으로 들어가 한 줌의 재로 돌아가셨지만 나는 무섭지도 두렵지도 않았다.

　평생 엄마랑은 다르게 살고자 하는 분투가 내 정체성을 형성해 왔는데 엄마의 죽음으로 이제는 오랜 세월 나를 짓눌렀던 그 갈등이 대상 없는, 부질없는 공적(空寂)의 환(幻)으로 사라졌다. 차츰 늙어서 노인이 되었다가, 환자로 누웠다가, 이젠 죽음이 되었다. 숨이 멎어서 드디어 평화를 얻은 그녀를 영원히 잊지 못할 것이다.

(2020. 3. 30.)

뭉게구름: 삼가 어머니의 평안한 안식을 빕니다...

해피트리: 어머니의 영혼이 더 좋은 곳으로 가서 편안한 쉼을 얻으시기를 바라겠습니다.

골짜기백합: 하나필 님. 삼가 조의를 표합니다.
　　전혀 몰랐었는데, 몰랐던 것에 죄송한 마음이 듭니다.
　　요즘 학교 교정의 목련도 너무나 아름답고 눈부시게 희던데,
　　어머님께서 목련꽃 그늘 아래 부디 평안하게 쉬시기를 빕니다.

muse: 삼가 고인의 안식과 평화를 빕니다. 아름다운 날에 떠나셔서 그나마 마음이 따뜻합니다.

오만과 편견

hanafeel

1~2년 전 어느 날, 어떤 친구랑 무등산 군왕봉에 오르다 조그마한 옹달샘을 지나 첫 번째 벤치에서 숨을 고르고 있었다. 어두워지기 시작하는 시각, 옆 벤치에 앉은 할아버지 한 분이 둘만 올라가느냐 하며 걱정하는 말을 건넸다.

평소에 아무에게나 낫낫하던 나도 처음에는 낯을 가리는 내 짝처럼 서먹한 느낌이 들었다. 여기 자주 오는데, 내일 다른 산행이 있어서 일찍 내려가신다며 한두 마디 덧붙이신다. 노인으로서는 보기 드물게 얌전하고 단정한 얼굴에 옷매무새도 산뜻하여 좋은 분위기를 풍겼다.

그 뒤로 한두 번 더 그 벤치에서 만나서 먼저 인사를 건넸는데 매번 기억을 못하신다. 물론 내 짝도 그를 기억하지 못했지만 말이다.

저번 주 산행 때도 언제 왔는지 옆 벤치에 계시기에 아주 친근하게 말을 걸었다. 내려가시냐고 묻고 또 여러 차례 인사를 나눈 사이라고 알려드렸다. 그는 내일 산악회에서 조도로 산행을 가기 때문에 내려가는 거라면서 20년 산악회에 나갔지만 '나몰라 관광차'는 함께 해본 적이 없다 하시며 묻지도 않는 말을 덧붙이신다.

비바람이 청아하게 내리던 날, 시어머니의 팔순을 축하하는 가족모임으로 가는 진도 길은 멀고도 낯설었다. '팔순 잔치는 하와이 가족여행'쯤을 모두 바랐었지만 비록 하와이는 아니어도 짙은 안개속의 S리조트는 위압적일 정도로 화려하였다.

로비에는 가치소비를 선도한다는 젊은 부부들이 북적대었고 나도 방 열쇠를 받으려고 번호표를 뽑아들고 서성였다. 청바지 입고 모자까지 쓴 옆모습만 보았는데도 나는 한눈에 그 할아버지를 알아보았다. 젊은 남자가 체크인하는 것을 쳐다보고 계셨다.

다가가서 "군왕봉 다니시지요?" 하고 말을 건넸다. "각화동 군왕봉 자주 가는데요!" 하고 놀랐는지 모른 척 냉랭하게 답을 하시기에 "어제 조도는 잘 다녀오셨어요? 그제도 저랑 만났었지요." 하고 활짝 웃어드렸다.

소녀 감성을 지닌 모든 이들이 영화(드라마?) '오만과 편견'을 자주 이야기하기에 한두 주 전에 올레-TV로 찾아서 보았다. 한 도시의 절반밖에 소유하지 못한(?) 부유하고 냉랭한 주인공이 매우 인상적이었다. '오만과 편견' 때문에 결국 남녀 주인공이 짝지어지는 줄거리였다. 큰아들에게 그 할아버지와 겹치는 내 동선을 이야기했더니 "그분은 엄마가 따라다니는 걸로 생각할 수 있겠다."한다. 그럼, 「오만과 편견」의 주인공처럼 알아보고도 반갑다는 말을 못하고 있는 것? 오만하게 보이려고?

잔칫상을 차리듯이 거실에 크게 벌인 술자리에서 나는 소주와 포도주, 양주까지 즐비하게 나온 술병들 옆에 딱 붙어서 시아버지를 동무하여 하룻밤이 가기 전에 다 마셔드렸다. 그 밤은 나트륨 등불에 비친 물 반 공기 반의 짙은 안개가 하와이보다 더 이국땅에 온 듯 생경하고 고급스러웠다.

이른 새벽, 양주 로열설루트를 많이 마셨어도 여전히 명료한 정신으로 '신비한 바닷길'이라는 산책로를 따라 산책을 나섰다.

또 그를 알아보았다!

길을 벗어나 바닷가로 내려간다. 풍란이 푸른빛을 머금은 채 진분홍으로 꽃들을 피우고 무리지어 있다. 나무들은 저마다 다른 모습으로 어슴푸레 형상을 이루더니 초록의 두께도 다 다르게 쌓여가고 있다.

육지가 90도로 꺾여서 해변을 만들자 파도 두 무리가 앞서거니 뒤서거니 하면서 날이 선수직의 면을 그리고 있다. 파도에 부딪는 바람소리조차 서로 어긋나듯 커졌다 작아지는 게 아주 특별한 음향을 이루었다.

바위에 누어서 보니 안개 속에 이슬비가 가루처럼 흩어진다. 책가방을 베고 술병처럼 누워서 바닷속에 가라앉은 것처럼 깜박 잠이 들었다.

눈을 떠보니 아무도 없던 좁은 바닷가에 삼삼오오 짝을 지어서

셀카를 찍고 있다. 어머니를 모시고 나와서 다시 산책을 시작하였다.

(2020. 5. 16.)

골짜기백합: 그 할아버지가 안면인식 장애가 있으신 것 같네요. 치매는 아니신 것 같으니. 제가 아는 철학과 교수님이 안면인식 장애가 있으시다고 해서 그런 단어를 알게 되었어요^^
뭐 그 교수님이 진짜 그런 것은 아니시지만요.
글을 읽다가보니, 「오만과 편견」은 제가 아는 그 「오만과 편견」이 아니고 다른 것이 있나보네요~~~
　ㄴ**hanafeel**: 관심 있는 사람에게만 보이는 것 같아요.

muse: 백합 님이 아는 그 「오만과 편견」일 거라는 데 제 오른쪽 머리카락 두 가닥 겁니다. ㅎㅎㅎ

이런 날엔 네게

muse

이런 날엔 네게 전화를 걸고 싶다. 뭔가 열심히 산 것 같은데 몸과 마음은 지치고 그래도 하루의 뒤끝이 쓰지 않고 달콤한 이런 날. 너와의 연결 통로를 다 끊어버린 것은 나이기에 자책 말고는 할 것이 없지만 또 그 순간이 온다 해도 나는 아마 같은 행동을 하리라. 잘 있니, 나의 페. 보고 싶다. 너의 안부가 궁금해. 행복한지, 아프지는 않은지, 무슨 생각을 하며 살고 있는지.

나는 잘 있어. 아마도 그럭저럭. 나를 아끼고 응원해주는 사람들 속에서 숨을 쉬고 있어. 내가 아끼고 응원해야 하는 사람들 틈에서 정신을 다잡고 있기도 하지. 너는 가끔이라도 내 생각을 할까. 한 번쯤은 그리워도 해 줄까? 너와 나의 거리는 얼마나 될까. 오래전에 그 거리를 벌려 놓은 것도 나지. 가까스로 다시 이어진 끈을 가차 없이 잘라버린 것도 나.

페, 나의 페. 그리운 페. 우리가 다시 보는 날은 없겠지. 그러니 나는 너를 마음껏 그리워할 수 있고 그것이 행복이겠지. 행복한 내가 너의 행복을 빌어. 잘 있어, 페. 나도 그럴게. 치열하게 살다가 마지막 순간에는 너를 떠올리고 갈게. 그래도 되겠지? 그 정도는 내게 허락되리라 믿어. 그 눈부시게 아름다운 우리 젊은 날 너를 사랑해서 나는 참 좋았어. 보고 싶어.

(2020. 3. 5.)

---

graia: 하루의 뒤끝이 달콤한 날에는 그리운 사람을 그리워하는 건가요...^^

솜사탕: 여기에서 '페'가 사람이라고 상상하는 건 식상한 상상력인가요? 어디보자... 페.. 페..펭..수??
 ↳ muse: ㅎㅎㅎㅎㅎ
 ↳ muse: 페가수스를 줄여서 제 맘대로 페라는 애칭으로 부릅니다. 사람 맞습니다. 지극히 정상적인 추측이라고 생각됩니다만, ㅋㅋ.

뭉게구름: 그리움이 떠오를 때가 하루의 뒤끝이 달콤한 날이라는 데서 깊은 사람이 느껴져요... 아마, 한번 이상은 그리워할 거라고 장담합니다. ㅋ

골짜기백합: 페가수스는 터키 저가 항공사 이름...
페가수스는 메두사의 머리가 잘린 피에서 태어난 말 이름... 혹은 메두사가 죽기 전에 낳은 아들이라는 설...
무엇보다도 뮤즈 님의 젊은 날의 아름다운 추억, 그리고 영감의 원천? ^^

우슬초: 제가 좋아했던 노래가 떠오르네요. 토이의 〈내가 너의 곁에 잠시 살았다는 걸〉. 뮤즈 님께 이 곡을 바칩니다.
 ↳ muse: 앗, 정말 감사합니다. 논문을 때려치는 것에 대해서 생각 중이었는데, ㅎㅎㅎㅎㅎ, 정신이 반짝 드는군요. 노래 감상하고 나의 페 기억하며 힘내 볼게요.

자구책에 대해 다시 생각하는 아침

muse

　6시에 눈을 뜬다. 갑상선 약을 먹어야 한다고 생각하지만, 다시
눈을 감는다. 그냥 눈만 감았다 떴을 뿐인데 28분이 흐른다. 미지근
한 물을 조금 마시고 씬지로이드 한 알을 삼킨다. 얼마 전부터 먹기
시작한 유산균도 한 알 먹는다. 어젯밤 미리 불려 놓은 쌀을 전기밥
솥에 안치고 취사 버튼을 누른다. 설거지가 된 그릇들을 찬장에
챙기다가 뭔가 내 맘에 들지 않는 것들을 씽크대에 넣는다. 엷은
기름기와 누런 흔적이 있는 것들. 누가 언제 설거지한 그릇들일까,
잠시 생각하다가 그만둔다.

　음식물 쓰레기부터 재활용 쓰레기까지 카트에 잔뜩 담고 엘리베
이터를 탄다. 딸과 함께 버리려고 현관에 모아 둔 것들이지만 딸은
곤히 자고 있고, 혼자 할 수 있다는 생각이 들어서 실행한다. 어제
가로로 주차해 놓은 내 차가 출근하는 다른 차에게 민폐가 될 것

같아서 차 키도 가지고 내려간다. 쓰레기를 버리고 차를 주차한 곳으로 간다. 내 운전 실력으로는 한 서른 번 정도 썰어도 각이 안 나오게 차 세 대가 내 차를 가운데 두고 딱 붙어 있다. 모처럼 착한 일로 하루를 열려고 했더니만….

그동안 받은 스트레스 수치로만 본다면 족히 20kg 정도는 살이 빠져야 맞는데, 나를 아는 사람들이 나를 몰라볼까 봐 여전히 그대로다. 금요일부터 오늘까지 집에서 칩거했다. 응급실에 실려 가고 병원에 입원하고 링거를 달고 병원 침대에 누워서 한숨 푹푹 내쉬며 후회하느니 그편이 낫다고 판단했다. 아직 머리가 어지럽지만, 이 정도면 상태 양호라고 해야 한다. 동영상 강의를 또 두 개 만들어야 하고, 일주일 동안 방치한 논문도 나를 기다리고 있다.

쓰레기를 버리고, 더럽게 세척된 그릇들을 다시 설거지하고, 음식물 쓰레기통을 깨끗이 씻어서 엎어놓고, 어젯밤 미리 비눗물에 담가 놓은 빨래를 돌리고, 이 모든 것들을 하면서 끓인 보리차 한 잔을 들고 컴퓨터를 켜면서 다시 생각한다. 나의 자구책에 대해서. 나의 결벽증이 나를 죽일지도 모른다는 생각으로 더럽게 살아 온 세월에 대해서. 내 판단이 맞았다는 생각이다. 성격대로 살았다면 나는 참 살기 힘들었을 것이다. 모든 것을 각을 맞춰 정리하고 먼지 하나 없이 사는 삶이란.

이제 차를 세차하러 간다. 내 사랑하는 스턴이를 씻긴 지 족히 2년은 된 것 같다. 세차만 하려고 하면 비가 오거나 눈이 오거나 세차장 쉬는 날이었거나 내가 아팠다고 해 두자. 우리 집 바로 앞에 있는 이 세차장은 이름만큼이나 도도해서 세차하기 전에 차에 있는 짐을 모조리 **빼**달라고 한다. 그래서 어제 콘솔 박스까지 싹 비웠다. 차를 세차하고, 집을 청소하고, 밥을 하고, 찌개를 끓이고, 빨래를 개다가 혈압이 오르면 다시 누워서 쉬어야겠지. 이게 나의 자구책이란 말인가.

더럽게 살아 온 세월을 변명하는 것치고는 참 논리가 부족하지만, 오늘 아침 든 단상이다. 뭐, 아직도 나의 결벽증은 나의 생활 대부분을 지배하고 있지만, 나의 저항도 만만치는 않다. 그리고 그 저항이 습관으로 굳은 세월도 만만하지는 않다. 오늘 논문연구 계획서라는 걸 제출한다. 논문은, 논문은, 논문은, 결벽증 있는 여자에게 잘못 걸려서 형체를 갖추는 데 시간이 걸리고 있는 이 논문은 세상 빛을 볼 수 있을까? 아멘이다.

(2020. 4. 29.)

hanafeel: 막둥이가 그릇을 쓸 때 "이거 누가 설거지한 거야?" 자주 하고...
더러운 차타는 것보다 세차장 가는 게 더 싫고...
샘은 어떻게 해요? 흑...

뭉게구름: 환경을 생각하면, '더럽게 살자!'가 맞는데 말이죠. 특히 세차는 더욱더요. ㅎㅎ
그런데 헷갈리는 것이 아멘의 용례에 따르면, "논문은, 논문은, 논문은 빛을 볼 수
없을 것이다."가 되어 버리는 셈인데, 에이~ 그러지 말고 시간이 걸리더라도 빛 보게
해 주세요... 백합 님도 이미 일독해 주시겠노라 결연한 의지를 세우셨는데 말이죠.
ㅎㅎㅎ
  ↳ **muse**: 세상 빛을 볼 수 있을까?라는 의문문인데 보통 이런 경우 글쓴이의 바람은
  세상 빛을 보게 해주고 싶다에 가깝기 때문에, ㅋㅋㅋ 아멘은 제발 세상 빛을
  보거라, 정도로 생각하시면 될 것 같습니다만, ㅎㅎ

second rabbit: 논문은 잘 견디도록 하세요. 다음에 논문에 관한 글을 한 편 써볼까요?
ㅎㅎ
  ↳ **muse**: 네!!!

골짜기백합: 갑상선 약 잘 드시고 쉽지 않은 일이지만 스트레스 피하시고 결벽증과는
잠시 거리두기 하시고 당분간 논문 쓰는 공간만 깨끗하게 ㅋ
muse 님은 소중한 사람^^ 오늘도 파이팅!!!

gratia: 딸들에게 솔직하게 엄마의 위기를 고백하고, 가사 분담에 대해 난상토의를 해보는
건 어떨까요?

해피트리: 에궁~~ 눈에 훤히 그려지네요. 건강 잘 챙기시고 앞으로도 쭈~욱 파이팅하세요.
^^ 세차장 이름은 도도세차장인가요? ㅋ
  ↳ **muse**: 네, ㅋㅋ

새 삶을 꿈꾸는 식인귀가 나에게 준 슬픔

muse

그동안 나의 논문 집필 패턴을 보니 이틀 논문에 매진하면 사흘 정도 드러눕고, 사흘 일하면 일주일 정도 침대와 합체해야 했다. 1차 심사가 끝난 후, 나는 고작 세 페이지를 더 썼는데 대부분의 날들을 스트레스 속에 침대에 누워 장편영화 하나를 꿈에서 만드는 것으로 소일(??)했다. 집에 기거하게 되면 으레 텔레비전을 켜고 영화를 고르거나, 논문과 상관없는 책을 집어 들고 영감(靈感)이 오기를 기다렸다. 그렇게 본 〈팬텀싱어〉에서 자극을 좀 받기도 했고, 방탄소년단의 슈가(본명 민윤기)가 최근에 낸 믹스테이프의 타이틀곡, 〈대취타〉의 뮤비를 볼 때는 반성과 함께 각오를 다지기도 했다.

엊그제는 논문이라는 두 글자를 완전히 지우고, 아이들에게 "엄마 쓰러지면 바로 119 알지?"라며 차라리 쓰러지기를 바라는 여자처럼 비틀거렸다. 이런 상황에 너무나 심하게 익숙한 딸들은 말그만하고 침대에 가서 누우라고 권했다. 침대에 누웠지만 온종일 잤던 터라 잠은 안 오고, 영감(靈感)님은 맞이해야겠고 해서 며칠전에 보다가 둔 책을 집어 들었다. 처음 그 책을 읽었을 때 얼마나기분 좋게 깔깔거렸던지 그 기억이 나를 리프레쉬시킬 거라는 믿음으로 다시 읽기 시작한 책이었다. 파스칼 브뤼크네르가 쓴 『새 삶을꿈꾸는 식인귀들의 모임』.

그런데, 그런데 나는 책을 다 읽고 서글픔을 느꼈다. 아마도 몇년 전에는 깔깔거리며 방바닥을 굴렀을 대목에서는 아주 살짝 입꼬리만 올라갔을 뿐이었고, 마지막에는 진득한 슬픔이 나를 덮쳤다. 이유를 알 수 없었다. 발튀스가 아이들에게 자신을 먹게 하고, 식인귀의 몸을 먹은 아이들은 식인귀로 성장할 것이라는 마지막 대목이내 마음을 슬프게 흔들었는데 이유를 알 수 없었다. 같은 책을 읽었는데 왜 이렇게 감상이 다른지 몹시 궁금했지만 정말 알 수 없었다. 미완성인데 6월 2일까지 완성본으로 탈바꿈해야 하는 논문으로머리가 꽉 차 있어서 논리적인 생각이 불가능했다.

지금 생각하니, 파트리크 쥐스킨트의 소설 『향수』에서도 주인공은 자신의 몸을 굶주린 파리의 천민들에게 내어준다. 넷플릭스의「킹덤」에서도 굶주린 사람들이 좀비에게 물린 후 죽은 자의 몸을끓여서 나눠 먹고 괴물로 변했다. 나는 누구에게, 무엇에게 내 몸을내어주고 있는 걸까? 설마 논문에게? 하.하.하. 오늘, 내일 그리고모레까지 사흘이 내게 주어졌다. 나는 과감히 학습지를 캔슬했다.

성실함이 모토인 나이 든 학습지 아줌마 교사가 할 짓이 아니었지만 병든 내 몸을 논문과 학습지 두 곳에 제공하기에는 무리가 있었기 때문에 어쩔 수 없었다. 나는 왜 슬픔을 느꼈던 것일까?

(2020. 5. 31.)

해피트리: 책을 읽으면서 깊은 슬픔도 느끼시고 영감도 떠오르고 뮤즈 님은 아직 젊은 감각의 소유자시네요~

gratia: 자꾸 도망가고 싶은 심정을 이해합니다. 만일 분량이 안 돼서 이번 학기에 통과를 못하거든 집필 패턴을 바꾸세요. 이틀 일하고 하루 쉬기로... 사흘씩 쉬면 안 됩니다.^^

라이언 일병과 요리 이야기

골짜기백합

해외에서 공부할 때는 채식주의자들을 가끔 만났는데, 한국에서는 보다 드물게 보는 것 같다. 채식주의자들 가운데는 달걀이나 우유는 허용하는 이들로부터, 동물로부터 나오는 모든 것을 철저하게 배격하는 vegan 등 여러 부류가 있다. 그러나 사실 따지고 보면 어찌 동물만 고통을 느끼랴. 식물도 마찬가지일 수 있을 것이다. 아주 오래전에 한 기사에서, 우리 귀로는 듣지 못하지만, 식물들도 기분 좋으면 노래를 부르며, 뜨거운 것이나 위험이 닥치면 비명을 지른다는 내용을 읽은 적이 있다. 그 뒤로 뜨거운 물에 야채를 집어넣을 때면 조금 미안한 맘을 가지게도 되었다. 그런데 특히 내가 미안한 맘을 가지게 되는 때는 내가 좋아하는 바지락이나 전복 등을 요리할 때이다.

〈라이언 일병 구하기〉라는 영화를 대부분 한 번쯤 보았을 것 같다. 상당히 잘 만들어진 영화로, 특히 첫 장면 노르망디 오마하 상륙작전 장면과 마지막 장면이 기억에 남는다. 실제 오마하 해변에 간 적이 있는데 파리에서 노르망디로 가는 기차 옆자리에 앉아 이야기하였던 미국 여성들 가운데 한 명의 남편이 그곳 기념관 책임자라서 함께 오픈 지프차를 타고 안내를 받았던 재미있는 기억도 있다. 그곳 묘지의 나무 형태가 독특하였는데, 당시 투하되었던 낙하산 모양을 본떠서 나무를 전지했다고 했다.

그런데 영화 클라이맥스에서 (톰 행크스가 분한) 밀러 대위가 (맷 데이먼이 분한) 제임스 라이언보고 "James, Earn this, Earn it"이라고 말하고는 숨을 거둔다. 자기들 희생이 헛되지 않도록 값진 삶을 살길 바란다는 뜻일 것이다. 그리고 이어진 엔딩 장면에서 라이언은 밀러 묘지 앞에 찾아와서 그의 말을 늘 생각하면서 살았다고, 좋은 사람이 되기를 노력했다고 울먹이면서 자기 부인에게 자기가 좋은 사람이냐고 묻는 장면이 마음에 남았다.

라이언이 자기를 구하기 위해서 죽었던 여섯 명의 희생을 생각하면서 좋은 사람이 되기를 평생 노력했다면, 나도 내가 좋은 사람이 되어야겠다고 다짐하는 때 가운데 하나가 바로 살아있는 조개나 전복을 요리할 때이다. 소나 닭, 살아있는 생선을 내가 잡을 일은 없었지만, 바지락이나 전복은 산채로 배송이 되는 경우가 많아서 내가 이들을 '죽이게' 되는 셈이 되기 때문이다. 늘 엄마가 해주신 밥을 먹고, 유학 가서는 학교 기숙사에서 해주는 음식을 먹다가, 내가 요리하게 되면서 처음 살아있는 조개를 다루던 날, 발을 쏙

내밀고 있는 녀석들을 도저히 뜨거운 물에 집어넣을 수가 없어서 그냥 두었다가 상해서 버린 적이 있다. 그러면서 차라리 빨리 처리했더라면 고통을 덜 주었을 것을 하고 후회하기도 하였다.

요즘은 최대한 물을 팔팔 끓여서 넣는데(고통을 느낀다면 빨리 끝나기를 바라는 마음에서다. 살아있는 녀석에게 숟가락을 넣어 손질하기가 넘 민망하기 때문에 전복은 아예 냉동실에 먼저 넣은 다음 요리하기도 한다. 접시에 꼬물거리는 산낙지도 못 먹는다. 다른 한편 이미 손질된 육류들은 잘 먹고 이미 요리된 낙지 요리도 잘 먹으면서 이런 생각을 하는 것이 좀 우습다는 생각도 물론 한다), 그때마다 "너희들 희생 위에서 내가 사는데, 좋은 사람될게"라는 생각을 하게 되는 것이다. 정말 며칠 전 꼬막을 삶으면서 그렇게 중얼거렸었다.

그렇다. 내가 사는 것은 무엇인가의, 혹은 누군가의 희생을 담보로 하는 것이므로 적어도 나쁜 일을 하면서 살아서는 안 되는 것이다. 그리고 그 절정에는 나를 위한 희생적 삶을 사셨던 어머니랑 아버님, 그 외 기억도 못하는 수많은 이들의 희생, 그리고 무엇보다도 나를 위해서 목숨을 버리신 예수님이 계신 것이다.

(2020. 3. 16.)

second rabbit: 안도현의 「스며드는 것」이 떠오르는 군요. 안도현 자신은 여전히 게장을 잘 먹는다던데.. ㅎㅎ

> ↳ **골짜기백합**: 안도현 시 「연탄」은 참 좋아하는데, 이 시는 검색해서 처음 읽게 되었어요. 슬프고 무섭기도 할 상황을 참 아름답고 서정적으로 묘사했다고나 할까... 좋은 시를 알게 해주셔서 감사합니다~~~

해피트리: 백합 님 글을 읽다보면 백합처럼 고운 마음이 전해져요. 혹시 날개 없는 천사(?)가 아닐까요...

> ↳ **골짜기백합**: 해피트리 님이 그러신 것 같은데요...^^

muse: 고기류냐 야채류냐 한다면 당연히 야채를 선호하지만, 가끔은 고기를 먹고 싶어서 먹기도 합니다. 백합 님과 같은 고민을 한 적도 많았습니다만, 어차피 먹을 거 맛있게 먹고 힘내서 좋은 일을 하자고 생각하기로 좀 일찍 정리했습니다. 죽은 뒤에 내 몸을 땅에 묻으면 많은 생물들이 나를 영양분으로 쓸 것이고, 그렇게 순환되고, 또 내가 한 좋은 일도 순환되고, 그렇게 돌고 도는 것이라고... 꼬막을 엄청 좋아하는데, 언제 시간 나면 꼬막 정식이나 드시러 가실까요?

> ↳ **골짜기백합**: 네. 이 글의 결론은 뮤즈 님의 생각 "맛있게 먹고 힘내서 좋은 일을 하자"와 다르지 않은 것 같습니다. 우리 학과 교수님 한 분의 고향이 벌교라서 그곳에서 꼬막 정식을 먹은 적이 있었는데, 너무 맛있어서 늘 생각나요. 진짜 한번 가실래요?^^

> ↳ **muse**: 네, 진심임.

뭉게구름: 식물(생혼)은 동물(각혼)에게, 동물은 인간(영혼)에게 먹힘으로써, 더 높은 단계의 생명에 참여한다는 아리스토텔레스를 원용한 중세 신학과 같은 '좋은' 이론도 있습니다만...ㅎㅎㅎ

> ↳ **골짜기백합**: 생혼, 각혼, 영혼의 분류도 매우 흥미롭네요. 감사합니다. 정말 공부할 거리가 많네요~~~

내가 가장 넘어지기 쉬운 유혹, 약점은 어떤 것일까?

골짜기백합

사회적 입지를 다진 사람들에게 흔히 주어지는 조언이 '성(性), 돈, 명예'에 걸려 넘어지지 말라는 것이다. 오디세우스는 사랑하는 아내 페넬로페가 기다리는 고향 이타카에 돌아가고자 온갖 유형의 모험과 고난과 유혹을 겪으면서 오랜 인내의 세월을 방랑했다. 오디세우스 항해를 인생의 항해라고 보고, 오디세우스가 겪었던 여러 가지 고난이나 유혹의 유형을 한번 생각해보았다.

1. 실제적인 생명의 위험? 라이스트리고네스족이나 키클롭스를 만났을 때 오디세우스는 다행하게 도망쳤지만 많은 동료들이 잡아먹혔다. 신체적 폭력, 교통사고나 강도 등의 위험이 이에 속할까?
2. 망각 혹은 도피의 유혹? 로토스파고이 섬에 가서 연 열매를 먹은 오디세우스 동료들은 모든 것을 잊고 그 섬에서 계속 살고

싶어했다. 게임, 도박, 마약, 프로포폴 주사 등이 여기 속할까?

3. 성적인 유혹? 오디세우스는 미녀 여신 캐릭터들인 키르케, 특히 칼립소의 유혹으로 7년이나 그녀와 함께 살았다.

4. 자만심의 유혹? 폴리페모스의 눈을 멀게 한 다음 그냥 도망쳤으면 되었을 것을, 그렇게 동료들이 말렸음에도 기어코 자기 이름이 오디세우스임을 밝힘으로써 포세이돈 신의 저주를 받아 10년 방랑이 시작되게 된다. 자기를 드러내고 싶은 참을 수 없는 욕구?

재미있는 것은 이것이 성경에서 이야기하는 세 가지 유형의 유혹과 크게 다르지 않는 것 같다는 것이다. 성경은 '육신의 정욕, 안목의 정욕, 이생의 자랑'의 위험에 대해서 경고한다. 나는 몇 해 전까지만 해도 내가 '이생의 자랑', 즉 명예심 같은 데는 약하지만(학생들 말로 '쪽팔리는' 상황을 참 참기 힘들어하는 것 같다), 다른 유혹에는 좀 강하다고 생각했다. 육신의 정욕이나, 눈에 보이는 것들에 대한 욕망 같은 것들은 잘 이겨낼 수 있다고. 그런데 시간이 갈수록 깨닫게 된다. 내가 강한 것은 별로 없다는 것을…. 작은 예로 최근 눈이 좀 충혈되는 등 육신이 아주 조금 불편한 것도 참기 힘들었다. 만약 정말 아픈 고통이 닥친다면 어떻게 하려고…. 그리고는 확실하게 깨달았다. 나는 진짜 모든 데 다 약하다는 것을…. 그래서 진심으로 기도하게 된다. "나를 시험에 들게 하지 마시옵고…."

그리고 "어린아이와 같지 아니하면 하늘나라에 들어가지 못한다."라는 말씀이 참 위로가 된다(이 말씀이 어린아이처럼 착하고 순수하

라는 뜻은 아니라고 나는 생각한다. 어린아이도 경우에 따라서 누구보다도

잔인할 수 있을 것이므로).

나는 무엇이든 잘하고 힘센 어른이 아닌 것이다.

그냥 어리고 연약한 존재….

그래서 주님이 늘 필요한 존재….

(2020. 3. 20.)

해피트리: 무엇이든 잘하고 힘센 완벽한 어른이 어디 있을까요… 우린 모두 위안과 휴식을 필요로 하는 나그네이지 않을까요..
↳ **골짜기백합**: 네 맞습니다, 맞고요^^

gratia: 육신의 정욕, 안목의 정욕, 이생의 자랑이란 세 가지 분류가 인간의 탐욕을 아우르지 못한다는 기분이 드는군요. 한자어와 한자어의 결합에 순우리말이 끼어서일까요? ^^
↳ **골짜기백합**: 네. 좀 입에 착 닿지 않는 말씀이어서 저도 낯설었던 적이 있었어요. 그라시아 님은 어떤 탐욕이 이 세 가지에 안 든다고 생각하시는지 하나만 예를 들어주시면 참 좋겠습니당. 그런데 재미있는 것은 이브가 뱀의 유혹을 받았을 때 선악과를 보니 "먹음직도 하고, 보암직도 하고, 지혜롭게 할 만큼 탐스럽기도 해서" 따먹었다고 성경 창세기에 나오는데, 여기서 먹음직하다는 것은 육신의 정욕, 보암직하다는 것은 안목의 정욕, 나머지 것은 이생의 자랑이라는, 첫 인간들인 아담과 이브 때부터 그 유혹에 빠졌다는 주해를 보고는 무릎을 탁 친 적이 있었어요.. 한글 및 한자가 결합된 언어로 번역이 되어서 명확한 이해가 좀 어려운 것 같은데요, 창세기 말씀의 영어로는 When the woman saw that the fruit of the tree was good for food and pleasing to the eye, and also desirable for gaining wisdom... 그래서 따 먹었다로 이어져요^^
처음 제가 인용한 육신의 정욕, 안목의 정욕, 이생의 자랑이 언급된 말씀은 신약 성경 요한 1서 2장 16절인데요, 영어로는 the lust of the flesh, and the lust of the eyes, and the pride of life 로 나와요. 영어로 보면 조금이라도 더 이해가 쉬울 것 같네요...

4월의 봄비 단상

골짜기백합

오늘 비가 내린다. 4월, 비 내리는 날이면 이수복의 시, 「봄비」가 늘 생각나곤 했다.

이 비 그치면
내 마음 강나루 긴 언덕에 서러운 풀빛이 짙어 오겠다.

4월의 비가 그친 후, 풀들이, 나뭇잎들이 서러우리만큼 찬란한 수만 가지의 연두색과 녹색으로 빛나는 것처럼 보였기 때문이다. 그런데 작년부터인가 이 시가 내 마음속에서 그쳤다. 황사 때문에 그런 '서러운 풀빛'이 잘 안보이게 되었기 때문인가 싶기도 하다. 그러면서 코로나가 전 세계를 휩쓸고 있는 올해는, 4월이 되면 뜻도 잘 모르면서 읊어온 T. S. 엘리엇의 시 「황무지(The Waste Land)」가

특히 생각났다. 그는 1922년, 제1차 세계대전의 상흔이 휩쓸고 간 유럽의 4월을 첫 대목에서 다음과 같이 노래하였다.

April is the cruellest month, breeding

Lilacs out of the dead land, mixing

Memory and desire, stirring

Dull roots with spring rain.

Winter kept us warm, covering

Earth in forgetful snow, feeding

A little life with dried tubers.

황폐한 땅에 라일락이 피고, 전쟁의 참혹한 기억 속에 욕망이 꿈틀거리고, 봄비로 뿌리가 기지개 켜는 4월이 너무나 잔인하게 느껴지는데, 차라리 마른 구근으로 근근이 삶을 이어온 겨울, 눈이 모든 것을 덮어버려 상흔을 잊을 수 있었던 겨울이 오히려 따뜻했다고 말한다. 그는 이 시에서 세계는 앞으로 어디로 가고 있는가? 수백 만이 너무나 쉽게 죽임을 당한 1차 대전 이후 인간 생명의 가치는 무엇이란 말인가? 그리고 그 고통의 때에 하나님은 어디 있었단 말인가? 라고 묻고 있다.

신약학자 N. T. 라이트(Wright)는 『TIME』지에 최근 기고한 글에서 엘리엇이 「황무지」에서 우리에게 주는 조언은 "희망 없이 기다리는 것"이라고 분석하였다. 그러면서 코로나가 전 세계를 휩쓸고 있는 오늘의 상황에서도 사람들은 하나님이 왜 이렇게 하시는가 물으며, '징벌? 경고? 징조?' 등등의 답들을 할 것이지만 그것은 어리석은 것이 될 수 있으며, 가장 중요한 것은 'Lament'를 회복하는 것이라고 이야기한다. Lament! 즉 애통함이야말로 사람들이 왜? 라는 질문에 대답을 얻지 못했을 때 가질 수 있는 가장 성경적 답, 우리 중심의 걱정에서 벗어나서 세계가 당면한 고통을 넓게 바라볼 때 도달할 수 있는 지점이라는 것이다. 하나님을 믿는다는 것은 왜 이런 일이 일어나는지 답할 줄 아는 것이 아니라, 그럴 때 "애통하는" 것이다. 그리하여 우리들 한 사람 한 사람이 하나님과 그의 치유하는 사랑이 거하는 작은 성소가 될 때, 거기서 새로운 가능성, 친절함, 새로운 소망이 나타날 것이라는 것이다. 엘리엇의 詩도 귀하지만, 그보다는 한결 소망을 담고 있는 칼럼이라 마음에 든다. 잔인한 4월임을 인식하되, 소망의 4월로 가꿀 수 있다는 꿈을 가지게 하는.

내가 처음 성경을 읽어보았던 것은 고등학생 때였는데, 가장 이해가 안 되었던 것 가운데 하나가 '(마음이) 가난하고, 애통하고, (의에) 주리고 목마른 자가 복이 있다'는 예수님의 산상 수훈 말씀이었다. 그때는 부자가, 힘 있는 자가, 즐거운 자가, 풍족한 자가 복이 있다고 했으면 이해가 잘 되었을 것이다. 그런데 지금은 이 말씀이 뜻하는 바를 너무나 잘 이해하게 되었다. 내가 잘났다고 풍족하다고 계속 느꼈으면 아직도 하나님을 만나지 못하였을 것이기 때문이며. 내가 힘들고 부족하고 애통하였기 때문에 하나님을 찾을 수 있었기 때문이다. 그런데 그 애통함이 과거형이 아니라, 이 우주적인 고통(단순하게 코로나 사태만을 의미하는 것은 아니다)을 바라보는 현재적 애통함으로 늘 머물러 있어야할 것 같다. 그러면서도 항상 기뻐하고 감사하는.

(2020. 4. 19.)

---

hanafeel: 현재적 애통함.
　↳ **골짜기백합**: 촌철살인 댓글의 명인, 하나필 님^^

뭉게구름: 시도, 칼럼도 멋지지만, 백합 님의 글도 멋지네요^^
　↳ **골짜기백합**: 감사합니다! ^^

해피트리: 오늘 비가 정말 많이 내렸는데 봄비로 모든 뿌리가 기지개도 켜고 덕분에 아파트 1층에 주차해두었던 차가 깨끗하게 자연세차가 되었더라구요. ^^
　↳ **골짜기백합**: 그럼 "이 비 그치면 우리집 아파트 1층에 주차된 차가 깨끗해지리라"라는 리얼리즘 계열의 시가 나올 법 합니다 ㅎㅎ

second rabbit: "희망 없이 기다리는 것". 고도가 떠오르는군요. 같은 단어로 구성된 동일한 문장. 하지만 거기 물든 색깔은 전혀 다르겠죠? 의미보다는 색깔이 더 의미 있죠. ^^;
　↳ **골짜기백합**: 의미와 색깔의 차이를 좀 더 알아봐야겠습니다. 두 언어를 비교한다는 것 자체가 흥미로울 것 같아요^^. 좋은 생각거리를 던져주셨어요~~~

행복은 단순한 것

해피트리

며칠간, A4 용지 열네 장 분량의 내용물을 타이핑하다 보니 목의 근육통이 재발하였다. 스트레스를 심하게 받거나 일을 무리하게 하면 여지없이 뒷목이 돌처럼 딱딱하게 굳어지면서 통증을 유발한다. 통증이 있다 보니 육체뿐만 아니라 정신까지도 산란했다. 통증이 너무 심해서 근처 한의원에 가서 물리치료를 받고 왔다.

"몸의 한 지체가 아프면 몸의 모든 지체가 함께 고통을 받는다."

나의 유년 시절 주일학교에서 공부했던 성경 말씀이 떠올랐다. 손가락에 작은 가시 하나만 찔려도 몸과 마음이 고통스러운 것처럼 목의 통증으로 인하여 나의 정신까지도 고통스러운 것을 보면서, "물과 빵만 있으면 신도 부럽지 않다."라는 고상한 쾌락주의자 에피쿠로스에까지 나의 사고의 영역이 확장되었다.

사람들은 모두 일차원적인 육체적인 행복을 버리고 고차원적인 정신적인 행복을 추구하라고 말한다. 그러나 육체적인 고통에서 벗어나는 것이 곧 정신적 행복과도 일치하는 것이 아닐까. 배가 고플 때 먹고 잠이 올 때 잠을 자고 건강한 몸을 유지하고 좋은 친구를 사귀고 세속적인 욕심에 매달리지 않고 어떤 일에도 산란되지 않는 안정된 마음 평정심을 갖는 것. 에피쿠로스가 말했던 즉, 아타락시아의 상태를 유지하는 것.

가끔 법륜 스님의 강의를 듣는데 마음의 평정심을 해치는 세 가지를 탐욕과 분노, 무지라고 하였다. 사람들의 마음을 괴롭히는 세 가지 가운데 놀랍게도 탐욕이나 분노보다 무지로 인한 고통이 가장 많다고 했다. 인간은 통증을 겪는 존재이다. 정신적 고뇌이든 육체적 통증이든. 통증이란, 분명 많은 신경의 소모와 아픔을 수반하지만, 자기 성장을 가져오기도 한다. 모든 통증이 사라진다면 인간은 그저 좀 안락한 동물에 가까워질지도 모른다. 그러나 지금의 나는 우선 목의 통증에서 벗어나고 싶다. 목의 통증에서 자유로워지면 육체적인 행복에서 정신적인 행복으로 이어질 것이다.

(2020. 3. 25.)

---

muse: 많이 쓰셨군요.ㅎㅎ 에피쿠로스학파의 행복론 저도 좋아합니다.

hanafeel: 쉬면 금방 나을 거예요. 모니터를 높이면 쉬는 것처럼 낫지 않을까요?

골짜기백합: 맞아요. 우선은 현재의 통증에서 너무 벗어나고 싶죠. 얼른 몸도 마음도 평안하시길~~~

커피 나오셨습니다

해피트리

아메리카노 두 잔을 주문하고 테이블에 앉아 기다리고 있는데, 20대로 보이는 젊은 여자 아르바이트생의 큰 목소리가 들려왔다.

"고객님~~ 아메리카노 두 잔 나오셨습니다."

가끔씩 백화점에 가거나 물건을 구입할 때, 최근 몇 년 사이에 부쩍 사물에 존칭을 쓰는 특이한 높임말 표현을 자주 볼 수 있다.

"이 물건은 할인이 안 되는 물건이세요."라든가 "배송은 내일부터 되십니다." 같은 등등의 말들… 서비스 업무를 하는 젊은이들은 어법에도 안 맞는 용어를 쓰면서까지 고객을 최대한 대우하라는 과도한 서비스를 요구받고 있는지도 모른다. 뿐만 아니라 사회적 관계의 갑을관계에 있어서도 마찬가지다. 최근 사람들 사이에 자주 오르내리는 말 중 하나가 갑질이다. 자식을 맡긴 부모의 입장에서 학부모는 선생님께 을일 수밖에 없다. 조금 부당할지라도 선생님께

대항했다가 자신의 아이에게 불리하게 작용하기 때문에 대부분의 학부모는 참고 넘어가는 경우가 많다. 그런 관계를 악용하여 약한 아이들과 학부모에게 은근슬쩍 갑질을 하는 잘못된 선생님을 간혹 만나기도 한다. 옛날 어른들은 직업에는 귀천이 없다고 가르치셨지만 그런 말을 하기조차 두려운 사회적 분위기가 되어 버린 것 같다. 갑질이나 갑의 횡포라는 표현이 많은 사람 사이에 널리 퍼지게 된 것을 통해 우리 사회가 얼마나 불평등한지를 알 수 있다.

예전에 미국에서 잠시 거주할 때 느꼈던 것은, 그곳에서는 잔디를 깎거나 페인트칠을 하거나 마트에서 일을 하더라도 자신의 일에 만족하며 매우 행복하게 살아가는 사람들을 쉽게 볼 수 있었다. 항상 어깨춤을 추고 노래를 흥얼거리고 전혀 모르는 사람을 만나도 눈만 마주치면 굿모닝, 헬로우~ 인사하며 환하게 웃어주는 모습들이 자연스러웠다. 실제 미국은 갑질을 하는 이들에게 벌금이나 손해배상을 물게 하여 총리든 대통령이든 노숙자이든 서비스 직원이든 그들을 존중해준다. 친절과 서비스에 관해 최고 수준이라고 하는 일본에서도 서비스 업무를 하는 이들은 친절하되, 굽실거리지 않는다고 들었다. 그들은 상냥하면서도 당당하다고 한다.

큰아이가 미국에서 공부할 때 미국의 중학교 교과서를 보았는데 세계 여러 나라를 다루는 내용이 있었다. 거기에서 일본은 선진국으로 명시되어 있고 한국과 중국은 개발도상국가로 명시되어 있었다. 그것을 보고 잠시 아이와 함께 기분 나빠했던 기억이 있는데, 깊이 들어가 보면 생활지수와 경제력은 한국이 세계적으로 상당히 높은 위치를 점하면서도 청소년 자살률 1위라는 오명과 국민들의 행복지수는 OECD국가 중에서 최하위 수준에 머무르고 있는 것을 볼 수 있다. 최근에 뉴스에서 우리나라가 선진국의 대열에 들었다는 기사를 보았다. 국가는 선진국의 반열에 올랐지만 우리사회 전반에 퍼져있는 국민 정서로 볼 때 국민의식은 선진국 수준에 이르고 있는가…. 다함께 더불어 행복을 누릴 수 있는 선진국다운 사회로의 진입, 한국 사회, 아직 갈 길이 멀어 보인다.

(2020. 3. 27.)

뭉게구름: 늘 이렇게 반성하고 재촉하는 마음이 우리 사회의 빠른 변화를 만들어내는 거겠죠.....^^

골짜기백합: 하하. 그리고 보니 황송하게도 커피 님이 나오셨네요.^^

팬지의 계절

해피트리

봄의 꽃들은 모두 사랑스럽지만 나는 팬지꽃을 좋아한다. 아저씨들이 수레에 팬지 모종을 가득 담고 오셔서 화단에 차례차례 옮겨심고 있는 모습을 창문으로 보고 있다.

노란빛, 보랏빛, 엷은 먹빛, 그리고 짙은 잉크빛….

한두 가지 또는 두세 가지 빛깔이 어우러져 조화로운 꽃잎들을 보고 있자니 위대함마저 느껴진다. 넓은 화단에 알록달록 수놓고 있는 팬지꽃들은 내 눈앞에서 여린 나비의 날개처럼 하늘거린다. 마치, 춤추는 작은 요정들의 치마처럼 아름답다.

식물이 이토록 사랑스럽고 정다울 수 있을까!! 식물이 좋다. 나는 식물을 사랑한다. 그 빛나는 생명력과 신비한 꽃잎들이 좋다. 어떤 친구가 그랬다. 말도 못하고 움직이지도 못하는 식물이 뭐가 그리 좋냐고. 자신의 말을 알아듣고 달려와서 안기는 강아지나 고양이 같은 동물이 훨씬 좋다고. 소리도 있고 움직임도 있는 동물원 구경은 매우 흥미롭지만, 말도 없고 움직이지도 않는 식물원 구경은 딱 지루할 지경이라고. 뭐 물론 좋아하는 취향은 각양각색이니까.

팬지의 표정은 다양하다. 그리고 움직임도 다양하다. 어느새 키가 쑥 자라기도 하고 고개를 숙이기도 하며, 숙였던 고개를 다시 들기도 한다. 강아지나 고양이처럼 능동적으로 뛰어들어 안기거나 표현은 못하지만 무언의 노력을 하는 것을 볼 수 있다. 내가 말할 수 없이 작은 입자가 되어, 이 사랑스러운 꽃잎 속으로 들어갈 수 있다면 나는 조심스럽게 팬지 꽃잎 하나를 침대 삼아 푹 기대고 싶다. 아늑함과 평온함을 맘껏 누리면서. 이름도 귀여운 팬지. 팬지의 계절에 이 신비한 작은 꽃들을 보면서 자연이 인간에게 주는 경이로움과 감동과 설렘을 만끽하고 있다.

(2020. 4. 3.)

뭉게구름: 팬지 꽃밭 속에 있는 기분이 들어요.^^

골짜기백합: 꽃잎 하나를 침대 삼아... 진짜 아름다운 시어입니다. 앗 그러고 보니 트리 님, 우슬초 님과 저도 닉네임이 같은 식물성입니다.^^

〈시즌 8〉
2020년 가을

이미란
김세영
김현정
강의준
진아위
조부덕
임유진
김미경
M. 클리포드

아홉 살 인생

gratia

손자를 데리고 아파트 놀이터에 갔는데, 그네 위에 타이어가 달려 있어 어떻게 타는지를 알 수 없었다. 여자아이들 둘이 미끄럼틀 위에서 놀고 있어서 물어봤더니, 안경 쓴 아이가 내려와 타이어 위에 올라가서 타는 시범을 보여준 후, 그네 세 개 중 가운데 이 그네가 제일 낮다는 조언도 해주었다.

손자의 나이가 다섯 살이고, 그 애들이 아홉 살이라는 것을 서로 알게 된 후에, 셋이 나란히 그네를 타면서 이야기를 나누는 것을 들었다. 두 아이가 숙제가 너무 많다고 불평을 할 때, 손자가 끼어들어 '나는 숙제가 없는데'라고 하니까, 안경이 "넌 다섯 살이니까 당연히 아무 숙제도 없지."라며, 많이 살아본 사람처럼 대꾸했다.

손자가 그 아이들처럼 서서 그네를 타려고 하자, 안경이 만류했다. "조심해야지. 넌 좀 더 키가 커야 해. 5학년인 우리 오빠도 그네를 타다가 골절을 당했어."라며 세 달 동안이나 꼼짝 못했다고 덧붙였다. 내가 "오빠가 힘들었겠구나." 하니까, "돌보는 사람이 힘들죠."라고 어른스런 답변을 했다.

들고 있던 손자가 "돌보는 사람이 뭐야?" 하고 묻길래 내가 무심코 "엄마지." 했더니 안경이 "동생도 힘들죠. 맨날 누워서 이것 가져와라, 저것 가져와라 얼마나 심부름을 시키는데요." 하는 것이었다. 이 말을 들은 다른 아이는 "나는 언니 스트레스 때문에 죽겠어."라며 공감을 표시했다.

아홉 살, 초등학교 2학년 아이들이었다.

(2020. 10. 24.)

솜사탕: 어쩌면 아홉 살 인생이 가장 고단할지도 몰라요. 알 건 다 아는데 적당히 아는 척을 해야 하니까... ㅋㅋ
　↳ **hanafeel**: 고단한 50대 중반이 떠오르는 문장이네요. '아무것도 모르는데 상당히 아는 척해야 하니까...'

해피트리: 요즘 아홉 살 여자애들 말하는 수준은 거의 구십 살 할머니 수준이에요. ㅎㅎ

muse: 스트레스라는 단어가 거기 있어서 그것을 사용하는 거겠죠. 물론 스트레스가 존재하니까 그에 맞는 단어가 생겼겠지만.

적정선

gratia

사람마다 나름의 적정선을 두고 행동할 것이며, 때로는 이것에 얽매이기도 할 것이다. 남편과 나는 국내 여행에도 숙소의 방 청소를 하는 이에게 약간의 팁을 주는 편이다. 적은 액수지만 일하는 이에게 '소소한 기쁨'을 주고 싶은 것이다. 우리는 이 팁의 적정 액수를 '오천원'으로 생각한다.

제주에 머물 때, 숙소에서는 장기 투숙자에게 사흘에 한 번씩 전면적인 청소를 해주었고, 그때마다 우리는 침대 맡에 오천원을 두고 외출했다. 그런데 떠나기 전날, 수중에 오천원짜리가 없는 것이다. 이런저런 고민을 하다가, 남편은 매점에 가서 만원으로 캔맥주 두 병을 사고 거스름돈을 오천원권으로 받아왔다. 만원을 팁으로 남겼다면, 청소하는 이에게 더 큰 기쁨을 주었을 것이고, 남편 또한 공연히 술을 마시는 일은 없었을 터인데 말이다.

승용차를 제주로 탁송하면서, 탁송 기사를 만나게 되었다. 아파트에서 차를 인수받아 목포에서 배에 실을 사람이다. 이미 탁송 회사에 모든 비용은 지불했지만, 고생하는 이에게 팁을 주고 싶었다. 이때의 적정 액수를 우리는 이만원이라고 생각했다. 딱히 그 액수여야 할 이유는 없었지만, 그 정도면 주는 우리도 부담이 없고, 받는 사람도 서운하지 않을 것 같았다.

어제 비행장에서 탁송 기사에게 인계하고 온 승용차가 오늘 아침 8시에 아파트에 도착한다는 연락을 어젯밤에 받았다. 그런데 수중에 있는 만원권이 딱 한 장이었다. 목포에서 아침 일찍 차를 몰고 올 사람에게 만원은 야박한 것 같았다. 이 지갑, 저 지갑을 뒤져 보았으나 오만원짜리와 천원짜리밖에 없었다.

아침 6시 반에 남편과 나는 동시에 일어났다. 적정선이 못 되는 팁이 마음에 걸렸던 것이다. 세뱃돈을 넣어두었던 봉투, 비상금을 넣어두었던 책갈피, 상품권을 넣어두었던 노트 주머니를 다 뒤져 보았으나, 만원권은 없었다. 카카오페이로 주면 어떨까, 자동이체를 해주면 어떨까, 별생각을 다했다.

문득 핸드폰을 열어 봤더니, 현재 기온이 2도. 목포에서 광주로 오는 이인지, 아니면 광주에서 출발해 차를 인수해서 다시 광주로 오는 이인지는 몰라도 이 추운 날씨에 먹고 살기 위해 그토록 애를 쓰고 있다니…. 우리는 적정선을 포기하고 기사에게 오만원의 기쁨을 주기로 했다. 차를 인수받고 온 남편에게 들으니 과연 젊은 기사가 너무너무 기뻐하더라는 것이다.

(2020. 11. 11.)

---

hanafeel: 정말 훌륭한 수준의 고객분이심.

해피트리: 젊은 기사가 열심히 사시는데 정말 행복한 하루였겠네요.

muse: 팁 사용의 좋은 예? ^^

맹목(盲目)

gratia

제주도에 다녀와 보니, 아침 산책길의 모과나무에 모과가 거의 없었다. 잎새 속에 숨어 있던 모과가 노랗게 익어가면서 하나씩 얼굴을 드러내는 모습을 놓쳤다. 이번 가을의 모과는 내 것이 아니구나 싶었다. 요즘은 느지막이 일어나 8시쯤 산책을 나가기 때문에 남은 모과가 떨어진다 해도 부지런한 사람이 주워가 버릴 것이기 때문이다.

그런데 오늘 아침 모과를 일곱 개나 주웠다. 남은 모과가 몽땅 내 차지가 된 것이다. 아파트 나무의 가지치기를 전문업체에 맡겼는지 어제부터 낯선 차량과 사다리가 눈에 띄더니, 아파트 주변의 나무들이 몽땅 벌거벗고 있는 것이었다. 업체의 작업이 산책 시간과 맞춤하게 진행되었던 모양이다.

내가 궁금한 것은 가지치기를 하는 사람들이 떨어지는 모과를 못 봤을까 하는 것이었다. 나라면, 다른 나무로 가기 전에 모과를 주워 담았을 것 같다. 그들은 모과를 대수롭지 않게 여겼던 것일까? 집에 가져가 부인이나 딸에게 주면 기뻐했을 텐데. 운전대 옆에 두며 차량의 내부를 향기롭게 만들 수 있었을 텐데.

아니면, 그들은 가지치기 외에는 아무런 관심이 없었을 수도 있다. 그들의 눈에는 불필요한 나뭇가지만이 보이는 것이다. 맹목(盲目), 자기가 보고 싶은 것만 보고, 주변에는 아무런 관심도 없는 것.

트럼프와 바이든에 관한 인터넷 기사의 댓글들을 보고 나는 놀랐다. 선거가 속임수라느니, 바이든이 무슨 자격으로 국정 운운하냐느니 하는 글들이 있는 것이었다. 여기가 미국이라면 인종 차별 의식에 사로잡힌 트럼프 지지자들이 그렇게 말하겠다 싶겠지만, 멀리 떨어진 한국에서도 사태를 객관적으로 인식하지 못하는 사람들이 존재한다는 게 놀라울 뿐이었다.

(2020. 11. 17.)

---

hanafeel: 박빙이라는 사실... 벌써 1년이 지나 모과를 또 비슷하게 수확하신 거네요.

muse: 올해는 모과를 얼마 전에 구입한 모과차에서만 구경하고 지나가네요.

금목서가 핀 자전거 길

솜사탕

긴 휴가를 내고 광주에 왔다. 30만 명이 제주도로 놀러 온다는 요즘, 나의 제주도 사랑은 나라도 한 자리 비워주는 정도이다. 포토 제닉이 아닌 순간이 없는 제주도이지만 높고 푸른 하늘에 몽글몽글한 구름과 청동색의 바다, 억새가 넘실거리는 오름을 볼 수 있는 때는 또 1년 중 지금뿐이다.

동네 주민 부부와 여름휴가 때 자전거를 타고 카페 양각리에서 저녁을 먹은 후 돌아오는 길에 다음 자전거 나들이는 추석쯤에 하자고 지나치듯 말했었는데 오늘 오후 그 말을 행동에 옮겼다. 발목과 무릎 재활 중인 동네 주민의 컨디션을 고려하여 라이딩보다는 저녁 식사 장소 물색에 더 많은 시간을 보냈고 만족스러운 식사를 한 후 돌아왔다.

남한에서 가장 높은 데다 다른 오름들이 분발하지 못해서인지

이어지는 능선이 없는 한라산은 '군계일학' 같은 존재감은 있지만 바라보는 즐거움이 큰 것은 담양 쪽으로 달리는 자전거 도로 옆의 고만고만하게 연속되는 병풍 같은 산맥(?)이랄까. 암튼 오르락내리락 골짜기와 산꼭대기가 겹치고 이어지는 장면에 있다. 양(量)의 미덕을 추구하는 바는 아니지만 적당한 '어느 정도'가 모여야 하는 경우가 많다. 스포츠의 장소가 아니라 감상의 대상으로서 산이 그렇고, 오늘 저녁 식사를 한 식당에서 먹어보고 싶은 요리가 많았지만(배가 고파서는 아님), 달랑 세 명으로는 고작 두 종류를 먹는 게 다였다. 조만간 조직을 키운 후 재방문하기로 하였다.

(2020. 10. 1.)

---

gratia: 모처럼 즐겁고 편안한 하루였네요. ^^

hanafeel: 자전거 길 어딘가에 금목서가 있었구나.

휴가의 비밀

솜사탕

오백 년 만에 만난 친애하는 후배 R은 요즘 되는 일이 없다며 근황 토크가 배트맨 다크나이트보다 더 암울했다. 물론 그 자의 말을 그대로 믿어서는 안 된다. 그중 95% 가량은 뻥이다. 왜 정치를 안 하는지 모르겠다. 타인을 선동하는 데 타고난 세 치 혀의 기량이 아까울 지경이다. 몇 년 전 학동에 사시는 예언자의 말에 의하면 친애하는 후배 R은 사장님들에게 돈을 많이 벌어주는 운명이라고 했었다. 아무래도 내가 이 자를 고용하여 예언을 실현시켜야 할 것 같다. 그동안 심리검사에 매진하던 R은 자격증 때문에 필요한 치료 케이스를 모으느라 상담도 하고 있는데 그 일도 생각보다 잘 맞는다고 한다. 인간의 탈을 쓴 지네이므로 운동화와 동물성 단백질만 잘 제공하면 적절한 근로계약이 성립될 것 같다. 심지어 원정도 가능하다.

그건 그렇고, 휴가는 아무리 길어도 짧은 이유가 뭘까. 광주에 온 지 얼마나 되었다고 벌써 주말이란 말인가. 역시 정규직은 나와 맞지 않는다.

(2020. 10. 3.)

---

gratia: 저도 연구년 중 한 달이 눈 한번 감고 났더니 사라졌네요.

오늘의 요리

우슬초

지난 6개월 동안 몸이 좋지 않다는 핑계로 주말에는 주로 배달 음식에 의존하며 살았다. 전형적인 배달 음식인 치킨이나 짜장면, 족발이 아닌 다양한 요리들이 배달료만 내면 배달되는 편한 세상에 살고 있다는 것이 얼마나 다행인지 모른다.

그러나 이제는 주말마다 아이들을 위한 집밥을 해주기 위해 매 끼니마다 메뉴를 고민하는 중이다. 그리하여 오늘 낮 식사 메뉴는 채소를 듬뿍 넣은 간장비빔국수로 정했다. 일명 냉장고 파먹기 신공으로 냉장고에 있는 온갖 채소와 단백질 보충을 위한 달걀지단, 어묵, 맛살을 잔뜩 넣어 간장비빔국수를 만들기로 한 것이다. 나름 한 그릇 음식인데다, 아이들에게 그동안 잘 먹지 않던 채소를 보충해 주기 위해 가끔 하는 요리이다.

그런데 어째 아들은 시큰둥하다. 사실 아들은 다른 메뉴를 원했으나, 내가 간장비빔국수에 마음이 당겨서 요리한 탓인지도 모른다. 그런 아들에게 억지로 먹을 필요는 없다며 아무렇지도 않게 말했는데, 이 모습을 지켜본 딸이 슬슬 내 눈치를 살핀다. 딸도 먹기 싫었던 것일까 하여 딸에게도 그만 먹으라고 말했더니, 오히려 딸은 엄마가 한 음식이 맛있다면서 자기는 계속 먹겠단다. 엄마가 애써 요리한 음식을 오빠가 잘 안 먹는 것이 딸에게는 신경이 쓰였나 보다.

그렇게 딸은 끝까지(아마도 억지로?) 제 몫의 그릇을 다 비워냈다. 그리고 아들이 많이 먹을 줄 알고 많이 삶아둔 남은 국수는 결국 내 뱃속으로 다 들어가 버렸다.

(2020. 9. 6.)

---

muse: 오, 저런... '엄마는 잔반처리기' 공식을 이행하셨군요. 안 되는데요. 몸이 저처럼 되실 건데요. 근데... 우슬초 님의 간장비빔국수 먹어보고 싶네요.

gratia: 국수를 삶아 냉장고에 넣어두면, 끼니 해결에 좋던데요. 비빔국수, 콩물국수, 열무국수... 아이들에게 국수 안에 무엇을 넣으면 좋을지 물어보세요.^^

엄마의 손길

우슬초

나에게도 엄마의 손길이 필요할 때가 있다. 아니 늘 엄마의 손길을 요구하고 있는 중이기도 하다. 아마도 내가 나이가 들어 엄마 나이가 되었을 때에, 그때도 엄마가 살아계신다면, 여전히 엄마의 손길이 필요할지도 모르겠다. 요즘은 그런 엄마의 손길을 받아, 늘 깨끗한 집에서 이미 차려진 저녁 밥상으로 편하게 저녁 시간을 보내는 중이다.

오늘은 그동안 벼르고 있었던 서랍장이 말끔히 정리되어 있고, 빨 생각조차 안 했던 커튼도 빨아져 있다. 하루 종일 외할머니가 이렇게 청소했다며, 아이들은 외할머니의 하루 일과를 읊어대기 시작한다.

요즘 같은 때에는 아침 7시부터 밤 8시까지, 엄마는 온종일 손주들과 보내야 한다. 예전 같으면 그래도 아침 8시부터 오후 4시까지는 어린이집과 학교에서 아이들이 시간을 보내니, 그 시간만큼은 엄마의 자유 시간이었다. 그런데 이제는 코로나로 온전히 아이들과 하루 종일 시간을 보낸 지 어느덧 몇 개월인지 모르겠다.

다음 주면 다시 일부 초등학교 등교 수업이 시작된다고는 하나, 또다시 등교 수업이 언제 중단될지는 모르는 일이다. 엄마의 손길 덕분에 나는 아이들 걱정 없이 워킹맘이라는 티를 내지 않고 일을 할 수 있는 셈이다. 서울에서 순천으로 터전을 옮긴 동료 교수가 아이를 봐줄 사람이 없어 전전긍긍하는 것을 보면, 그래도 나는 마음 편하게 출근할 수 있는 것이 얼마나 다행인지 싶다.

문제는 언제까지 내가 엄마의 손길에 기대야 할 것인가이다. 얼추 3년은 더 있어야 하지 않나 싶은데, 앞으로의 3년이라는 시간 동안 친정엄마, 그리고 번갈아 아이들을 돌봐주시는 시어머니께서 그 시간을 잘 버텨 주셔야 할 텐데 말이다.

(2020. 9. 9.)

---

gratia: 나이가 들어 엄마의 나이가 되면, 엄마의 엄마가 되어 드려야 할 걸요~^^

대한민국에서 학부모로 산다는 것은

우슬초

아직까지 그 흔한 피아노나 태권도 학원조차 전혀 보내지 않은 내 아이 또래의 학부모는 내 주변에는 없다. 지금껏 두 아이 모두 학원을 보내지 않고 있는 것은 등하원을 해줄 수 있는 상황이 안 되었고 무엇보다 학원비가 아깝기도 했기 때문이다. 사실 나도 한 때 사교육 시장에서 오랫동안 몸을 담았던 나름 인기 강사였음에도 불구하고, 막상 학부모가 되고 나니 아이들에게 들어가는 학원비가 아깝다는 생각이 드는 것을 보면 사람 마음이 참 간사하다는 생각이 든다.

아무튼 현재까지는 학원비로 나가는 돈을 아끼고자 남편과 내가 엄마표, 아빠표로, 그리고 상당 부분은 아이 스스로 학습을 이어가는 중이다. 사실 퇴근 이후 아이의 학습을 봐준다는 것은 쉬운 일은 아니다. 그러다 보니 나의 평일 24시간은 정말 단 한 시간도 허투루 보내지 않은 편이다.

이렇게 학원비를 아끼는 대신 책을 많이 사주자고 했는데 아이들에게 사주고 싶은 유명 전집은 한결같이 비싸니 늘 여러 번 고민고민하다가 중고로 책을 구매하는 중이다. 그나마 문제집은 새것으로 사주려다 보니 문제집 값도 무시 못 하게 되었다. 그 문제집도 아껴보려고, 다시 말해 동생에게 물려줄 요량으로 첫애에게 깨끗하게 문제집을 풀 수 있는 여러 방법을 써보기도 했으나, 결국 이런저런 번거로움으로 다 포기한 상태이다.

이러다 보니 인터넷서점에서 내가 읽을 책을 사는 일이 줄어들었다. 대신 학교 도서관을 이용하거나 전자북 월권 이용으로 대체하였다. 문제는 읽고 싶은 신간은 바로바로 읽지 못한다는 것이다. 이제 본격적으로 아이가 고학년이 되어 당장 영어학원이라도 보내게 되면, 더더욱 내 책 사기가 어려워질까 걱정이 앞선다.

이젠 나도 서서히 아이의 성적에 관심을 가지게 되면서, 새삼 앞으로의 12년을 어찌 보낼까 싶다. 100일 글쓰기 카페에서 마음의 위안을 얻는 대신 그 시간에 아이 교육 관련 카페에서 이런저런 정보 수집하는 데 더 우선순위가 되어 버린 나의 일상을 되돌아보며, 대한민국에서 학부모로서의 숙명이란 결국 이런 것일까 하는 자괴감이 든다.

(2020. 10. 12.)

gratia: 엄마표, 아빠표로 공부할 수 있다는 건 아이들의 행운이죠^^

해피트리: 12년~ 파이팅해요. 저희 집에 작은 아이가 작년까지 봤던 초등학교 졸업해서 이제 안 보는 책들 많은데 괜찮다면 드릴까요? 우슬초 님 아이가 초 3이니까 앞으로 읽으면 좋을 것 같네요.

책을 많이 읽지 마라

Second rabbit

"책을 많이 읽지 마라."라고 마틴 루터는 말했다. 이것은 무슨 뜻일까? 루터 자신은 어떠한 의미에서도 '책의 사람'이었다고 말할 수 있다는 점을 고려해 보았을 때, 그가 독서를 부정했다고 보기는 힘들다. 단지 그는 '많이' 읽는 것을 경계했을 것이다. 그런데 그가 말하는 '많이'는 얼마나 '많이'를 뜻하는 것일까? 그리고 왜 '많이' 읽는 것이 문제일까?

모든 말이란 상황의 산물이므로 루터의 말도 그가 살던 시대를 염두에 두지 않을 수 없다. 그러므로 이제 막 구텐베르크가 필사의 시대를 넘어 인쇄 출판의 문을 열어젖힌 그 시대를 염두에 두지 않을 수 없다. 어쩌면 그는 그 시대의 변화 앞에서, 즉 쏟아져 나오는 출판물의 홍수 앞에서 당황했을지도 모른다. 마치 인터넷 시대에 흘러넘치는 정보 앞에서 당황한 우리의 상황과 비슷했던 것일까? 혹은 인쇄되어 나오는 모든 텍스트가 읽을 만한 가치가 있는 것이 아니라는 뜻이었을지도 모른다. 그럼에도 역설적으로 그는 당대 독일에서 가장 많은 책을 출판한 저자였다. 우리나라에 번역된 그의 전집은 50권이 넘는다. 이런 다작의 작가가 '많이 읽지 말라'고 하니, 이것은 그의 책을 몇 권 읽지도 않은 나 같은 사람에게 주는 면죄부라고 해도 좋은 것일까?

다독을 의심스러운 눈으로 본 것은 그만이 아니었다. 많이 읽는다고 반드시 좋은 것은 아니라는 경고는 오래전부터 존재했다. 공자 또한 "학이불사즉망 사이불학즉태(學而不思則罔 思而不學則殆)"라는 말을 남겼다. 배우기만 하고 생각하지 않으면 얻는 게 없고, 생각하기만 하고 배우지 않으면 위태롭다는 이 말의 전반부는 독서의 전능에 대한 경고일 뿐만 아니라 정보가 흘러넘치는 우리 시대에 더더욱 들어맞는 말이다.

데리다의 일화 또한 같은 맥락에서 읽을 수 있다. 그가 죽기 전에 한 영화감독이 이 위대한 철학자에 대한 영화를 만들기 위해 그의 집을 방문했다. 4만 권이 훨씬 넘는 장서에 감탄하면서 영화 감독은 철학자에게 저 많은 책을 다 읽었느냐고 물었다. 데리다의 대답은 예상을 거슬렀다. "딱 4권 읽었습니다." 물론 읽기와 쓰기, 그리고 말하기의 의미를 재탐색한 철학자다운 대답이기는 하다. 그의 '해체'라는 개념이 결국 텍스트를 읽는다는 것, 즉 읽기의 본질에 대한 문제 제기라고 말할 수 있다면, 그는 정말로 딱 4권만 '읽었을' 수도 있다.

한창 프랑스 '이론가'들에게 '심취'까지는 아니지만 겉이라도 핥고 있었을 때 읽었던 어떤 책에 이런 대목이 있었던 것이 어렴풋이 기억난다.

"우리 시대는 읽기, 쓰기, 말하기와 같은 기본적인 행위들의 의미를 새롭게 물었던 시대로 기록될 것입니다."

그 책이 다루었던 철학자들은 데리다, 알튀세르, 푸코, 그리고 발리바르였는데, 그들은 모두 저 소통의 기본적인 행위들을 문제 삼았던 저자들이었다.

알튀세르의 출세작은 『Reding Capital』과 『For Marx』였는데 이 제목들은 동시에 그가 이끌었던 그룹의 슬로건이기도 했다. "맑스를 위하여 자본을 읽자!" 푸코야 뭐 저 악명 높은 "저자란 무엇인가"라는 질문을 던졌던 인물이 아니던가.

그런 맥락에서 프랑스 철학을 전공한 사사키 아타루가 마틴 루터를 '읽기의 혁명'이라고 표현했던 것은 적절했다. 마틴 루터는 성경을 '읽은' 사람이었기 때문이다. 물론 그의 시대는 가톨릭이 지배했던 시대였고 그 외에도 수많은 사람이 성경을 읽었다. 그럼에도 오직 그만이 'sola scriptura'라는 구호를 내걸고 성경이라는 텍스트를 '읽음'으로써 중세라는 연못에 파문을 일으켰다.

결국 '많이 읽지 말라'는 루터의 경고는 읽기의 본질에 대한 질문으로 연결되어 있다고 말할 수 있다. 즉, 그의 경고는 단순히 '많이'라는 양의 문제가 아니라, 왜 읽는가, 무엇을 읽는가, 어떻게 읽는가, 그리고 읽기란 무엇인가라는 질문에, 그리고 최종적으로는 읽는 나는 누구인가라는 질문으로 연결되는 것이다.

몇 년 전에 내가 인터넷의 광주극장 사이트에 올린 글을 보고 갈매나무의 인문학 독서모임에 찾아온 한 40대 여성이 있었다. 학원 선생을 한다는 친구였는데 지금은 이름도 기억나지 않는다. 모임에 서너 번 나온 이후에는 더 이상 나오지 않았으니까. 하지만 그녀가 첫 모임에서 했던 말은 기억에 남아 있다. 왜 그 모임에 왔는가 하는 질문에 그녀는 지적 허영심을 충족시키기 위해서라고 답했다. 놀랍도록 솔직한 대답!

책을 읽는다는 것이 자신의 허영을 채우는 일이라면 많이 읽는 것이 무슨 의미가 있을까? 바로 이런 맥락에서 우리는 루터의 경고를 들어야 한다. 우리의 읽기는 무엇을 지향하는가? 혹시 우리의 읽기는 우리 자신을 배신하고 있지는 않은가?

(2020. 9. 2.)

---

gratia: 공자님 말씀을 깊이 새겨듣겠습니다. ^^

솜사탕: 수요자가 많이 읽지 않으려면 일단 공급자가 길게 쓰지 말아야 합니다!!! ㅎ

muse: '많이'라는 게 책의 권수인지, 독서의 빈번함인지...ㅎㅎㅎ 게으른 저에게는 루터의 말이 언행을 일치하라는 말로 들립니다. "네가 아는 만큼 행동해라, 실천해."라고 들리네요.

muse: 자기의 욕망을 거침없이 솔직하게 드러내는 사람에게 놀랄 때가 있는데 그것은 어쩌면 인간이 규범이나 규율에 얽매인 도덕적 존재이기 때문이 아닐까요?

비누와 향수

Second rabbit

비누와 향수의 공통점은 무엇일까?

인간의 몸에 쓴다, 화장이나 청결 등 미적인 요소와 관련이 있다, 그리고 결정적으로 인간의 냄새를 처리하는 기능을 갖고 있다.

그런데 이 두 개의 인공물들은 각기 다른 방식으로 냄새를 처리한다. 『오웰의 코』라는 책에 따르면 이것들은 각기 영국과 프랑스의 차이를 반영한다고 한다. 청교도적인 전통과 연결된 영국식 태도가 인간의 몸의 악취를 없애는 방향을 택했다면 보다 향락적인 프랑스식 태도는 냄새를 더함으로 인간의 냄새를 감추는 방식이라고 한다. 물론 이런 구분이 지금도 엄격하게 적용되는 것은 아니다. 요즘 대부분의 비누는 방향제를 함유하고 있으니까.

위에서 언급한 책에서 저자인 존 서덜랜드는 오웰은 유난히 냄새에 민감한 인물이었다고 주장한다. 그의 모든 작품에서 오웰은 냄새에 대한 예민한 관찰을 보여준다. 『1984』는 "삶은 양배추와 오래된 누더기 발판 냄새"를 풍기면서 시작한다. 하지만 오웰이 남긴 냄새에 대한 가장 강렬한 기록은 물론, 『위건 부두로 가는 길』의 "하류층 사람들은 냄새가 난다."였다. 그는 냄새가 문화와 계급과 강하게 연결되어 있음을 감지한 작가였다. 그의 인식의 유산은 봉준호의 〈기생충〉에서도 발견된다.

미국 사람들이 문화(culture)라는 말을 들을 때 가장 먼저 연상하는 단어는 냄새라고 한다. 그들이 문화에서 무슨 냄새를 맡는지는 다양하게 상상할 수 있겠지만, 굳이 인간이 내뿜는 악취를 상상할 필요는 없다. 문화의 가장 대중적이고 감각적인 표상은 음식이니까. 중국 음식, 인도 음식, 이태리 음식 등등, 이 모든 음식들은 다른 냄새를 풍긴다. 문화라는 단어가 가리키는 화살표는 '민족주의'라는 단어처럼 우리가 아니라 그들의 것, 안이 아니라 밖을 향한다.

인간은 자신의 냄새를 잘 맡을 수 없다. 나와 다름을 분별하는 가장 말초적이고 가장 예민한 감각은 냄새다.

"그들에게서는 다른 냄새가 난다." 이것을 이성으로 넘어서는 일이란 결코 쉽지가 않다.

(2020. 9. 6.)

muse: 빨래에서 나는 섬유유연제 냄새가 싫어서, 오직 바람과 햇빛의 흔적만 맡고 싶어서 고군분투했던 날들이 떠오릅니다. 아이들이 머리가 굵어지고 제 투쟁은 처참한 실패로 끝났습니다. 요즘 가끔 아이들 몰래 섬유유연제를 쓰지 않고 헹군 후에 바로 널어 버리는 꼼수를 쓰고 있습니다. 누군가 "엄마, 이번 빨래는 섬유유연제 냄새가 너무 약해."라고 하면, "응, 다음에는 더 많이 넣을게."라고 씩 웃고 말지요.

우슬초: 문화라는 단어 속에서 냄새를 연상한다니 재미있네요. 원주민이 이방인에게 향초를 들며 길을 안내하자, 이방인은 원주민이 자신을 지극히 영접한다고 좋아했다고 하는데, 사실은 이방인에게 나는 냄새가 역겨워 향초를 피웠다는 이야기가 떠오르네요.

신을 포기하다

Second rabbit

지난달 『포린 어페어스』 매거진에 로널드 잉글하트의 「신을 포기하다」라는 논문이 실렸다. 이 글에서는 현재 세계에서 종교 인구의 감소를 다루고 있다. 그런데 이것은 새로운 뉴스일까?

'세속화'라는 개념이 처음 등장한 이래 많은 논란들이 있었다. 그 과정에서 세속화란 개념에 대해 다양한 질문들이 제기되었지만, 그중에서도 가장 실증적인 질문은 "세속화가 실제로 일어나고 있는가?"일 것이다. 그리고 만일 일어나고 있다면 어디에서 어느 정도의 속도로 일어나고 있는가?

잉글하트의 글은 세속화라는 과정이 단순하고 일방적으로 진행되지 않는다는 것을 보여준다. 그에 따르면 21세기 초에 종교는 '재발흥'까지는 아니지만 많은 사람들이 더 종교적이 되었다는 것은 부인할 수 없는 사실이라고 한다. 우리 또한 그 현상과 연관된 많은 이야기를 기억하고 있다. 중동 지역에서의 이슬람 원리주의의 성장과 과격화, 서구, 특히 미국에서의 기독교 근본주의의 대두, 남미와 남아프리카에서 개신교 인구의 급성장, 그리고 동구에서 공산주의가 무너진 이후 정교회 인구의 귀환에 이르기까지. 이런 현상들은 세속화라는 개념의 신빙성을 회의하게 만들었다.

하지만 잉글하트의 실증적 연구에 따르면 2007년 이후 이런 경향은 극적으로 역전되었다고 한다. 2007년부터 2019년까지 그들이 연구한 49개의 나라 중 43개에서 압도적인 대중이 덜 종교적이 되었다는 것이다. 이러한 세속화 혹은 비종교화는 단지 선진국에만 한정된 것은 아니었다. 하지만 그중에서 가장 두드러진 케이스는 미국이다. 2007년에 미국 인구의 80% 정도가 신이 그들의 삶에 의미가 있다고 대답했다면 2017년의 조사에서 여전히 그렇다고 답한 사람들은 45% 정도에 불과했다. 놀랍도록 극적인 변화다. 이러한 변화를 초래한 요인들 중에는 오래전부터 세속화의 동인이라고 간주되었던 경제적·기술적 발전도 있지만, 정치와 종교가 얽혀 있는 미국의 상황이 초래한 부분도 있다. 미국 대선이 이제 50일 정도 남은 현재, 미국 사회 구성원들의 첨예한 분리와 대립이 결정적인 문제로 떠오르고 있는데, 그 분리는 라떼를 좋아하는 리버럴한 무신론자 민주당 지지자들과 꽉 막힌 보수적 기독교도 공화당 지지자들로 표상되고는 한다. 이러한 정치 지형, 특히 공화당의 텃밭인 남부에 기반을 둔 기독교 근본주의의 호전적인 태도는 보다 젊고 교육받은 세대를 밀어내는 결과를 초래했다. 이런 상황은 조금은 역설적인데, 이전에는 종교가 정치적 태도를 결정했다고 한다면 이제는 정치적 태도가 종교를 결정하고 있는 것처럼 보이기 때문이다. 조금 단순 과장해서 말하자면, 단순히 기독교가 싫어서라기보다는 기독교 이름을 걸고 목소리를 내는 매파들이 싫어서 기독교를 멀리하는 사람들이 생겨났다고나 할까. 어쨌든 이러한 요인들이 미국 사회 전반의 세속화를 촉진시켰다는 것이다.

잉겔하트의 글에서 또 하나 주목할 만한 주장은 많은 나라에서 발견되는 세속화의 현상이 젠더 문제와 연결되어 있다는 부분이다. 종교는 오랫동안 성 역할이나 재생산과 연결된 가치의 근거가 되어 왔는데 이러한 가치와 규준들의 동요가 종교의 역할을 감소시키는 데 결정적인 역할을 했다는 것이다.

그러고 보니 정말이지 남 이야기가 아니라 바로 우리의 상황과 정확하게 맞아떨어지는 것처럼 보인다. 미투 운동의 등장과 코로나 이후 교회가 보여 준 태도들은 우리 사회의 급속한 비종교화 혹은 세속화를 예견할 만한 충분한 정황을 보여 준다. 20세기 말에서 21세기 초까지 한국에서 가장 약화된 종교는 불교였다고 하지만, 이제 그보다 더욱 큰 타격을 받을 다음 대상은 기독교인 것 같다.

(2020. 9. 17.)

---

gratia: 기독교 극단주의가 종교에 회의 내지 혐오를 부추기는 게 딱 우리나라 상황과 일치하는군요.

만두데이

복숭아

학생들과의 추석 약속을 지키기 위해 연휴라도 음식을 챙기고 1시간 운전해서 '출근'하였다. 중국 명절 때 가장 많이 먹는 음식은 만두이다. 특히 유학 온 학생들에게 만두는 더 특별한 의미가 있어서 학생들과 같이 만두를 만들자고 약속하였던 것이다. 그래서 어제 오후에 미리 홈플러스에 가서 야채, 고기, 밀가루, 계란 등 식재료를 샀고 아침 일찍 학교를 향하여 출발했다.

기숙사 안에 주방이 있어서 주말이면 직접 중국 음식을 만들어 먹는 학생이 적지 않다. 이런 이유 때문인지 학생들의 요리 실력은 생각보다 좋은 편이다. 그리고 남학생이 여학생보다 더 잘하는 것도 놀랐다.

학교 가기 전에는 학생들이 만두 만드는 것을 모를 수 있어서 혼자 몇 시간 요리해야겠다고 생각했는데 내가 가져간 식재료를 받자마자 야채를 씻는 사람, 반죽하는 사람, 만두소를 준비하는 사람… 학생들이 모두 알아서 역할을 나누었다. 결국… 갑자기 내가 할 일이 없는 사람이 되었다. 만두소를 준비하여 반죽 숙성까지 다 하고 한 시간 정도 후에 만두 만들기를 시작하였다. 옛날에 학교 다닐 때 반죽부터 만두소까지 다 해봤는데 내가 가장 잘하는 것은 마지막 순서인 만두를 빚는 것이다. 학생들이 교수님은 나중에 만둣집에서 일할 수도 있겠다고 칭찬할 정도로 나는 손이 빠른 편이다. 내가 학생들의 요리 실력에 놀랐듯 학생들도 나의 실력에 놀랐다. 그들의 말대로 딱 보면 내가 맨날 배달만 시켜서 먹을 사람이라서….

평소에 혼자 3시간 정도 걸려야 되는 만두 만들기 작업은 학생들과 같이 해서 금방 다 만들었다. 혼자 만들었을 때 귀찮아서 만두소는 보통 한 가지만 준비했는데 오늘은 당근, 버섯, 배추, 부추, 계란, 소고기, 돼지고기까지 여러 가지 만두소를 준비하였다. 학생들과 재밌는 얘기를 하면서 우리가 직접 만든 만두를 먹으며 가족들과 같이 추석을 못 보내는 아쉬움을 다소 위로해줄 수 있었다.

(2020. 10. 3.)

---

gratia: 흐뭇한 시간을 보내셨네요~ ^^

솜사탕: 아.. 몇 해 전에 삼청동 어느 골목에서 정말 맛있는 중국식 만두를 먹고 내려와서 친구들과 기억을 떠올려가며 만들었던 적이 있어요. 달걀볶음과 부추가 주재료였고 만두피 반죽을 육수로 한다고 했어요.

hanafeel: 학생들 평생 기억에 남을 추석이었네요.

모국어

복숭아

오늘 연구실에 특별한 '손님'이 찾아왔다. 같은 연구실에 계신 베트남 교수의 딸, 8살 초등학생이다. 우리 연구실에 온 이유는 베트남어만 할 수 있는 할머니와 소통을 못해서 심심하기 때문이라고 했다. 나는 이해가 안 된다는 표정을 지었더니, 베트남 교수가 딸은 한국말만 할 수 있고 베트남어를 못한다고 설명해 주었다.

할아버지, 할머니, 부모가 모두 베트남 사람인데 아이가 베트남어를 못하는 상황은 좀 특이한 경우다. 보통 한국에 온 이주민의 경우는 한국어를 배우는 것은 어려운데, 아이는 오히려 한국 아이처럼 한국어를 잘한다. 베트남 교수에게 들어보니 애가 5살 때 처음으로 한국에 왔을 때 베트남어를 많이 할 수 있었는데 한국에 들어와서 유치원부터 한국 아이들과 같이 놀고 공부해서 이제 베트남어를 대충 알아들 수 있지만 말하기는 아예 못하는 수준이 되었다고 한다. 평일에 베트남 교수가 집에서 시부모님과 대화를 나눌 때에는 베트남어로, 아이와 대화를 나눌 때에는 한국말로 해서 한국어와 베트남어를 잘하는 교수 덕분에 가족 간에 대화도 많이 하고 재밌게 살아왔다. 그런데 요즘 코로나 때문에 아이가 학교에 못 가서 맨날 집에서 할머니와 같이 있어야 하는 상황인데 한국말을 못 하는 할머니와 베트남어를 못 하는 아이가 한 공간에 있다 보니 서로서로 답답한 상황이 되어 버린 것이다.

아이가 베트남어를 못 하는 것처럼 신기한 것이 또 하나 있다. 아이가 베트남 음식을 싫어하는 것이다. 평일에 할머니가 만들어준 베트남 음식을 잘 안 먹고 오히려 한국 음식을 잘 먹는다. 점심 때 학교 근처에 베트남 식당이 없어서 고민하고 있는데 베트남 교수에게 아이가 베트남 음식을 안 먹고 한국 음식을 좋아한다는 이야기를 들었다. 그리고 아이가 한국을 너무 좋아해서 나중에 한국에서 계속 살고 싶어서 한국 이름까지 이미 지었다고 하였다. 학교 선생님에게 베트남 이름을 부르지 말고 한국 이름을 불러달라고 부탁한다는 재미있는 이야기도 들었다.

지금 아이에게 한국은 이미 자기의 고향이 되고 한국어도 모국어가 된 것이다. 아이는 나에게 한국이 공기도 좋고 오토바이도 많이 없어서 베트남보다 훨씬 좋다고 계속 한국을 칭찬하였다. 나중에 아이가 한국인처럼 계속 한국에서 행복하게 살 수 있기를 바란다.

(2020. 10. 7.)

gratia: 한국을 좋아하는 것은 좋아하는 것이고, 베트남어가 아이의 중요한 자산이 될 수 있을 텐데 아쉽네요.. ^^

hanafeel: 미국 이민 2세가 떠오르네요.

인생이란··· 시험이다

복숭아

영주권 비자를 받으려면 박사학위, 연 소득, 한국어 능력 등 필수적인 조건과 함께 한국 법무부가 주최된 사회통합프로그램 과정을 이수하고 시험도 합격해야 한다. 영주권 비자를 받기 위한 시험은 점수제라서 적어도 80점 이상을 받아야 되는데 그중에 사회통합프로그램 과정은 15점으로 큰 비중을 차지하고 있다.

원래 토요일마다 학교에 와서 들어야 하는 수업인데 지난 학기에 코로나 덕분에(?) 편하게 집에서 원격수업으로 이수하였다. 그러나 광주 코로나의 감염 사건으로 원래 7월에 예정된 시험이 2번이나 미뤄졌는데 지난주 일요일까지 미뤄지게 되었다.

영주권 비자 받을 때 사회통합프로그램 과정이 중요한 부분이라서 지난주에 일주일간 빡세게 공부하였다. 이미 배운 내용이었지만, 이수한 지 거의 4개월이 되고 게다가 모두 외워야 하는 인문

사회 내용이라서 좀 걱정됐다.

시험은 남부대학교에서 진행되었다. 시험 본 사람을 보니 절반은 베트남 학생이고 절반은 한국에서 일하고 있는 사람이다. 영주권 받은 후에 10년에 한 번씩 비자를 연장해야 하니까 이미 한국에서 취업한 직장인들도 이 시험에 많이 응시하였다.

시험은 오후 1시부터 시작하는데, 필기시험 시간은 50분, 작문시험 10분, 구술시험 10분으로 구성되어 있다. 그러나 시험은 생각보다 너무 쉬워서 괜히 걱정하였다. 필기시험 문제는 절반은 토픽 문법 문제이고 절반은 한국 사회의 이해 문제라서 15분 안에 다 풀었다. 그러나 2시 20분에 시작될 구술시험을 기다려야 해서 심심한 나는 1번 문제부터 마지막 문제까지 여러 번 체크하고 구술시험 문제를 상상하면서 준비하였다.

구술시험은 응시자 2명이 한 팀으로 진행된다. 나와 같은 팀인 사람은 전대 치과의 박사 대학원생이다. 더 신기한 것은 이 학생은 이라크 사람이다. 서울에는 이라크 유학생이 좀 있을 수 있지만, 광주에서는 이라크 유학생을 처음 본다. 같은 외국인인 나와 이라크 치과 대학원생은 대기실에서 한국어로 흥미진진하게 이야기를 나누었다. 구술시험은 순서대로 진행했는데 나와 이라크 치과 대학원생은… 운이 안 좋게 마지막이었다. 그래서 거의 4시까지 기다렸다. 다행히 재밌는 이야기를 계속 나눠서 지루하지 않다 보니, 시간이 금방 지나갔다.

구술시험은 자기 나라의 대표적인 산, 바다, 음식, 동물에 대한 소개, 한국 태극기의 의미, 민주 정치의 발전과정 등과 같은 문제들이 출제되었는데, 한국어를 전공하고 한국의 정치, 경제, 역사를 모두 배웠던 나에게 어려운 문제는 하나도 없었다. 그러나 나와 같은 팀인 이라크 학생에게는 문제가 너무 어려운 것 같았다. 치과 대학원 수업은 대부분 영어로 하고 한국에 대해 아는 것도 많이 없었기 때문이다. 결국 그 학생이 가장 많이 한 대답은 "죄송합니다. 잘 모릅니다."이었다.

학생 생활이 끝난 후에 더 이상 시험을 안 봐도 되겠다고 생각했다. 그러나 이번에 영주권 비자 시험을 보았고, 내년에는 번역 자격증 시험과 한국사 시험도 볼 계획이니… 아마 인생에 시험의 끝은 없을 것 같다.

(2020. 10. 27.)

해피트리: 똑똑하고 부지런하신 복숭아 님~ 보는 시험 모두 합격하시리라 생각됩니다.

gratia: 이라크 지원자가 복숭아 님을 많이 부러워했겠네요. 수고했어요. ^^

릿지 등반

hanafeel

달마산 뾰족한 바위 능선이 드넓은 하늘을 향해 우뚝 서 있고 가을이 한창 붉어진 해남 미황사 마당은 형용할 수 없을 정도로 화려하였다. 달마고도라는 12km가 넘는 절 뒤편 산책로로 들어서니 저 멀리 발아래로 드넓은 농경지를 넘보며 점점이 떠 있는 섬들을 안고 남해 바다가 끝없이 펼쳐져 있다.

평소 해남 파인비치 골프장에서는 골퍼가 바다를 곁에 둔다고 한다. 그리하여 남해 바다가 그린 사이로 넘나든다는 풍문을 마음에 두고 있었는데 오늘은 그 바닷가 달마산을 뛰어다녔을 스님이 된 듯 호사를 누렸다. 넓게 정비된 산책로는 흘러내리는 바위들로 굽이굽이 아름다웠다. 오른편 봉우리마다 붉은색 옷차림의 등산객 두셋이 절벽에 매달린 듯 자그마하게 보이다가 금세 골짜기로 사라졌다. 경남에서 온 산악 동호회원들이 오랜만의 산행에 나온 반가움에 일상의 농을 한순간도 멎지 않으며 발걸음을 끊임없이 놀린다.

출발지에서 7.3km 지점에서 다른 일행 세 사람을 만나 김밥을 먹고 우리는 대나무 숲이 있다는 등성이를 가로질러 가기로 하고 헤어졌다. 20여 분 오르막길은 생각보다 멀지 않았다. 달마산 정상 쪽으로 600m를 릿지 등반을 하게 되었다. 10여 년 전, 설악의 공룡 능선 초입에서 아쉬운 발걸음을 돌리며 평생 로망으로 간직했던 릿지 등반이었다.

"하늘에서 보면 칼날 위를 걸어가는 이들이다."라는 집사람의 말에 감격이 더했다. 마침 바람이 일기 시작했고, 남해 바다 절벽에서 아슬아슬하게 바위를 넘는 기분은 무어라 말할 수 없었다.

두세 차례, 설치해 놓은 로프를 잡고 엉덩이를 바위에서 떼어야 내려갈 수 있는 길에선 젊었을 때만 느낄 수 있는 즉흥성 공포에 잠시 멘붕이 되었다. 10cm 정도 폭의 바닥을 딛고선 바다 쪽으로 난 바위 비탈길에서 집사람이 손을 잡아주려고 서 있자 이유를 알 수 없이 그마저 두려웠다.

하산하는 내리막길에는 붉은 단풍이 마른 참나무 잎 위로 햇빛을 받아 영롱하게 반짝이며 바람에 바삭거린다.

광주에서 서울 가기보다 먼 해남 산행은 그 거리만큼이나 나로 하여금 세상을 떨어져 보게 하였다.

칼날 위에 서서,

바위 등성이를 걸어가는,

용기를 내어,

바람을 이겨내는 이.

(2020. 11. 9.)

---

gratia: 위험한 등반은 반대올시다... ^^

호남정맥

hanafeel

법원 뒤 좁다란 오르막길, 황금빛 하늘, 세찬 회오리바람에 휘몰아치는 은행잎들이 날카로운 유리조각이 되어서 내 가슴 위로 쏟아진다. 한 번도 이렇게 아름다운 길을 나선 적이 없었다.

수요산행 N 선배를 찾아가는 담양 대덕 길. 메타세콰이어가 가을하늘을 붉은 안개처럼 빼곡하게 뒤덮었다. 섬진강과 영산강을 흘려보내며 우뚝 줄지어선 호남정맥. 만덕산과 수양산 사이 언덕에 서 있다.

협곡과 언덕바지, 남쪽과 북쪽을 마다하지 않고 사람들은 벌써 그곳에 집을 지었고, 한 뼘의 땅도 구하지 않는 이들은 목요일 오후 내내 자유로웠다.

한 사람이 지나갈 듯한 길을 1시간 정도 따라 걸은 뒤, 만덕산 정상까지는 50분 정도 아무도 걷지 않은 듯 인적이 없는 산길을 걸었다.

떡갈나무 마른 잎이 펼쳐진 자리 위를 덮은 솔 이파리 향이 감싸는 가운데 뒹구는 크지도 작지도 않은 솔방울이 가을 산의 정취를 더하였다. 땅속으로 깊이를 알 수 없이 뿌리를 박고 하늘로 가지를 한껏 뻗은 나무들이 저마다 다른 모양의 잎사귀를 떨구어서 산등성이를 모자이크처럼 수를 놓는다. 멀리 창평의 넓은 평원은 벼를 거둬들이고 뭉쳐서 비닐로 감싸둔 볏짚 덩이가 풍요로움을 보인다.

떨어져 내리는 절벽 골짜기를 따라 가는 길은 긴장감을 더한다. 살아서 걸어가는 길에 긴장감을 빼면 무엇이 남을까! 교만과 경박함이 인간세를 이루고 있는 것임은 알겠다.

비가 후드득 떨어지자 내 몸의 따스함이 더해 간다.

N 선배는 곧 천 번을 채우려는 듯 '설악산가'를 마저 부르더니, 슬프지 않은 산노래라 하였다.

홀로, 홀로만 걸어가는 슬픈 산사람.

그의 노래가 되었다.

(2020. 11. 19.)

---

gratia: 애국지사의 풍모가 느껴지는 글입니다. ㅎㅎㅎ

『그리스인 조르바』*

hanafeel

살아있는 이가 느끼는 자유의 무게는 몇 mg일까? 얼마나 가벼울까?

수십 년 동안 내가 배웠던 여러 바이올린 선생님들은 하나같이 나더러 바이올린 활을 그을 때 팔꿈치와 손목에 쓸데없이 힘이 들어가 있다고 지적하였다. 활을 그을 때에는 팔꿈치와 손목의 힘을 빼고 어깨와 팔로 자연스레 그어야 한다고 하였다. 손에서 활이 떨어지지 않으니 활을 가볍게 잡으라고 한다. 설령 활이 손에서 떨어진다 하더라도 부러지지 않는다고 하면서. 오로지 활을 잡은 손에 힘을 뺀다는 생각만 하고 활을 들었더니 마침내 담배 한 개비 잡는 힘으로도 활을 들 수 있었다.

---

* 이 글은 2021년 3월 21일자 『건치신문』에도 수록됨.

치과 치료용 핸드피스에 가해지는 힘은 50mg, probing은 20mg. 그리고 와타나베 칫솔질을 할 때 드는 힘은 250mg이다. 오른손 중지로 지지를 하고 엄지와 검지로 치료용 칫솔을 잡는 모양은 바이올린 활을 잡을 때 손 모양과 같다. 활로 현을 가볍게 그어서 소리를 내듯 칫솔질도 남들이 상상하는 이상으로 가벼운 힘을 들여야 한다.

무를 썰든 김밥을 썰든 칼을 잡는 손목 힘의 크기는 정해져 있지 않다. 바이올린 초보자는 활을 잡은 손가락과 손목에 잔뜩 힘이 들어가 있지만 숙련된 연주자는 아주 가볍게 활을 잡는다. 칼질도 마찬가지이다. 처음 칼을 잡은 사람이나 칼을 많이 다루어보지 않은 사람은 칼을 든 손에 힘이 잔뜩 들어가 있지만, 칼을 익혀 다루는 사람은 칼과 손과 손목이 하나가 되어서 칼질과 손놀림이 자연스럽게 어우러진다. 그러나 아무리 손목에 힘을 빼고 칼질을 한다고 해도 노상 칼질을 하면 손목과 어깨 근육에 무리가 가기 마련이다. 치과 치료용 칫솔도 손목에 힘을 빼고 가볍게 사용해야 하지만 치과 치료를 오래 하다 보면 근육에 피로가 쌓이고 근골격성 직업병을 얻게 된다.

그는 공중으로 뛰어올랐다. 팔다리에 날개가 달린 것 같았다. 바다와 하늘을 배경으로 한 채 온몸을 던져 위로 솟구쳐 오르는 모습이 흡사 반란을 일으킨 대천사처럼 보였다. 그는 하늘에 대고 이렇게 외치는 것 같았다. "전능하신 하느님, 당신이 날 어쩔 수 있다는 것이요? 죽이기밖에 더 하겠소? 그래요 죽여요. 상관 않을 테니까. 나는 분풀이도 실컷 했고 하고 싶은 말도 실컷 했고 춤도 실컷 추었으니……, 더 이상 당신은 필요 없어요!"

부처님 이야기를 쓰는 30대 작가 카잔차키스가 노가다 일을 찾는 60대 조르바를 만났다. 인용한 대목은 카잔차키스가 크레타 섬에서 케이블카 사업을 하다 사업이 망한 직후, 이 섬에서 그리스 춤을 추는 조르바를 처음 만나는 장면이다.

자유의 무게는 춤을 추는 가벼운 몸놀림, 중력을 거스르고 공중에 뛰어오르는 몸짓 정도의 가벼움일 듯하다.

자유는, 과부가 죽음의 위협에 처했을 때 그녀를 사랑하던 젊은 이조차 그녀의 죽음을 외면하고 모두가 살인 방조자의 몸짓을 할 때 아무 상관도 없는 그녀를 지키려 몸을 던진 조르바의 몸짓의 무게일 듯하다.

(2021. 2. 24.)

기억 3: 옥상에 대한 기억

muse

그 집, 여수 관문동에 있었던 그 셋집에는 옥상이 있었다. 감푸기 짝이 없었던 남동생은 거기에서 떨어져서 다쳤고, 막내 여동생도 거기에서 떨어져서 다리를 깁스했었다. 바로 밑에 여동생도 떨어졌 었던가? 음, 잘 기억나지 않네. 어쨌든 적어도 나는 그 옥상에서 떨어지지 않았다. 나는 좀 얌전하고 조신한 아이였던 걸까? 어른들 이 하지 말라는 짓은 하지 않는, 규칙을 잘 지키는 아이였거나, 겁이 많은 아이였을 수도 있겠지. 그 옥상에서는 다른 집들이 내려 다보였는데, 이웃집 오빠가 중학생이었고 가끔 그 오빠가 뭘 하는 지 지켜보기도 했던 것 같다. 왜냐하면 그 오빠는 우리에게 약간 심술궂게 굴었는데 아무래도 중학생이었으므로 우리에겐 늘 감시 의 대상이었다고나 할까. 그러니까 결국 놀이였던 것이다.

그 옥상 말고, 지금까지도 가끔 꿈에 나타나는 옥상은 우리 집

뒷간 쪽에 있던 옥상이다. 부엌에서 바깥으로 나 있는 쪽문을 열면 그 옥상으로 올라가는 시멘트 계단이 있었다. 그 계단 밑, 그러니까 그 작은 옥상 밑은 변소였다. 화장실이었다고 얘기하고 싶지 않다. 신문지를 뜯어서 비벼 가지고 부드럽게 해서 뒤를 닦아야 했던 곳, 토실토실한 구더기들이 기어 다니던 곳, 한번은 용변이 급한 우리 남매를 엄마가 나란히 기차처럼 앉혀서 볼일을 보게 했던 그곳은 변소 혹은 뒷간이었다. 그때는 그런 구더기들도 아무렇지 않게 보았구나. 아니다. 분명 좋아하지는 않았던 것 같다. 그때도 변소에서 나는 심한 암모니아 냄새에 현기증과 구토감을 느꼈다. 그리고 그 멀겋고 눈도 입도 없는 그것들이 징그러웠다.

나는 그 작은 옥상을 좋아했다. 무엇 때문에 그 옥상을 좋아했을까. 왜 지금도 그 옥상을 잊지 못할까. 나는 그 시절에 무엇을 그 옥상에 두고 온 것일까. 요즘은 덜하지만, 한동안은 거의 매일 꿈에서 그 옥상을 보았다. 꿈에서 옥상은 대부분 활짝 열린 하늘과 함께다. 나는 늘 하늘을 보고 있다. 그 옥상에 다시 가보고 싶다고 생각했다. 언젠가는 꼭 가보리라 다짐하던 때가 있었다. 지금은 아니다. 옥상은 내 기억 속에 봉인되었다. 그 오래된 집과 옥상이, 그 변소가 아직 남아 있으리라고 생각하지 않는다. 그런데 정말 한 번은 그 옥상에 다시 서고 싶다는 마음이 내게 있다는 것을 안다. 이유가 무엇일까. 내 어린 시절을 보낸 여수 관문동의 그 셋집에는 여러 가지 잊지 못할 것들이 있다. 그중에서도 그 작은 옥상이 으뜸이다.

(2020. 9. 8.)

해피트리: 저도 초등학생 때 친구집에 아슬아슬하게 있던 옥상을 자주 갔었는데 지금
가보니 그 집이 사라지고 없더라구요.

크리미널

muse

넷플릭스에서 딱 내 취향인 드라마를 찾아냈다. 〈크리미널〉이라는 드라마다. 처음에는 미국판 시리즈 〈크리미널 마인드〉 같은 드라마인 줄 알고 얼른 재생을 눌렀다. 한때 〈CSI〉와 〈크리미널 마인드〉의 열혈 시청자였던 나로서는 당연했다. 그런데 전혀 아니었다. 범죄자를 심문하는 방과 그 방에 연결된 관찰실이 배경의 전부다. 음료와 과자를 파는 밴딩 머신이 있는 복도가 가끔 나온다. 그 복도에는 범죄자들과 형사들이 오고 가는 엘리베이터가 있고, 위층으로 올라가는 계단이 있다. 엘리베이터는 문이 열렸다 닫혔다 할 뿐이고, 계단 위를 보여 주는 법도 없다. 그러니 드라마는 몹시 연극적이다. 한정된 공간에서 한정된 배우들이 대사로 극을 이끌어간다. 근자에 느껴보지 못했던 긴장과 몰입감이 있었다.

'노코멘트'를 연발하는 용의자와 그 용의자의 범죄를 밝히려는 노련한 심문관들만 존재한다. 피 한 방울 나오지 않는다. 서류와 마이크와 녹음을 시작하기 위해 누르는 버튼만으로 엄청난 긴장감을 주는 드라마. 누군가는 정말 완벽한 저예산 드라마라고 하는 대단한 드라마였다. 내가 본 것은 〈크리미널: 영국〉 편이었는데, 드라마에 매혹되어서 찾아보니 독일, 프랑스, 스페인 편도 있었다. 물론 밤을 새워가며 다 찾아보았다. 영국 편이 제일 좋았다. 이 드라마의 특징은 용의자 역에 아주 유명한 배우들이 출연한다는 것이다. 그들의 연기는 블랙홀 수준이다. 그리고 방에 들어온 용의자들은 결국 범죄 사실이 밝혀지고 그 방을 떠나게 된다. 그 과정 또한 블랙홀 수준이다.

'난 아직도 연극을 좋아하는구나, 사랑하는구나'라는 생각이 얼핏 들었다. 코로나가 지속되면서 연극을 한 편도 보지 못하고 2020년이 가고 있다. 어제는 〈미씽〉에서 한국판 심문실이 나왔는데 웃음이 났다. 윽박지르고 폭력을 휘두르는 것이 한국의 심문실이었다. 막내딸은 한국은 심문실이 아니고 취조실이기 때문에 다른 장면을 기대하면 안 된다고 나에게 충고했다. 무기력한 나날들에서 유일하게 기쁜 마음으로 수확한 것이라고나 할까? 넷플릭스를 끊기 전에 좋은 드라마를 볼 수 있어서 행운이었다. 더 좋은 드라마를 보기 위해 다시 넷플릭스에 가입할지도 모르지만, 당분간은 넷플릭스에게 돈을 투자하지 않을 생각이다. 〈크리미널〉은 추천하고 싶은 드라마이다.

(2020. 10. 12.)

gratia: 음, 저도 한번 시작해 볼까요? ㅎㅎㅎ
　　↳ muse: 강추입니다!

살아 있어서 쓰는 글

muse

가끔 그런 날이 있다. 몇 시간 혹은 몇 분 후에 임종을 맞을 것 같은 기분이 드는 날. 어제가 그랬다. 수요일 오전 10시까지 비대면 강의 두 개를 올려야 해서 작업을 하러 학교에 갔지만 그런 기분이 덮쳐오자 바로 귀가했다. 가족들 곁에서 임종을 맞으려고 그런 것은 아니고 아직 때가 안 되었는데 저승사자와 둘이 뱃놀이를 할 수는 없어서였다. 육체의 상태가 나빠서 정신도 멍했으므로 사고가 나지 않도록 최선을 다해 운전했다. 집에 도착하자 딸들이 나를 보고 놀란다. 엄마, 생기를 어디다 다 빨리고 왔어? 왜 시체가 되어서 온 거야? 정신없이 묻는 딸들에게 희미한 미소조차 날리지 못하고 바로 욕실로 갔다. 따뜻한 물에 오래오래 샤워를 하고 있는데 막내딸이 와서 한마디 한다. 엄마, 샤워도 오래 하면 쓰러질 수 있으니까 대충 끝내고 얼른 나와. 맞는 말이었다. 긴 샤워 끝에

가운을 걸치고 나오니 미오가 반갑다고 날뛴다. 막내가 드라이어로
머리를 말려 주었다. 큰딸은 호떡 마니아인 나를 위해서 호떡을
사 왔다. 껍데기 이외엔 아무것도 없는 것 같은 육신에 호떡과 아이
들이 차려 준 밥을 집어넣고, 따뜻한 생물체인 미오를 껴안고 아이
들과 드라마를 보았다. 엄마 죽으면 울지 마라. 독한 말에 독한
대답이 돌아온다. 엄마도 나 죽으면 울지 마. 어제 안 죽고 오늘
이 글을 쓴다.

(2020. 11. 17.)

해피트리: 사랑하는 딸들이 곁에서 그리도 사랑을 주니 얼마나 다행이예요. ㅜㅜ

hanafeel: 기분이 몸 상태임. 흑.

gratia: 몸의 컨디션 유지를 위해 노력하셔야 해요.
　└ muse: 네.

〈세상의 모든 계절〉

해피트리

〈세상의 모든 계절〉, 원제는 'One Other Year(또 다른 한 해)'라는 이름을 가진 영화를 보았다. 내용이나 배경이 화려하지는 않지만, 영화는 봄, 여름, 가을, 겨울로 구성된 사계절 챕터로 이루어지고 있다. 모두의 부러움을 살 정도로 행복하고 평안하게 살아가는 노부부 톰과 제리, 잘 커준 듬직한 아들도 한 명 있어서 더욱 외롭지 않다. 톰과 제리 부부는 주변을 살피는 따듯한 성품 때문에, 주위에 쓸쓸하고 소외받는 친구들이 자주 찾아오게 되는데 봄에는 메리가 여름에는 캔이 찾아오게 된다. 다른 계절에 찾아온 다른 인물의 같은 행동이 순환적으로 반복된다. 그들은 행복으로부터 고립된 사람들인지도 모른다.

톰과 제리 부부의 완벽에 가까운 행복의 눈으로 불행을 고백하는 사람들의 상처를 보게 하는 영화였다. 특히 실수하고 자기연민에 빠지고 술에 취해 고통을 호소하면서도 푼수 같은 면모를 보여주는 외롭고 쓸쓸한 메리 역할을 맡은 레슬리 멘벌의 연기가 인상 깊다. 영화는 가든에서 평화롭게 수확하는 과정을 배경으로 하면서 톰과 제리 부부의 부엌에서 일어나는 일들을 잔잔하고 소박하게 담아내고 있는데 가정에서의 편안함과 가족의 행복을 느끼게 하면서도 소외받고 있는 주변인들의 결핍과 삶의 상처가 리얼하게 드러나서, 행복과 불행이라는 양자의 관계가 느껴지게 한다. 마치, 행복의 눈으로 불행을 보는 듯한 영화이며, 사람과 사람 사이에 존재하는 관계의 소중함과 쓸쓸함을 이야기하는 영화였다.

(2020. 9. 20.)

gratia: 불행의 눈으로 행복을 보는 게 더 나은 영화가 되지 않았을까요?

비오는 날의 포테이토 팬케이크

해피트리

까만색 자동차 한 대가 미끄러지듯 내 차 앞 작은 틈새로 끼어들었다. 본체부터 바퀴까지 새까맣고 유리창의 썬팅마저 짙은 검은색이라 운전석에 누가 탔는지 여성인지 남성인지 잘 보이지 않는다. 그때 나의 옆 좌석에 타고 있던 아들이 하는 말,

"엄마, 조심해요. 포르쉐예요."

그렇지, 혹시라도 잘못해서 살짝만 손상시켜도 막대한 배상을 해줘야 하는 조심스러운 차종이었다.

오전에 맑던 하늘이 오후가 되자 갑자기 비가 쏟아져 아침에 우산을 가져가지 못한 아이들의 하교 시간에 맞추어 픽업하려는 자동차들로 도로가 꽉꽉 들어찼다. 학교에서 집까지 자동차로 10분이면 올 거리를 30분 정도 지체하고 돌아왔다. 큰아이와 학교 방향이 다른 작은 아이가 다행히 융통성을 발휘해서 담임선생님께 우산을

빌려 쓰고 집에 돌아왔기 때문에 꽉 막힌 도로의 반대 방향을 다시 지나지 않아도 되었다. 오자마자 간식을 찾는 작은아이, 비 오는 날에 어울리는 포테이토 팬케이크를 준비했다. 한국식 이름은 감자전, "많이 먹어라"를 연발해도 병아리 모이만큼 소식하는 큰아이에 비해 작은 아이는 먹어도 먹어도 배가 고프다고 한다. "한참 클 때니 많이 먹어라." 맛있게 먹는 모습만 봐도 배가 부르다.

예전에 미국에서 팬케이크 전문점을 갔는데 다양한 팬케이크 메뉴 중에서 포테이토 팬케이크를 주문했다. 그랬더니 한국식 감자전이 나왔다. 반갑고 신기했는데 타국에서 이국적인 분위기의 레스토랑에서 한국식 감자전을 먹는 맛이란… 잊을 수 없는 그 분위기는 아니지만, 오늘같이 비 오는 날 아이들과 도란도란 먹는 감자전, 포테이토 팬케이크의 맛은 꿀맛이고 즐거운 맛이다.

(2020. 10. 21.)

---

gratia: 요리 잘하는 엄마를 둔 아이들의 행복... ^^

muse: 엊그제 만들어 둔 김치전 반죽을 꺼내야겠습니다. ㅎㅎ

가난한 날의 행복

우연히 TV 채널에서 과거에 부부였던 배우 선우은숙과 이영하의 〈우리 이혼했어요〉라는 프로그램을 보았다. 왕년에는 정말 잘나가던 인기배우 부부였지만 세월에 장사 없다는 말을 실감할 정도로 이제 나이가 들었고, 평범하고 소박한 모습으로 출연해서 이야기를 나누고 있었다. 이영하 배우가 선우은숙 배우에게 들려주던 시 한 편이 감명 깊고 인상에 남아서 적어 두었다.

꽃은 피어도 소리가 없고, 새는 울어도 눈물이 없고, 사랑은 불타도 연기가 없도다.
친구가 좋아 사귀었으나 이별이 있고, 장미꽃이 좋아 꺾었더니 가시가 있고, 세상이 좋아 태어났으나 죽음이 있도다. 나 가진 것 없는 가난한 자이기에 그대에게 줄 것은 오직 사랑뿐이로다.

가난한 날의 행복   227

가난한 사람은 주고 싶어도 돈이 없어 줄 수 있는 것은 마음뿐이니 사랑하는 마음이 더욱 간절하지 않을까 생각이 들었다. 부자는 자본주의 사회에서 돈을 주고 새로움을 사는 행복을 누린다. 새로운 취미, 새로운 맛집, 새로운 여행, 새로운 경험들을 통해 행복을 얻는 외면적 새로움을 얻는다. 그러나 외면적인 새로움이 내면의 행복으로 반드시 이어지는 것은 아니다. 그렇지만 잘 활용하면 얼마든지 행복할 수 있다. 가난한 사람은 돈이 없어 같은 지역에 머물고 늘 먹던 음식을 먹고 반복되는 일상을 살아가기에 외면적인 새로운 경험을 할 기회가 적다. 그렇지만 다행히 내면적 새로움과 행복은 돈을 주고 구입하는 자본주의가 아니다. 같은 일상, 같은 음식, 같은 풍경도 다른 각도에서 바라보고 깊이 들여다보면 외면의 반복을 피할 수 있다. 같은 음식일지라도 깊이 음미하기도 하고 같은 풍경이라도 천천히 헤아려보기도 하고 생각이 자유로운 다른 생각을 받아들이는 사고의 유연성을 통해 반복되는 일상 속에서도 새로움과 내면의 행복을 얻는다. 외면적 새로움과 내면적 새로움을 동시에 경험하게 되면 행복은 더 크게 느낄 것이다.

　문득 떠오르는 생각은, 어린 시절 사랑하는 사람들과 길거리 싸구려 음식 하나를 나눠 먹으며 느꼈던 행복이, 오히려 물질 만능에 길들여진 마음 없는 행복보다는 더 오래 기억에 남는 것 같다. 나이가 들수록 가난했던 학생 시절에 소소하게 느꼈던 행복이 더 떠오른다.

(2020. 11. 30.)

내 별명의 근원

'이면지'라는 내 별명이 다른 사람의 귀에는 이상하게 들릴지 모른다. 다음의 이야기는 내가 '이면지'라고 불리게 된 이유를 설명하는 것이다.

8년 전에 나는 광주의 어느 고등학교에서 영어를 가르치고 있었다. 그때에는 한국어를 별로 잘 이해하거나 사용할 수 없었다. 그런데 영어로 대화할 수 없는 교사 다섯 명과 함께 연구실에 있었기 때문에, 힘을 내서 한국어를 이해하고 사용하도록 노력할 수밖에 없었다. 아직도 모르는 단어가 많았기 때문에 당황할 때가 많았는데, 사람들의 이름은 어려운 것 중의 하나였다. 이름이 어려울 수 있는 이유는 다양하지만, 우선, 사람들 대부분이 자기 이름을 로마자로 쓸 때 마음대로 글자를 선택하기 때문에, 로마자로 바뀐 이름을 크게 읽어보면 어떻게 발음해야 하는지 완전히 모를 때가 많다.

그래서 영어 교사로서 학생에게 한글 이름의 로마자 변경 방법을 가르치는 것은 거의 불가능한 일이고, 로마자로 쓰인 이름표가 옷에 매달린 학생의 이름을 읽어 부를 때마다 결과는 혼란뿐이었다.

그런데 사람들 상당수의 이름은 음절 세 개가 있고 성은 '박'과 '김', '이' 중의 하나가 많기 때문에, 나는 사람의 이름을 일반적인 단어와 잘 구별할 수 있다고 생각하게 되었다. 그래서 어떤 단어가 음절 세 개가 있고 '박'이나 '김', '이'라는 음절로 시작하면, 나는 그 단어가 어떤 사람의 이름이라고 생각하기 마련이었다. 그러나 물론 이는 잘못된 이해였다.

어쨌든, 어느 날 나는 연구실에서 혼자서 일하고 있었다. 아마도 학생들의 관심을 일으킬 수업안을 만들기 위해 헛수고하고 있었을 것이다. 그때 어떤 여학생이 들어와서 우리 연구실에 이면지가 있냐고 물어봤다. 그 시절을 돌아보면 그 사건을 말하기가 조금 창피하지만, 어휘를 아직도 잘 배우지 못했던 나는 '이면지'라는 단어를 어떤 사람의 이름으로 잘못 생각했고, 우리 연구실에 그 이름으로 알려진 교사가 있는지에 대해 고민하기 시작했다.

드디어 나는 그 여학생에게 "우리 연구실에 '이면지'라고 불리는 교사가 없다고 생각하는데요."라고 대답했다. 여학생은 마치 바보를 본 것처럼 코가 비틀어졌고, 고개를 저으면서 연구실에서 나갔다.

20분 내지 30분이 지난 후 수업 시간의 끝을 알리는 종소리가 울렸고, 교사 두세 명이 우리 연구실로 돌아왔다. 나는 특별히 아무에게도 물어보지 않고 "혹시라도 우리 학교에 '이면지'라고 알려진 교사가 있나요?"라고 물어 보았다. 다른 교사들은 서로를 보면서 웃기 시작했고, 복사기 옆에 있는 이면지 수거함을 가리켰다. 이제 완전히 어리둥절해진 나는 내 노트북의 구글 서치를 이용해 이면지를 조사하다 보니, 드디어 이면지가 무엇인지를 알게 되었다.

"아이고, 그 여학생은 내가 완전히 바보라고 생각했나 보네요." 라고 말했다. 다른 교사들은 나의 말을 듣고서는 무슨 일인지 궁금해하는 표정을 지었는데, 나는 조금 전에 연구실에 들어온 여학생에 관한 이야기를 들려주었다. 그들은 꽤 재미있는 이야기라고 생각했지만, '이면지'라는 단어가 음절 세 개가 있고 '이'라는 음절로 시작되는 만큼 어떤 사람의 이름과 닮았다는 것에 대해서는 동의했다.

한국에 살고 있는 나는 만약에 한국에 영원히 이사해서 시민권을 인정받으면 이름을 바꾸어야 할지 궁금한 적이 있었는데, 다른 교사들에게 "만약 한국 시민권을 인정받으면 내 이름을 '이면지'라고 바꾸어야겠죠?"라고 농담을 쳤다. 그들은 웃으면서 "그래, 그렇지." 라고 말했다.

그러니까 그때부터 우리 연구실 안에서의 내 별명은 '이면지 선생님'이 되었다.

(2020. 9. 2.)

second rabbit: 이면지 씨 반가워요. 재미있는 글 많이 올려주세요.. ^^

gratia: 이면지 님의 깊은 탐구심에서 비롯된 오해였군요... ㅎㅎㅎ

muse: 그렇지 않아도 이면지라는 이름에 대해서 궁금하던 차였습니다. 굉장히 문학적이고
철학적인 의미를 부여하고 있었는데 꽤 유쾌한 에피소드네요. 반가워요, 이면지 님.

오히려 외국인에게 어려운 외래어('외래어의 역설')

이면지

나는 한국어를 공부하기 시작했을 때 영어 모국어 사용자로서 절대로 외래어를 어려울 것으로 추측하지 않았다. 그러다 보니 꼭 배워야 할 단어 및 문법을 고르고 있었을 때 외래어가 보이면 '난 벌써 영어를 잘 아니까 그거 공부하지 않아도 돼.'라고 생각했다. 그러나 한국어를 계속 공부할수록 외래어의 사용법이 꽤 복잡해질 수 있음을 알게 되었고, 이제야 내가 외래어에 대해 취했던 그 태도가 잘못되었음을 깨달았다.

물론, 외래어를 평생 사용하고 있는 한국어 모국어 사용자는 외래어가 영어에서 한국어로 건너왔다는 이유로 영어 모국어 사용자가 이해하기 쉬울 것으로 추측할 텐데, 실제로는 그렇지 않다. 왜냐하면, 일단 단어가 어떤 언어에서 다른 언어로 건너오면 그 단어의 의미와 사용법이 조금 바뀔 수 있을 뿐만 아니라, 거의 완전히 다른 단어로 바뀔 수도 있다. 그럴 경우에 그 단어를 제공해준 언어를 모국어로 사용한다고 해도, 그 외래어에 대한 개념을 해석하는 데 그 외래어의 어원에 대한 개념에 의지하면 안 된다. 다시 말하면, 그 외래어를 제공해준 언어를 모국어로 사용하는 사람보다는 그 외래어를 차용한 언어를 모국어로 사용하는 사람이 더 잘 이해한다. 나는 이 현상을 '외래어의 역설'이라고 부른다.

'서클'이라는 외래어는 흔하고 편리한 일례가 된다. 서클은 '동아리'라는 단어와 비슷한 의미를 갖는데, 원래 서클의 어원은 '동그라미'라는 의미를 가지고 있다. 이런 이유로 '동그라미'를 일컫는 단어를 기억하도록 머리를 짜고 있는 외국인은 아마 '서클'이라는 단어를 들은 적이 있기 때문에 '동그라미'라는 의미를 표현하기 위해 '서클'이라고 말하기 마련이다. 그러나 '서클'이 주로 동그라미가 아니라 동아리를 일컫기 때문에, 한국어 모국어 사용자는 '서클'이라는 단어를 그런 맥락에서 들으면 상대방이 드러내려는 뜻에 아마 헷갈리게 되겠다.

그렇지만 내 관심을 더 많이 끄는 일례는 '테이크아웃'이라는 외래어다. 내가 가끔가끔 참여하는 어느 온라인 게시판은 한국어 공부를 중점으로 하는 사람들이 모여 있는데, 그 게시판에 참여하는 어느 사람은 '테이크아웃'이라는 외래어를 어떻게 사용해야 하는지에 헷갈려서 그 단어의 사용법에 대해 질문을 한 적이 있다. 그 사람은 한국의 어떤 식당에서 포장할 식사를 주문하는 개인적인 경험에 대해 이야기를 전해주고 있었는데, 포장해 주라는 뜻을 드러내기 위해 "테이크아웃 하겠어요."라고 말했다고 설명했다. 그러나 한국인인 상대방이 그 문장을 듣고 어리둥절해 보이는 표정을 지었으니까, 그 사용이 틀렸음을 파악했다고도 설명했다.

'테이크아웃'의 어원에 근거해 "테이크아웃 하겠어요."라는 문장이 자기 귀에 자연스럽게 들린다고 말했는데, 아마 영어 모국어 사용자들 대부분도 그렇게 말했을 것이다. 이렇듯이 외국인의 잘못은 외래어의 의미를 어원의 의미와 똑같을 것으로 추측하는 것이다. '테이크아웃'의 어원은 음식이나 음료를 포장해서 다른 장소로 옮기는 전체적인 행동을 일컬으며, 한국에서 '테이크아웃'이라는 외래어는 그 똑같은 의미를 안 가지는 것 같다. 예를 들면, 구글 서치를 이용해 '테이크아웃'이라는 외래어를 조사해 보면, 특히 한 종류의 사진이 결과로 나오는데, 그 사진들은 음식보다는 커피나 차 등 음료를 훨씬 더 많이 보여준다.

이에 대해 내 관심을 끄는 것은 음료를 다른 장소로 옮겨 마시려고 하면, 음식과 달리 포장할 필요는 없지만 특별한 용기에 담아야 한다는 것이다. 동시에 한국에서는 누군가에게 음식을 포장해 줄 것을 요청하려고 하면, 단순히 "포장해 주세요."라고 말해야 한다. 그럴 경우에 '포장하다'라는 단어가 벌써 존재하니까, '테이크아웃'이라는 외래어를 음식에 대해 사용할 필요는 없다. 그렇지만 음료를 둘러싸는 상황에서 음료를 종이로 싸야 할 필요가 없으니까 '포장하다'라는 단어는 해당하지 않을 때가 많은데, 거기에서 '테이크아웃'이라는 외래어가 필요성을 가지게 된다.

이에 대해 내 관심을 끄는 또 다른 것은 구글 서치의 결과를 자세히 보면, '테이크아웃'이라는 외래어는 주로 '테이크아웃 잔'이나 '테이크아웃 캐리어'라는 표현 안에서 관형사로 사용되는 것이다. 다른 한편에는 앞에 언급된 외국인이 만들어서 말한 문장에서 '테이크아웃'이라는 외래어는 음식과 음료를 포장해서 다른 장소로 옮기는 전체적인 행동을 표현하기 위해 사용되고 있었으며, '테이크아웃 잔'이나 '테이크아웃 캐리어'와 같은 표현에서 '테이크아웃'은 뒤에 오는 명사가 일컫는 사물의 목적을 주로 의미하는 것 같다.

이렇듯이 언어는 어느 다른 생물체처럼 마치 돌연변이에 의해 예측하기 어려운 형태로 변형될 수 있는 것 같다.

(2020. 9. 3.)

---

gratia: 한국어 화자에게도 영어라고 생각했던 외래어가 영어 화자에게 통하지 않는 경우 당황하죠. 제 경우, 영어 사용자가 '스웨덴'을 못 알아들어 놀랐는데 알고 보니 실제 발음은 '스위든'이더군요. ^^

⌎ **이면지**: 네, 저도 비슷한 경험을 겪은 적이 있어요. 예를 들면, 제가 영어를 가르쳤던 시절에는 어느 날 수업 중에 '코스모스'라는 외래어의 어원을 크게 말했는데, 제가 말한 바가 '코스모스'보다 '카즈모스'와 더 가까웠으니까 학생들은 저를 놀렸어요. 사실, 바로 그 경험 때문에 외래어와 관련된 어려움을 깊이 생각하기 시작했다고 생각하네요.

muse: 음식 포장도 테이크아웃이라고 하는 걸로 아는데... 저만 잘못 알고 있나요?

나는 실수를 저지르고 싶어!

이면지

나는 몇 년 전에 어떤 서점에서 『바른 말 고운 말』이라는 제목의 책을 우연히 찾아서 샀다. 그 책은 케이비에스 아나운서실 한국어 연구회에서 편집했는데, 독자에게 올바른 국어 사용법을 배우는 데 도움을 주기 위해 출판된 것이다.

책의 내용은 방송국의 기자가 텔레비전이나 라디오에 등장하기 전에 꼭 배워야 할 국어 사용법에 대한 것 같았다. 책의 편집자들은 국어 사용자가 일상생활에서 말하거나 글을 쓰다가 흔히 저지르는 실수를 중점으로 해서 그 책을 만들었는데, 그 책이 내 관심을 끄는 이유는 책에 언급되는 실수들을 피하기 위해서가 아니다. 사실, 책에 언급되는 실수들을 저지르고 싶기 때문에 그 책에 관심이 있었다.

아마도 이 희망은 다른 사람에게는 말도 안 될 텐데, 나는 제2언어를 공부하는 학생으로서 자신의 목적이 모국어 사용자처럼 말할 수 있게 되는 것이라고 하면, 실수를 비롯하여 모국어 사용자처럼 모든 일을 하고 싶지 않을까? 물론, 나는 한국어로 말하거나 글을 쓸 때 벌써 수많은 실수를 저지르는데, 그 실수들은 모국어 사용자의 실수가 아니라 외국인의 실수다.

나는 언어학에 대해 배운 결과로는 제1언어의 획득 과정과 제2언어의 획득 과정이 서로 꽤 다르다는 것을 알게 되었고, 제2언어를 (어느 정도로) 배운 결과로는 그 주장이 맞는다고 믿게 되었다. 물론, 제1국어 사용자는 주변의 사람들이 말하는 바를 듣고 언어를 배우며 제2국어 사용자는 교과서나 사전, 듣기 연습용 시디 따위를 통해 언어를 배운다. 자라날수록 언어를 점차로 배우는 제1언어 사용자는 의미와 그 의미를 드러내기 위한 형태를 동시에 배우지만, 자신의 모국어를 통해 수많은 의미를 벌써 배운 제2언어 사용자는 의미를 드러내기 위한 형태를 체계적으로 배우게 된다. 그래서 제2언어 사용자는 보통 현재형이나 과거형, 미래형 따위가 무엇 무엇인지 한꺼번에 배우는 만큼 새 언어를 공부하는 첫날부터 원칙에 의해 언어의 형태를 바꿀 것을 배우기 때문에, 아마 제1언어 사용자의 경우보다 무슨 맥락에서 무슨 형태를 사용해야 하는지에 대해 더 많이 헷갈리게 되겠다.

예를 들면, 나는 맨 처음으로 한국어를 공부하기 시작했을 때, 편의점에서 "봉투를 주지 마."라고 말하고 싶었는데, 공손한 부정적 요청을 하기 위해 무엇이라고 말해야 하는지 몰랐다. 또, '봉투'

와 '가방'이 영어로 번역되면 똑같은 단어가 되기 때문에, '봉투'라고 불릴 사물과 '가방'이라고 불릴 사물 사이의 개념적 차이도 몰랐다. 결국 "저에게 가방을 주지 않으세요?"라고 말했던 것이 생각한다. 그러나 껄껄 웃고 있는 계산원은 나에게 봉투를 주지 않았던 것을 보니, 그 사람이 현재 상황을 참고해서 내 의도를 파악하지 않았나 보다.

그런데 모국어 사용자는 아마 아무 이유로도 그리 이상한 실수를 절대로 저지르지 않을 것 같다. 다른 한편으로 『바른 말 고운 말』에 언급되는 흔한 실수 중에서는 내가 저지를 위험에 절대로 처하지 않을 것 같은 실수도 있는데, 만약에 그 책을 읽지 않았으면 그런 실수들에 대해 안 배웠을 것이다. 예를 들면, 그 책에는 "내가 아시는 분"이라는 어느 표현이 언급된다. 나는 '~시~'라는 접사를 자신에 대해 사용하지 말아야 한다는 것을 오래전에 알았으니까 그 실수를 한 번도 저지른 적이 없다고 생각하지만, 모국어 사용자처럼 말하고 싶다고 하면, 지금부터 그렇게 말해야 하지 않을까? 그렇게 하는 결과로 내가 말하는 바가 더 자연스럽게 들리지 않을까? 물론, 모국어 사용자는 이런 질문을 자신에게 물어야 할 필요는 절대로 없을 것이다.

(2020. 9. 5.)

gratia: ㅎㅎ 멋진 욕심입니다. 외국인 화자로서의 실수가 아닌, 모국어 화자가 자연스럽게 저지르는 그런 실수를 하고 싶다... ^^

second rabbit: 미국에 가서 처음으로 마트에 갔던 날은 비가 왔었다. 쇼핑을 마치고 카운터에 갔더니 계산원이 "plastic bag?"이라고 물었다. 비가 오고 있으니 당연한 질문이었겠지만, 한국에서는 비닐이라고 하지 플라스틱이라고는 하지 않는다. 그래서 무언가를 더 사라고 권유하는 걸로 오해한 나는 단호하게 No라고 대답했다. 결국 종이봉투에 물건들을 들고 오다가 빗물에 봉투가 찢어져서 고생했던 기억이 있다. 한심한 실수였지만, 뭐 어쩌겠는가. 언어가 안 되면 손발이 고생하는 것을.
   ↳ **이면지:** 네, 그렇게 당황스러운 경험은 새 언어를 배우는 것의 일환이 아닌가 보네요.

muse: "식당에서 몇 분이세요?"라고 물어볼 때, "두 분입니다."라고 대답하는 것도 자연스러운 실수이니 한 번쯤 try해 보시길...

〈시즌 9〉
2021년 봄

이미란
김세영
강의준
진아위
조부덕
임유진

살금이 공룡

gratia

서울에서 내려온 손자가 층간소음으로 아래층에 폐를 주게 되었을 때, 손자가 돌아가고 나면 미안하다는 말과 함께 과일을 전해주곤 했다.

"아유, 뭘 이런 걸 다, 저희는 다 이해해요."

아래층 아이 엄마는 웃으며 인사를 받고, 답례 선물을 하기도 했다. 손자는 1년에 네다섯 번 다녀가니까 그럴 만했다. 이제 일주일에 한 번씩 오는 손녀가 점점 에너지가 넘쳐서 층간소음을 내기 시작하니, 아래층도 마냥 관대할 수는 없을 것이다.

"이제는 또 왔나 보다, 그래요."

아래층 아이 엄마의 말투도 조금 까끌해졌다.

지난 2월 말에는 직계가족 간 거리두기가 풀려서 손자와 손녀가 동시에 집에 온 날이 있었다. 주의를 주었지만, 다섯 살짜리와 두

살짜리가 흥분(?)해서 노는 소음을 제압하기가 어려웠다. 애들이 돌아가고 난 다음날, 미안해서 아래층의 벨을 누르지도 못하고 문고리에 초콜릿만 걸어두고 사과의 톡메시지를 보냈더니, 답장이 왔다.

-보내주신 건 감사히 잘 먹겠습니다. 저희는 충분히 이해하니 매번 이리 신경 안 쓰셔도 되셔요.
-그런데 큰딸이 올해 고3이라 많이 예민해졌습니다. 코로나 때문에 아이가 집에 머무는 시간도 많아졌고, 그 어느 때보다도 공부에 집중해야 할 때인지라 엄마 된 입장에서 신경이 꽤 쓰이네요. 지금도 충분히 주의 주시겠지만 조금만 더 주의 부탁드립니다.

우리가 막 이사 왔을 때, 초등학교 1학년이었던 아이가 벌써 고3이 되었구나. 카톡으로 아이가 어느 방을 쓰는지까지 알아두고 각별히 조심해 주기로 했다.

손녀는 요즘 공룡놀이 하기를 좋아한다. 양손을 세우고 한 발씩 뚜벅뚜벅 무겁게 걷다가 마주 오는 제 엄마 공룡에게 안기는 놀이다.

"오늘아, 살금이 공룡은 이렇게 걷는 거야."

나는 까치발을 딛고 걷는 공룡의 시범을 보여 주었다. 손녀가 까치발을 딛고 걸을 때마다, 살금살금, 살금살금, 하고 장단을 맞춰 놀아주었다. 할머니 집에는 살금이 공룡만 사는 곳이라고 생각하기를 바라면서.

(2021. 4. 25.)

클라라와 태양

gratia

가즈오 이시구로는 인간의 편의와 행복을 위해 생산된 포스트휴먼들에게 여전히 따뜻한 시선을 견지하고 있다는 것을 『나를 보내지 마』에 이어 『클라라와 태양』에서도 보여 주고 있다. 인간을 위해 헌신과 희생을 하면서, 이를 자신의 삶으로 받아들이는 '선한' 행위를 보여 주는 복제인간이나 AI를 그려내면서 인간다움의 가치를 묻고 있는 것이다.

『클라라와 태양』에서는 아이들의 친구이면서, 딥러닝의 능력으로 학업을 도울 수 있는 에이에프 B2종인 로봇 클라라가 주인공이다. 나는 클라라에 대한 성격 부여가 이 소설의 가장 뛰어난 점이라고 생각한다.

에이에프 B2종은 다른 AI처럼 고도의 지식 체계를 탑재해서 생산된 것이 아니라 어린아이처럼 태어나 자신의 인식 체계를 넓혀가면서 딥러닝으로 성장해 가는 로봇으로 그려졌다. 그래서 클라라는 어린아이 같은 자기중심적 관점으로 태양을 이해하고 해석하게 되며, 이것이 서사를 추동해 가는 힘이 되고, 동화 같은 절정의 장면으로 이끄는 것이다.

클라라가 바깥세상을 상자의 윤곽 안에서 보는 방식도 흥미로웠다. 로봇이 렌즈를 통해서 초점을 맞추는 방식으로 사물을 인식한다는 것은 영화를 통해서는 봤지만, 소설에서는 그러한 묘사가 없었던 듯하다. 특히 주변 인물을 바라볼 때, 여러 개의 상자 안에서 다양한 표정을 동시에 읽어내는 장면이 인상적이었다. 어떤 상황에 처했을 때 한 인간의 시선에 동시에 어릴 수 있는 복잡한 감정, 슬픔, 분노, 의심 등을 마치 카메라 연속 촬영처럼 찍어내는 것 같았기 때문이다. 그러한 장치를 통해 클라라의 인간 이해의 폭이 성장할 수 있었던 것이다. 또, 태양 에너지로 충전되는 로봇이라는 점도, 작가의 한 발짝 앞서가는 상상력이라고 할 수 있을 것이다.

이 소설의 주제는 책을 읽은 사람이라면 누구나 주목하게 되는 결말 부분에 있다. 한 개인의 정체성이라고 하는 것은 그 사람의 내면에 있는 것이 아니라. 그를 사랑하는 사람들에게서 발견되는 것이라는 것이다. 밀란 쿤데라의 『정체성』이 생각난다.

(2021. 5. 1.)

---

hanafeel: 결말이 감동이네요.

오른손, 너란 녀석은 참…

gratia

오른손에게 휴가를 주기로 했다. 제자의 학위 논문을 수정하기 위해 혹사를 시킨 후로 오른쪽 팔 근육과 어깨 근육의 시큰거림이 좀체 가시지 않기 때문이다. 제가 없어도 괜찮겠냐고 하기에 왼손의 능력을 고양시킬 기회로 삼겠으니 걱정하지 말라고 했다.

그런데 오른손의 충성심이 너무 강한 게 문제였다. 휴가를 받았다는 것을 저도 깜박 잊고 본능적으로 뛰쳐나가 일을 하고 있는 것이었다. 아니야, 넌 좀 쉬라니까!

노트북의 마우스를 왼편으로 옮겨 놓고 인터넷 검색도 왼손으로 했다. 그런데 왼손만으로는 워딩이 불가능했다. 생각의 속도를 왼손 타이핑으로는 따라잡을 수 없었기 때문이다. 글쓰기 때문에 오른손에게 완벽한 휴가를 줄 수가 없어서 미안했다. 그래서 더욱 신경써서 업무에 동원되는 일이 없도록 오른손을 감시하기로 했다.

냉장고도 왼손으로 열고, 그릇도 왼손으로 꺼냈다. 야채 주스를 만들기 위해 수세미로 당근을 씻어야 해서, 왼손에 수세미를 쥐어 주고 오른손에는 당근만 들고 있는 보조 역할을 하게 했다. 한참 당근을 문지르다가 문득 감시의 눈을 떴더니 오른손, 너란 녀석은 참⋯. 수세미를 든 왼손은 가만히 있는데 당근을 든 오른손이 이리저리 움직이며 수세미에 당근을 문지르고 있는 것이었다.

(2021. 5. 30.)

---

hanafeel: 저도 마우스 왼손 쪽으로 옮겼어요.^^

다시 담양에 갈 수 있을까

솜사탕

마음이 몸을 지배할까요? 몸이 마음을 지배할까요? 이런 바람직하지 못한 이분법식 질문으로 개론 수업을 시작하면 주어진 선택지에서 선택하는 데 익숙한 자들은 '마음'이라고 답변을 한다. 왜냐하면 심리학 개론 시간이니까.

오래전 어느 공휴일에 나주 곰탕을 먹으러 가기 위해서 자전거라는 비효율적인 교통수단을 선택한 적이 있다. 아침 8시쯤 극락강 다리 밑에서 동네 주민 부부와 만나기로 해서 집에서 7시 30분쯤 나섰다. 그때는 지금보다 몇 년은 젊을 때였으니까, 이른 시간에도 쌩쌩 잘 달려서 40분쯤 후에는 극락강 밑에서 쉴 수 있었다. 그런데 집에서 나올 때 달랑 커피 한 잔만 마셨다는 기억이 나는 순간 갑자기 드러눕고 싶어졌다. 먹으러 가는 길이지만 과연 살아서 식당까지 도착할 수 있을까. 내내 잘 달리던 자전거가 무거워진 것은 정말

배가 고프고 페달 돌릴 힘이 없어서가 아니라 탄수화물을 먹지 않았다는 기억에서 비롯되었다.

어제 모처럼 동네 주민 부부와 담양에서 저녁을 먹고 오자며 오후 3시쯤 자전거 길에서 만났다. 내 자전거 뒷바퀴에 가느다란 스테이플러 심이 박혀서 튜브에서 바람이 새어 나오는 바람에 때우는 데 2~30분 정도 시간을 보내며 틈틈이 오전에 동네 주민이 구운 스콘을 먹었다. 암튼 자전거 바퀴에 바람도 채우고 우리도 탄수화물과 수분을 충분히 먹고 출발했다. 한참 달려서 비포장도로를 지나 초현실적으로 목가적인 조류 관찰지에 도착했다. 담양 가는 길에 늘 쉬는 곳이므로 여기까지는 큰 이상은 없다. 그런데 한참을 쉬고 난 후 우리 셋은 오늘 상태로 담양까지 갈 수 있을지 모르겠으나, 단언컨대 돌아오지는 못할 것이라는 데 동의하였다. 나이가 들면서 빠져나가는 체력은 빠른 체념과 포기로 대체되는 법이다. 아무 미련 없이 자전거를 돌려 첨단지구 양꼬치 집을 목표로 수정하였다. 칭따오와 양꼬치를 먹으며 이제 우리는 나주는커녕 담양에도 못 가는 것이냐며 약간 우울해하다가, 그것보다 추워진 길거리에서 잠들지 않고 무사히 집으로 돌아가는 게 일단 그날 밤 닥친 최대의 문제라는 걸 깨달았다.

오늘 아침이 되고 보니 어제의 사태는 일시적인 것이 아니라는, 그러니까 정말 다시는 근육의 힘으로 광주를 벗어나지 못할 것이라는 데 500원쯤 걸어야 할 것 같다.

(2021. 4. 11.)

gratial: 나이가 들수록 몸이 마음을 지배하던데요?^^

muse: 언젠가 다시 근육의 힘으로 광주를 벗어날 수도 있을 것이라는 데 600원 걸어
봅니다.

생활의 문제

솜사탕

김아반떼에는 봄 이불과 몇 번 입지 않았고, 앞으로도 쭉 안 입을 것 같은 옷들이 잔뜩 들어 있다. 빨래방에 가져가거나 기부하는 곳에 가져다주어야 하지만 벌써 여러 달째 뒷자리를 차지하는 중이다. 그러다 며칠 전 오후 늦게 집 근처를 검색하여 동전빨래방과 세차장을 찾았다. 이불을 세탁하고 건조하는 동안 바로 옆에 있는 세차장에 가서 외부는 생략하고 실내의 먼지를 닦고, 진공청소기를 돌렸다. 다시 빨래방으로 돌아가 뜨거운 건조기에서 뽀송뽀송하게 마른 이불을 꺼내 뻥 좀 보태면 손바닥만 하게 접어서 가져왔다. 이렇게 많은 일이 한 시간 안에 이루어졌다. 이제 트렁크에 있는 옷들만 처리하면 김아반떼는 뒷좌석에 사람을 태울 수도 있고, 트렁크에 새로운 짐을 넣을 수 있게 된다.

나의 삶의 자세는 '문제는 해결하는 게 아니라 지나가는 것이다'

에 가깝다. 그리하여 회피, 지연 혹은 연기, 떠넘기기, 끌어들이기, 잊어먹기 등등 문제의 특성에 따라 다양한 '지나가기'를 구사해 왔는데 도대체 지나가지 않는 문제들이 있다. 김아반떼 세차, 이불과 옷 치우기 등이 그랬고, 문을 닫아 놓은 방안의 책 치우기가 그렇다. 아, 물론 그 외에도 많이 있겠지만 그렇게 자세하고 구체적으로 살고 싶지는 않다. 영화 〈베테랑〉에서 유아인의 명대사가 있지 않은가 "문제를 삼으면 문제가 된다."

(2021. 4. 25.)

---

muse: 글 제목이 홍상수 영화를 떠올리게 함.^^

gratia: 저도 중요하지도 않고 바쁘지도 않은 일이라고 생각되는 것은 한없이 미루는 편인데 결국 거대한 짐이 되더군요. 요즘은 제때제때 처리하는 인간으로 거듭나 보려고 노력 중이랍니다.^^

주입된 놀이자원

솜사탕

3월 어느 날 서울 남산스퀘어빌딩에 갈 일이 있었다. 대충 일을 마치고 다른 사람들을 기다리며 어슬렁거리다 '균역청터'라는 표지석을 발견했다. 대학 입시를 위해서 외웠을 영조의 '균역법'이 외부 단서의 도움을 받지 않고 떠올랐다. 구체적인 제도의 내용까지는 기억할 수 없지만, 왕과 치적, 연도를 짝짓는 주입식 수업의 흔적이 생각보다 길어서 아주 가끔 숨은 '지식'이 드러날 때가 있다. 이화가 봄바람에 날린 지 한참 지났지만, 이팝나무꽃이 만발한 요즘 길거리를 지날 때, 내 차에 탄 중년들 대부분이 약속이라도 한 듯 '이화에 월백하고~' 시조를 가물가물, 겨우겨우 외운 후 스스로 자랑스러워한다. 청소년기에 필요 이상 열심히 공부한 자들은 '이조년'까지도 덧붙인다. 그런데 또 재미있는 것은 포털의 힘을 빌리지 않고 여차저차 기억 저편의 어려운 단어들을 회상하여 시조를 완성하는데 무슨 뜻인지 모르는 단어도 일단 회상은 한다는 것이다. 예를 들면 '은한이 삼경인 제'를 기억하기는 하는데 그게 무슨 뜻인지 모른다.

우리끼리 하는 말이지만 주입식 교육이 뭐 꼭 그렇게 나쁘기만 한 것은 아니지 않는가. 봄날 어지럽게 흩날리는 꽃잎 아래에서 비록 창작물은 아니지만, 스마트폰을 찾지 않고 궁시렁궁시렁, 한 단어씩 짜 맞추는 중년들의 어설픈 한량 놀이에 그게 쓸모가 있을 줄 누가 알았겠는가 말이다.

(2021. 4. 28.)

---

gratia: 중고등학교 때 영어 교과서를 다 외우라는 주입식 교육을 해준 선생님이 계셨더라면 얼마나 좋았을까요! ㅎㅎㅎ

muse: 저희 아버지가 저에게 그것을 강요하신 덕에 저는 영어 시험은 잘 보았으나 제일 싫어하는 과목이 영어가 되었습니다.

메리 올리버

Second rabbit

메리 올리버는 『완벽한 날들』의 서문에서 이렇게 쓴다.

세상은 아침마다 우리에게 거창한 질문을 던진다. '너는 여기 이렇게 살아 있다. 하고 싶은 말이 있는가?'

그녀가 쓰는 글들, 특히 시들은 바로 저 질문에 대한 그녀 나름의 응답일 것이다. '삶'과 '말'이라는 이 간단한 두 단어가 결합될 때 얼마나 다양하고 다채로운 음악이 만들어질 수 있을까? 우리 또한 저 신비한 합류를 보고 듣고 느끼고, 그리고 일부가 될 수 있다는 것은 너무도 평범한 일이지만 또한 믿기 힘든 일이기도 하다.

내가 메리 올리버를 만난 것은 순전히 우연이었다.

하지만 일단 그녀에 관한 이야기를 하기 전에, 내가 시나 시인에 대해 말할 자격이 없음을 먼저 고백하기로 하자. 시를 많이 읽는 편도 아니고, 써본 적은 거의 없으며, 특별히 좋아하는 시나 시인도 딱히 떠오르지 않는다. 미국의 시인 중에 아는 사람이 있느냐고 물으면 기껏해야 휘트먼이나 프루스트 정도였다. 물론 둘 다 교과서에 실린 시인들이다. 그런 문외한이 메리 올리버를 접하게 된 것은 기특한 우연이 아니었더라면 불가능했을 것이다.

버클리에서 살 때였다. 전공 공부가 하기 싫을 때 내 피난처는 공립 도서관이었다. 도서관 바로 옆 건물은 '버클리 도서관의 친구들'이 운영하는 헌책방이었는데, 그날도 여느 때처럼 그 참새 방앗간에 들렀다. 이런저런 책을 뒤적거리다가 얇은 책 한 권이 손에 걸렸다. 그게 바로 메리 올리버의 『What Do We Know』였다. 파란색 표지에 두께가 얇고 판형이 조금 큰 책이었다.

그때 왜 그 책을 샀을까? 시집이라니. 내가 산 첫 번째 시집이었을지도 모르겠다. 하지만 영어 시집을? 지금은 잘 기억도 나지 않지만, 그 시들 중에 몇 개의 단어가 나를 끌어당겼던 것 같기도 하다. 그리고 이후에도 가끔, 정말 가끔, 그 책을 뒤적거렸다. 그때마다 약간의 평온이 책 먼지처럼 흩날렸다.

(2021. 3. 3.)

---

gratia: 속편을 기대하면서..^^

muse: 저도 (속 편하게) 속편 기대~!

올리버의 글쓰기

Second rabbit

메리 올리버 이야기를 조금만 더 하자.

그녀는 언젠가 이렇게 썼다고 한다. "삶이 끝날 때, 나는 말하고 싶다. 평생 나는 경이와 결혼한 신부였노라고."

내가 아주 조금 이해한 그녀는 자연이라는 신을 섬기는 사제처럼 보인다. 우리에게 주어진 자연과 세상을 깊이 들여다보면서 그 속에 숨겨진 아름다움을 노래하는 새, 때로는 천진하게 때로는 엄격하게, 아니 천진하면서도 엄격하게, 자연이라는 신성을 찬미하는 사제.

나는 이 시인에 대해 더 길게 말할 능력이 없지만, 그녀를 읽을 때마다 조금 편안해지는 것 같다. 하지만 그녀의 시와 산문에서 무엇을 찾는가는 물론 당신에게 달려 있다.

독자들에게 도움이 되기를 기대하면서 다음을 인용한다.

여러 해 전에 나는 스스로 세 가지 '규칙'을 정했다. 내가 쓰는 모든 시는 진짜 몸과 진정한 힘, 정신적 목적을 지녀야 한다는 것이었다. 어떤 시든 이 세 가지 조건 가운데 하나라도 만족하지 못하면 퇴짜를 놓고 다시 쓰거나 과감히 버렸다. 시 쓰는 일을 주된 활동으로 삼고 살아온 지난 40여 년 동안 나는 다른 조건들도 추가해 왔다. 나는 내 모든 시가 강렬함 속에서 '쉬기를' 원한다. 그리고 '세상의 모습들'로 풍부해지기를 원한다. 지각으로 느낀 세계가 지적인 세계로 이어지기를 원한다. 지성, 인내, 열정, 기발함으로 산 삶(반드시 내 삶이어야 하는 건 아니고 공식적인 나, 작가로서의 삶)을 드러내기를 원한다.

나는 내 시가 무언가를 묻기를, 그리고 그 시의 절정에서 그 질문이 응답되지 않은 상태로 남기를 원한다. 질문에 답하는 건 독자의 몫임이 작가와 독자 간의 약속에 명시되어 있음을 분명히 해주기를 원한다. 그리고 마지막으로, 나는 내 시가 고동침을, 숨차오름을, 세속적인 기쁨의 순간을 담기를 원한다.(독자를 심각한 주제의 영역으로 유혹할 때에도 즐거움은 결코 하찮은 요소가 아니다.)

…… 독자가 시의 화자가 되는 걸 막는 요소가 있어선 안 된다. 그것으로 끝이다. 마지막 행 '기슭에 닿으면'이 시의 핵심이다. 그건 종결이면서도 도착의 시점이기에 새로운 시작이 될 수도 있다.

독자가 자신을 참여자로 느끼지 못하는 시는 건물 속 갑갑한 방에서 불편한 의자에 앉아서 듣는 강의다. 내 시들은 모두 야외에서, 들판, 해변, 하늘 아래서 쓰였다. 마무리까지 되진 않았을지라도 적어도 시작은 야외에서 이루어졌다. 내 시들은 강의가 아니다. 중요한 건 시인이 만들어내는 것이 아니라 독자가 만들어내는 것이다. 독자가 시가 던진 질문을 받아들이고 그것에 대해 생각하기 시작하면 「백조」는 기대한 목적을 달성하는 것이다.

— 메리 올리버, 「백조」, 『휘파람 부는 사람』, 마음산책, 2015, 45쪽.

물론 그녀의 글쓰기 규칙을 우리가 쉽게 배울 수는 없을 것이다. 그녀가 세운 이상은 너무도 높고 빛나 보이기 때문이다. 하지만 우리의 글이 아무리 허접하다 해도, 우리가 아무리 낮은 곳에 서있다 해도, 높은 산을 바라보는 것을 금지하는 법은 없다.

p.s. 이 글은 자신의 시 「백조」에 대해 이야기하고 있지만 그 시를 첨부하지는 않겠다.^^;

(2021. 3. 4.)

---

muse: 시집을 구해서 보겠습니다.^^

gratia: 내가 쓰는 모든 소설이 진짜 몸과 진정한 힘, 정신적 목적을 가져야 하는데! 그 중 '진짜 몸'이라는 표현이 좋네요. 문학의 진짜 몸...

귀신과 좀비

Second rabbit

오늘날 죽음 이후의 모습을 보여 주는 현대적 상징은 좀비다. 예전에는 유령이나 귀신이 있었다면 오늘은 좀비가 있다. 이런 차이는 한 시대가 죽음에 대해 어떤 이미지를 갖고 있는가를 보여 준다고 말할 수 있을 것이다.

그렇다면 좀비와 귀신의 차이는 무엇일까? 좀비는 살아있는 시체다. 하지만 그들은 몸이라는 물질, 그리고 식욕과 공격성 이외에는 아무것도 갖지 않는다. 그들에게는 기억이 없다. 그들은 살아있을 때의 그 무엇에도 집착하지 않는다.

귀신은 다르다. 그들은 물질적인 육체를 갖고 있지 않지만 그럼에도 살아있을 때의 무언가에 연결되어 있다. 그것은 한이라고 표현되는 어떤 집착이다. 그들이 생전에 살았던 공간과 시간, 그리고 어떤 스토리에 연결되어 있다는 점에서 그들은 모두 지박령이다.

그런 의미에서 인간적이라고 말할 수도 있겠다.

하지만 좀비는 식욕과 공격욕을 제외한 어떠한 욕망도, 목적도 갖지 않는다. 귀신의 경우라면 그들의 원한이 풀릴 때 완성될, 그래서 승천할 수 있는 기회가 좀비에게는 없다. 게다가 좀비는 대부분 도시에서, 특히나 영화에서는 자본주의의 메카인 쇼핑몰에서 출몰하면서 그들의 채워지지 않는 식욕이 상징하는 자본과 소비의 무한한 욕망을 대변할 뿐이다. 그러므로 우리가 귀신을 만나면 그들의 한을 풀어 주어야 하지만, 좀비는 물질적으로 파괴하는(annihilate) 수밖에 없다.

이런 차이가 과거와 현대에 죽음을 대하는 사회적 인식과 상상력의 차이라고 생각하는 것은 과장일까? 좀비의 욕망은 산 자들의 조야한 욕망의 거울이지만, 바로 그런 이유로 혐오의 대상이 된다. 이제 죽음은 산 자들과 연결된 어떤 스토리를 제공하기보다는 가능한 한 피해야 하고 멀리해야 할 어떤 것일 뿐이다. 요즘 심리학에서 부각되고 있는 애도의 과정도 산 자의 정신 건강의 문제일 뿐 죽은 자와의 화해나, 혹은 함께 살아감을 의미하지 않는다.

그러나 죽음의 의미가 없는 곳에 삶의 의미가 있을 수 있을까? 죽음은 그렇게 무시, 망각, 파괴될 수 있는 것일까?

(2021. 3. 11.)

---

gratia: 그러게요. 강시만 해도 귀여운 구석이 있었는데, 사람을 물어뜯고 먹고 감염시키는 좀비의 탄생은 확실히 자본주의와 관련이 깊은 듯하군요. ^^

muse: 귀신이나 유령이나 좀비는 산 자들이 무서울까요?

꽌시

복숭아

중국 문화에 대한 아는 사람이라면 중국 사회에서의 인간관계 '꽌시'를 모르는 사람은 아마도 없을 것이다. 나는 중국에서 직장 생활을 해본 적이 없지만, 그동안 부모님과 주변 친구들, 그리고 학교 다녔을 때의 경험을 통해서 '꽌시의 중요성'을 알고 있다.

사실 중국뿐만 아니라 아시아 국가들의 직장에서 인간관계는 아주 중요한 부분이라고 생각한다. C대에서 일하는 일 년 동안 학과 장과 다른 분들이 도와주신 덕분에 복잡한 인간관계 문제는 거의 없었다. 그러나 요즘 C대에서 H대로 직장을 옮기고 싶은 생각이 들었다. 물론 100% 완벽한 일자리란 없고 C대와 H대 모두 장단점이 있다.

C대는 거리가 멀어서 출퇴근이 2시간 넘게 걸려 평일에는 개인 생활을 거의 못 한다. 퇴근해서 다시 광주로 오면 보통 7시가 넘고

저녁 먹고 정리하면 8시 30분이 넘는다. 그런데 아침에 일찍 출근해야 해서 늦게 자면 안 되기 때문에 나를 위한 시간은 별로 갖지 못한다. 대신 C대에서는 복잡한 인간관계 문제가 없어서 마음 편하게 1년을 지냈다.

H대는 C대보다 거리도 가깝고 여러 면에서 더 크고 좋다는 점이 장점이다. 이것이 내가 직장을 옮기고 싶은 가장 큰 이유이다. 그러나 단점은 학교의 전체적인 발전에 비해 내가 지원할 학과가 아주 약한 편이고 학과 내부의 인간관계도 복잡하다. 심지어 외국인 교수가 무시를 당했다는 소문도 들었다.

일주일 동안 고민한 후에 마지막으로 부모님의 의견을 듣고 싶어서 부모님께 직장을 옮기고 싶다고 말씀을 드렸다. 이것은 나와 마찬가지로 부모님도 고민되는 문제라 많이 고민하신 후에 오늘 오후 나한테 연락을 하셨다.

"쉽게 직장을 옮기지 마. 출퇴근 거리는 문제이지만 마음 편하게 근무할 수 있는 것이 더 중요하다고 생각한다. 지금 학교처럼 아예 인간관계 걱정 안 하는 학교는 아마 없을 거야. 더 신중하게 결정해라."

8년 교장, 10년 넘게 교육감을 하신 아버지이신지라 직장에서 '꽌시'가 얼마나 중요한지 너무 잘 알고 계셔서 나에게 이런 의견을 주신 것 같다. 이번 달에 빨리 결정해야 하는데… 거리인지 꽌시인지 더 고민해야겠다….

(2021. 3. 7.)

---

hanafeel: 의료업에서 보면 '라포'라는 고객과 의사 사이의 신뢰 형성을 최고로 치는 것과 비슷한 말이네요. 하지만 젊었을 땐 일에서의 만족이 꽌시보다 더 중요하지 않을까?

muse: 고민되겠어요.

우슬초: 아.. 저도 H대 공지 보고 복숭아 님 생각했더랍니다. H대에 이미 근무하는 동문이 있으니, 그 동문에게 정보를 얻어 보는 것은 어떨까요?

첫 수업

복숭아

학교에 들어온 지 1년이 되었지만, 코로나19 때문에 어쩔 수 없이 비대면 수업으로 교원 생활을 했다. 그러나 이번 학기에 학교에서는 비대면 수업이 효율적이지 못한 점을 고려하여 사회적 거리두기 단계에 따라 방역지침을 지키며 대면과 비대면으로 함께 진행하라는 방침을 정했다.

사회적 거리두기가 1~2단계일 경우에는 재학생의 약 60%가 등교한다. 다시 말하면, 각 학년의 모든 재학생을 A, B 두 그룹으로 나누고, 중간고사를 기점으로 두 그룹이 등교 수업과 비대면 수업을 교대로 진행해야 한다.

학교의 지침에 따라 우리 학과도 대책이 필요하다. 우선, 전체 학생이 외국인 학생이라는 특수성과 아직 미입국인 학생의 상황을 고려해서 A, B그룹을 어떻게 나눌지, 또 수업은 어떤 방식으로 진행해야 할지를 모두 고려해야 한다. 결국, 일단 한국에 들어온 학생은 A반으로 배치하고 미입국 학생은 B그룹으로 배치하였다. 또한, A, B그룹을 나눠서 수업을 진행해야 하므로 A그룹의 대면 수업을 진행할 때 B그룹의 학생을 위해서 카메라로 수업을 촬영하기로 했다. 그렇게 이번 주 월요일부터 나의 진정한 첫 (대면) 수업이 시작되었다.

한국어와 관련된 전공 수업이었다. 내용은 그리 어렵지 않았지만, 첫 수업이라서 나는 많이 긴장하였다. PPT 내용뿐만 아니라 어디에서 쉴지, 어디에서 재미있는 이야기를 할지 모두 머릿속으로 외우고 많이 연습하였다. 완벽하게 준비했다고 생각했지만, 강의실에 들어간 순간 긴장되기 시작하더니 앞에 놓인 카메라를 보자 더 떨려왔다. 다행히 수업 내용이 다들 잘 아는 것이라서 학생들에게 가르친 내용과 질문 모두 문제없었다.

수업이 끝나고 찍은 영상을 확인해보니 말하는 속도가 좀 빨랐다. 수업할 때 긴장했다는 뜻이다. 나는 긴장하면 빨리빨리 말하는 경향이 있다. 더 민망해지기 전에 빨리 끝나고 싶은 마음에서다.

그러나 수업은 하면서 느는 것 같다. 월요일 첫 수업은 매우 긴장하면서 했지만, 화요일, 수요일, 목요일 수업은 점점 여유 있게 한 것 같다. 일부러 어느 부분에서 쉬는 것보다는 학생의 컨디션과 반응을 관찰하면서 쉬는 것이 더 낫고, 내가 긴장을 풀면 학생들도 마음 편하게 수업을 할 수 있다는 것도 알게 되었다. 첫째 주 수업이 문제없이 끝나서 다행이다. 다음 주도 파이팅!

(2021. 3. 13.)

muse: 파이팅!!!

gratia: 파이팅! ^^

hanafeel: 금방 잘하시게 됐네요!!

친절한 공무원

복숭아

학생 한 명이 번호판 없는 오토바이를 타서 경찰에게 걸렸다. 혼자 경찰서에 가기 무서워한 학생이 나에게 같이 가달라고 부탁했다. 지난번 보이스피싱 때문에 경찰서에서 2시간 넘게 긴 진술을 했던 나는 경찰서에 다시 가고 싶지 않았지만, 학생의 부탁이라 또 한 번 경찰서 방문을 하였다.

교통조사팀의 경찰들이 먼저 나에게 학생의 문제를 설명해 주었다. 첫째는 번호판이 없는 오토바이를 탔기 때문에 교통법을 위반해서 과태료를 많이 내야 한다. 둘째, 학생이 탄 오토바이가 아직 등록되지 않았기 때문에 조사가 끝난 후 군청에 가서 등록부터 해야 한다. 먼저 경찰서에서 해야 할 일은 과태료 납부였다. 학생의 주소, 면허증, 학년, 오토바이 구매 시간 등 조사가 끝나고 경찰들은 안타깝지만 규정대로 과태료 50만원을 내야 한다고 했다. 20~30만원 정도만 내면 된다고 생각했던 학생은 50만원 벌금을 내야 한다는 얘기를 듣고는 눈물이 날 뻔했다.

일부러 오토바이를 등록하지 않은 것이 아니라 그동안 등록하고 싶어도 방법을 몰라서 못 했다는 학생의 사정을 경찰에게 설명하고 한 번만 기회를 주시라고 부탁했다. 경찰들은 모여서 한참 상의하더니 이번이 처음이고 외국 학생이라 모를 수도 있으니 10만원만 벌금을 내라고 했다. 규정에 앞서 학생의 사정을 충분히 고려해준 경찰들에게 너무 감사했다.

그런데 감사할 일은 이것만이 아니었다. 이번에 벌금을 내면 넘어갈 수 있지만 계속 등록을 안 하면 오토바이 탈 때마다 벌금을 내야 하므로 더 늦기 전에 빨리 등록해야 했다. 하지만 오토바이 등록하는 방법에 대해서 학생뿐만 아니라 선생인 나도 몰랐다. 경찰들은 우리의 난감한 표정을 보더니 함께 군청에 가자고 했다. 그리고 군청에 가서 담당 공무원들에게 오토바이 등록할 때 필요한 서류를 잘 설명해 주라고 부탁했다.

군청의 공무원들도 경찰처럼 친절하게 알려주었다. 외국인이라는 것을 안 후 등록에 필요한 것을 일일이 써주고 필수 부분은 ※로 표시해주었다. 그리고 서류들을 다 준비해서 다시 군청으로 오면 바로 등록할 수 있다고 했다. 교통법을 위반해서 많이 걱정했던 학생은 친절한 공무원들 덕분에 드디어 웃었다.

(2021. 4. 17.)

muse: 잘 되었네요.

gratia: 고맙네요. ^^

통영 국제음악회

hanafeel

카미유 토마 첼로 리사이틀, 시간의 종말을 위한 사중주 〈예수의 영원성을 찬양함〉이 연주되었다. 서른 언저리의 그녀의 연주를 눈으로 보지 않았다면 어떻게 영혼이 만져지는 것이란 것을 확인할 수 있었을까? 그의 몸이 소리를 내는 것을 보고 있지 않았으면 삶이란 게 하나도 빠짐없이 비루하고 하잘 데 없는 낭비라는 것을 어떻게 알 수 있었을까? 오로지 그들의 드러냄이 언어와 생각, 마음이 의미 없이 지체하고 있는 삶에서 한순간 나를 건져내어 숨 쉬는 생명체로 그 자리에 있게 하였다.

만개한 벚꽃이 둘러싼 통영 바다의 풍경은 하염없이 머물고 싶다는 생각을 불러일으킨다. 일행들과 먹고 마시며 함께 잠든다는 것조차 내게 현실감을 잃게 하였다. 내내 가벼워 휘청대는 그들의 눈꺼풀만이 손가락이 현 위에서 오가고 있다 했지만, 한순간도 나는 믿지 않았다.

무대에서 그들이 뿜어대는 숨이 만들어낸 높고 넓은 통영 국제 음악당, 얄팍하고 말랑대는 커다란 비눗방울 안에 나 홀로 안전하고 온전하였다.

(2021. 3. 28.)

---

muse: 음악제가 좋으셨던 모양이네요. 부럽네요.

인연

hanafeel

쑥 인절미 7박스, 흰밥 찰밥 한 박스씩 자그마한 차에 싣고 나주 대호리 선산에 도착한, 치과에선 복덕샘으로 불리는 언니야는 도무지 어울리지 않는 헐렁한 검은 재킷에 몸을 꽉 채우고 요즘 유행패션인 척하는 추리닝 바지에 운전용 돋보기까지 걸쳐 격식을 갖춘 듯 상기된 얼굴이었다. 열무김치를 가져다주어야 내 맘에 맞는데, 냉동실에 들어갔다가 치킨에 밀려 상에도 못 오를 갓 찐 미끌거리는 떡 박스를 떠올리며 잠깐 답답하였다.

엄마가 돌아가셔서 하루 이틀 직장을 쉬게 됐다고, 웃으며 장례식장에 나란히 누워 잠든 게 벌써 일 년이 된 것이다. 면회도 뜸했던 코로나 시국 엄중함을 개 무시하듯 엄마의 장례 때 벚꽃이 온 천지에 봄을 휘날리고 있었지.

오늘은 밤새 비바람과 어둑한 아침 공기에 몹시 춥고, 태평사

고목의 벚꽃의 양이 어마무시했어도 처량하기만 하였다. 무덤 앞 돌로 된 제사상은 서울 언니가 장만한 제주 옥돔, 고기 꼬치 산적, 나물, 성게미역국으로 보란 듯 가득 차려져 있다. 음복이라 이름 부르고는 2리터 페트병 참이슬을 일회용 맥주잔으로 큰 오빠랑 나누어 마셨다.

인연이라 하죠, 운명이라 하죠. 술도 안 마시고 항상 정신줄을 놓고 사람들에게 달려드는 언니가 〈왕의 남자〉 OST, 이선희의 〈인연〉을 불러댔다. 2절 부른다고 박수 치지 말라 손사래까지 치더니 그녀는 결국 인연이 운명인 게 복받쳐 울고 말았다.

지금이 가장 행복하다고 하면서 남에게 뭘 더 바라며 우리는 아득대고 있는 건가. 넓은 동산 가장 해가 오래 머무는 무덤 속 엄마가 먼지가 된 지 일 년이 지나도록 그녀가 식구들만 위해, 아니 자신을 위해 아득바득 사셨던 것을 절대 잊지 않겠다는 듯, 남은 자식들은 뿌득뿌득 살아가는 용감함을 서로 확인하는 자리가 되었다.

친정 언니가 카톡 프로필에 새겨놓은 "나를 속이지 말자"라는 말이 나는 제일 무섭다. 나라는 것만큼 잘못된 것이 세상에 어디 있을까?

(2021. 3. 29.)

---

gratia: '나'를 성찰할 수 있는 만큼은 괜찮은 거죠... ^^

솜사탕: 요즘 핫한 주방용품인 와플기가 있으면 쑥인절미가 냉동실에 들어갈 일이 없을지도 몰라요.

덕이의 사막여행(집사람의 글)

hanafeel

한낮의 열기가 사막의 땅거죽을 뜨겁게 달뜨게 만든다. 새 한 마리 날아오르지 않는 오후이다. 오늘도 딩고 한 마리가 우리를 한참 동안 바라보고 있다. 생김새는 여느 시골집에서 흔히 보던 황구처럼 생겼다. 귀는 쫑긋하지만, 털은 더 거칠어 보인다. 4월 중순의 때늦은 비로 사막에는 곳곳에 물웅덩이가 생겨났다. 비가 그치고 나서 며칠간의 뜨거운 열기로도 물에 잠긴 길바닥과 진흙탕이 모두 나아지지는 않았다.

서호주에는 아웃백에서 가장 긴 길이 있다. 빨간 흙과 모래 언덕이 1,800킬로미터가량 이어지는 길이다. 중간에서 연료나 식량을 보충할 수도 없다. 준비해 온 식량이나 연료로만 버텨야 한다. 가끔 솔트 팬이나 소금호수가 지난한 여정 중에 위안을 주기도 한다. 날카로운 자갈이나 커다란 바위들이 길을 막기도 하고 물길이 길을 쓸고 가서 허물어진 곳은 차량이 기울어서 위험한 곳도 있다. 바람이 길바닥을 쓸고 패어서 잔물결이 만들어진 길을 갈 때는 조금만 속도를 내도 차량의 나사가 하나하나씩 아우성치면서 소리를 질러 골이 흔들리고 이빨이 덜덜 떨릴 때도 있다. 물길이 오랜 기간 길을 막아 더 이상 전진이 불가능하면 새로운 길을 만들기도 한다. 충분히 정비되고 잘 준비된 사륜 차량 두 대 이상이 한 팀으로 움직여야 그 위험성을 줄일 수 있다.

Well 13을 지나 물웅덩이에 빠진 지도 벌써 4일째가 되었다. 이곳은 도움을 받을 수 있는 가장 가까운 마을까지 수백 킬로미터 이상 떨어진 오지이다. 마을을 벗어나면 전화기는 신호를 잡지 못한다. 오직 GPS 맵으로 자신의 위치나 진행 방향을 가늠할 뿐이다. 여름이 지나고 얼마 되지 않아 지나가는 차량도 없다.

CSR을 시작한 지 3일째 접어들면서 솔로 차량으로 처음 시작할 때의 긴장과 두려움도 어느 정도 가시고 길도 제법 익숙해졌다. 흙먼지를 일으키고 한참을 가는데 길옆 한 켠으로 파란 새 수백 마리가 숲에서 날아오른다. 새들이 한참 동안 우리를 따르며 모였다 흩어지면서 군무를 이룬다. "파랑새다." 우리는 소리를 쳤다. 우리의 여정에 행운이 함께 할 것 같았다.

Well 13을 지나니 100미터가 넘는 물웅덩이가 길을 가로지르고 있었다. 마치 범람한 강물처럼 느껴졌다. 차를 세우고 대강의 깊이나 수렁들을 가늠해보고 머릿속으로 길을 잡아본다. 사륜 high 2단으로 속도를 유지하면서 랜드크루져가 거칠게 물보라를 일으키면서 지나면 잔물결들이 유영하면서 우리를 쫓아온다. 그런 몇 개의 물길과 언덕을 지나서 그곳에 도착했다. 그곳은 비교적 곧게 뻗은 길이 작은 삼거리 형태로 양측으로 갈라졌다가 1킬로미터 정도 지나서 다시 합쳐지는 길이었다.

작은 삼거리가 시작하기 조금 전부터 양측 길은 모두 물에 잠겨 있었다. 속도를 줄이지 않고 물길로 진입하여 오른쪽 길로 진행할 참이었다. 갈림길을 바로 앞두고 왼쪽 길로 지나는 차바퀴 자국이 보였다. 왼쪽으로 핸들을 돌리려는데 제대로 조향이 되지 않으면서 차가 미끄러지기 시작했고 바퀴는 진창에 빠져들었다. 급기야 앞바퀴가 절반 정도 진흙에 잠기고 차가 움직이지 못하게 되자 엔진도 꺼지고 말았다.

조금씩 후진과 전진을 반복해 보았지만, 시동은 다시 꺼지고 만다. 바퀴가 힘들게 헛바퀴를 돌 때마다 더 진흙 뻘에 깊이 파고들어 차량은 점점 운전석 쪽으로 기울어지기 시작해서 차 문을 여는 것도 힘겨운 지경이 됐다. 다행히 랜드크루져는 차체가 높고 바퀴도 커서 배기관이 물에 잠기지는 않았다. 차가 더 이상 물에 잠기면 차량 내부로 물이 들이치고 배기관을 통해 엔진룸으로 물이 역류하게 된다. 길옆 둔덕에 올라서 주위를 살피고 확보할 지점이 될 만한 것을 찾아보았다. 성질 급한 덕이는 앞바퀴 쪽에서 연신 삽질을 한다. 흔들리는 차 안에서 티격태격하던 일은 잊은 듯이 성도 내지 않고 불평도 하지 않는다. 그러면서 흙탕물이 튀어 올라 온몸에 얼룩이 젖어 든다.

어둠이 내리고 샌드 플라이도 자취를 감추면 우리의 감각도 조금은 너그러워진다. 한참을 지나 달이 일그러진 채로 떠오른다. 호주는 땅뿐만 아니라 달마저 빨갛다. 풀벌레 소리가 사방에서 요란하고 여름을 지나 가을을 맞이하는 듯 밤에는 제법 한기도 느껴진다. 멀리서 들려오는 소리가 딩고 울음소리처럼 들려 가만히 귀를 모아 들어본다. 땅에 떨어진 잡목들을 모아서 모닥불을 피우고 점심을 거른 저녁을 먹는다. 어느새 은하수가 하늘을 뒤엎고 모닥불에 넣어둔 감자 굽는 내음이 은근하다.

불꽃이 남실거리고 매콤한 연기 때문에 눈물이 그렁거린다. 불길 너머로 덕이를 마주한다. 이번 여행에 대해 자세히 설명하지 않았지만, 그녀는 흔쾌히 따라나섰다. 이곳은 마른 흙먼지와 빨간 모래 언덕뿐이다. 심지어 도시를 벗어나면 전화 통화도 되지 않는다. 보통의 일상이나 관계에서 분리되는 상황이 된 것이다. 그러나 덕이는 거친 잠자리와 단지 생존을 위한 음식에도 별달리 불평하지도 않는다. 와이파이도 안 터지고 전화기 막대가 한 눈금도 잡히지 않지만, 그녀는 매일 사진을 찍고 그림을 그리고 바이올린을 켜고 노래를 부른다. 하늘 아래 멀리 외로이 떨어져 있지만 마치 원래 이곳에 있었던 사람 같다.

나는 산에 가면 내 그림자와 함께 걷는 것을 좋아한다. 등산을 시작하기 전에는 막막함이 있지만, 산길을 걷다 보면 어느새 나와 많은 이야기를 나누게 된다. 여러 가지 일들이 오래전의 일까지 두서없이 떠오르기도 하고 어떨 때는 한 가지 생각이 산행이 끝날 때까지 줄곧 이어지기도 한다. 처음의 막막함이 거친 숨길이나 꽉 꽉한 걸음짓으로 계속되지만, 머리는 맑아지고 상쾌한 기분이 든다. 그림자는 그럴 때마다 나와 함께 있는 것이다. 어릴 적에는 해, 달, 그림자들을 자주 보았지만 크면서 그런 것들을 볼 기회가 적어지면서 그런 것들이 아주 없는 것처럼 살게 되었다. 그래서 산에 가면 그런 것들이 곁에 있어서 좋다. 오지 여행도 그런 것 같다. 멀리 떠나서 혼자되지만 그런 시간이 주는 즐거움이 있다. 한번 빠져들면 내 몸이 빨갛게 달아오르는 유혹이다.

어제는 앞바퀴 쪽에 쌓인 진흙 일부를 파내고 주위에 있는 잔가지들을 바퀴 앞뒤로 깔았다. 하이 리프트 잭으로 차를 들어 올리고 앞바퀴 밑에 Max tread를 받치려고 했다. 바퀴의 마찰력을 회복시켜서 진창에서 빠져나오려는 것이다. 길바닥이 물에 잠겨서 그것도 쉽지 않았다. 땅바닥이 단단하지 않아서 리프트 발판이 오히려 땅속으로 파고들었다. 임시방편으로 프라이팬을 지지대 발판 밑에 깔고 겨우 차를 들어 올렸다. 차량 전방 쪽에 마땅히 견인 로프를 고정할 지점을 찾을 수가 없었다. 30미터가량 떨어진 곳에 조그만 나무 그루터기를 찾아냈다. 방향이 약간 엇나가기는 했지만 어쩌면 차량을 지탱할 수 있을 것 같았다. 나는 윈치를 풀기 시작했고 덕이는 윈치 줄을 잡아당겨 질질 끌고 갔다. 윈치를 절반 이상 풀고 나서야 견인 로프와 연결할 수 있었다.

엔진이 다시 힘찬 포효와 함께 요동쳤다. 윈치를 감아서 잡아당기자 로프가 팽팽해졌다. 뒷바퀴에서 흙탕물이 사방으로 튀어 오르고 앞바퀴도 움찔거리며 조금씩 앞으로 움직이기 시작했다. 그러나 바퀴는 더는 앞으로 구르지 못했다. 고작 반 바퀴나 움직였을 때 시동이 꺼졌다. 모든 것이 다시 고요해졌다. 전륜 쇼바가 터져서 오일이 흘러내렸다. 급하게 다시 시동을 걸어보지만 덕이의 표정은 어두워졌다. 흙탕물이 튀어서 온몸에 얼룩이며 진흙 자국이 남았다. 날이 덥고 건조해서 금방 말라붙는다. 그 겨를에도 서로의 얼굴을 보고 쓴웃음을 짓는다.

벌써 며칠이 흘렀지만 지나가는 차량이 없다. 연료는 아직은 부족하지 않다. 주 연료 탱크가 2/3 이상 남아 있고 보조 연료 탱크와 예비용 저리캔까지 합하면 남은 연료로 fuel drop site까지 도달하는데 부족하지 않다. 그러나 며칠을 꼼짝도 못 하면서 식량은 예상을 넘어서고 있고 신선식품은 떨어진 지 오래다. 점점 식수도 바닥을 보이기 시작한다. 조리할 때 이외에 설거지나 세수도 엄두도 못 내고 물 컵 하나로 양치만 달랑한다. 저녁 해거름에 그나마 깨끗한 물웅덩이에서 손 씻는 것이 전부이다. 덕이도 그런 사정을 모르지 않아서 가끔은 긴장한 표정이지만 이내 자기 할 일을 찾아내고 무거운 표정은 지으려 하지 않는다.

덕이는 첫날 이후에는 차량 근처에는 오지 않는다. 텐트 주위에는 큰 나무가 없어 한낮의 뜨거움을 피할 마땅한 그늘 한 조각도 없다. 그래서 내가 차 밑에서 삽질을 하고 있을 때면 덕이는 바이올린을 들고 그늘을 찾아 나선다. 딩고 때문에 멀리 가지 말라고 말리기도 했는데 한번은 커다란 도마뱀에 놀라서 뛰쳐나오기도 했다.

바이올린이 지치면 그림을 그리는 취미도 금방 만들었다. 앨범 속에 저장된 친구들의 모습을 그림엽서에 그려 둔다. 다시 문명에 나갈 때까지 조금 더 보관하는 것이다.

호주의 5월은 가을 색이 완연해진다. 낮의 햇살은 여전히 뜨겁지만, 사막의 밤은 약간 한기가 느껴진다. 마지막 남은 맥주를 꺼내 마신다. 모닥불에 장작이 튀는 소리와 풀벌레 소리만이 바람과 함께 들판에 흘러 다닌다. 한 모금의 맥주에도 불콰하게 술기운이 올라온다. 여기서 성공적으로 탈출하면 Well 18에 가서 시원한 목욕이라도 할 참이다. 아무도 오가는 이가 없는 그곳에서 우물물을 퍼내 온몸에 끼얹고 싶었다.

한낮이면 차라리 차 밑 그늘이 더 시원할 것 같다. 너무 덥고 지쳐서 텐트 속 그늘에 누워도 보고 간이 의자에 앉아 책을 보기도 한다. 차라리 야생 낙타들처럼 빈 걸음으로 내닫고 싶기도 하다. 너른 들판 저쪽 편에서 바람이 웅웅거리고 지나면 마치 차가 다가오는 것처럼 들린다. 한달음에 뛰쳐나가서 소리를 따라가 보지만 단지 지나가는 바람 소리이다. 무전기를 잡고 "메이 데이, 메이 데이, We are stucking, now. Please! help us." 외쳐본다. "…… ……." 그러나 무심한 잡음만 흘러나온다. 이곳이 정말 사막인 것이 실감이 난다. 며칠째 비 한 방울 내리지 않고 사람도 지나지 않는다. 오후의 뜨거운 땅의 열기가 회오리바람을 일으키며 하늘 높이 올라간다.

(2021. 8. 11.)

gratia: 호주 여행이 순조롭지만은 않았군요. 조난도 당하시고... ^^

솜사탕: 그래서 어떻게 구조되셨나요? 제발트의 소설 비슷한 여행기처럼 보입니다 ㅎ
   ↳ hanafeel: 집사람이 혼자 4박 5일 보이는 물을 손으로 다 퍼내고 마른 땅으로
   만들어 차가 걸어 나왔어요.

한 번만 다시 더

muse

오왠이라는 가수가 있다. 공중파를 탄 가수가 아니라서 아는 사람만 아는 인디 가수다. 작년에 몹시 힘들었던 시기에 나는 오왠의 '오늘'이라는 노래를 계속 들었다. 그 노래에는 '나만 왜 이렇게 힘든 건가요'라는 가사가 반복된다. 죽을 것 같다고 차라리 죽고 싶다고 생각될 때 나는 차를 타고 오왠의 '오늘'을 틀고, 큰소리로 노래를 따라 부르면서 특히, 나만 왜 이렇게 힘드냐고 소리를 지르면서 달리곤 했다. 노래의 힘으로, 노래 가사의 힘으로 나의 고난과 고통을 이겨보려고 몸부림쳤다. 이상하게 그때는 방탄을 들을 수가 없었다. 방탄의 노래에는 나만 왜 이렇게 힘드냐고 발악하는 대목이 없어서였을까?

그런데 '오늘'이라는 노래에는 나만 왜 이렇게 힘든 거냐는 가사 말고도 이런 가사가 있다. '한 번만 다시 더 일어설 수 있나요.'

나만 왜 이렇게 힘드냐고 발악을 하다가 그 가사에 이르면 나는 조용히 눈물을 흘리곤 했다. 나는 알고 있었다. 한 번만 아니라 몇 번이라도 나는 다시 일어서야 한다는 것을. 지금은 아직 때가 아니라는 것을. 나는 일어서고 또 일어서야 한다는 것을. 울다가 다시 왜 나만 힘드냐고 소리 지르고, 또 울고. 그런 날들이 지나가자 나는 다시 방탄을 들을 수 있었다. 오왠에게, 음악의 길을 포기하지 않고 걸어간 그에게 여기서나마 감사를 전하고 싶다. 고마워요, 오왠!

(2021. 3. 25.)

---

gratia: 때로는 긍정적인 에너지보다 공명의 힘이 필요할 때가 있죠...

소심한 마이너스의 대가

muse

차를 두고 기차를 타기로 결정하면서 나는 택시를 타고 역까지 가야 했다. 우리 동네는 빈 택시 찾기가 쉽지 않은데, 택시만 타면 역까지 충분히 갈 수 있는 시간에 집에서 나왔지만, 역시나 기다려도 빈 택시는 오지 않았고 마침 또 추적추적 비는 내렸다. 점점 불안감이 스멀스멀 올라왔다. 집에서 약간 먼 곳에 주차한 차(나는 새벽에 귀가했고, 우리 아파트는 주차 공간이 매우 부족해서 밤늦게나 새벽에 귀가하면 아파트에서 좀 떨어진 어딘가를 헤매다가 대충 주차를 해야 한다)를 빼서 역에 가야 하는지 잠시 망설였지만, 이미 예매한 KTX 특별석 비용도 비용이고 차를 두고 기차를 타기로 한 이유가 명백한 여행이었기에 하는 수 없이 가방에 있는 모바일을 꺼내 들었다. 한 손으로 우산을 든 채 모바일의 암호를 해제하고 카카오택시 앱으로 들어갔다. 하하하. 휴면회원이라고 뭘을 어쩌고 저쩌고 하란다. 아, 진짜!!! 즐거운 시간을 보내려고 토요일 아침부터 잠도 포기하고 서둘러 나와서 기차를 타고 서울까지 가려고 했는데 만사 귀찮아서 다 그만두고 싶어지는 순간이었다. 그래도 시키는 대로 어영부영 입력을 하고 있는데 빈 택시 하나가 내 앞에 섰다.

송정리역에 가 달라고 말한 뒤, 별생각 없이 몇 시쯤 도착하냐고, 시간이 얼마나 소요되겠냐고 물었다(나는 별생각이 있어야 했다). 기사는 기차 시간이 언제냐고 물었다. 그때 나는 아주 소심한 마이너스를 하고 말았다. 내가 타야 하는 기차 시간보다 4분을 마이너스해서 알려주었다. 10분도 아니고 5분도 아니고, 4분!(도대체 왜 그랬는지 나도 모른다.) 기사는 충분하다면서 더 빨리 도착할 수 있다고, 있을 거라고 했다. 그 후 나는 눈을 꼭 감고, 뒷자리 유리창 위쪽에 있는 손잡이를 있는 힘껏 붙들고, 기차 놓쳐도 되니까 목숨만 부지했으면 좋겠다고 느끼면서 멀미에 시달리기 시작했고, 하지만 기사에게는 천천히 가도 된다고 말도 못 하고, 같은 택시 기사에게서조차도 경고 클랙슨을 받는 이 택시 기사는 왜 이토록이나 열정적으로 나를 제 시간 안에 데려다주려고 광란의 질주를 하는 것일까를 궁금해하면서 나의 소심한 마이너스를 미친 듯이 후회했다. 물론 나는 넉넉하게 여유를 두고 기차역에 살아서 도착했다. 하지만 서울에 도착할 때까지도 그 광란의 질주가 주었던 영향에서 벗어나지 못했는데, 기차마저 나를 배신하고 멀미를 연장했기 때문이었다.

(2021. 4. 4.)

gratia: ㅎㅎ 4분이나 마이너스하셨어요? 전 정확하게 알려주거든요. ^^
↳ muse: ^^

분명 고양이었는데

muse

베란다에서 새끼 고양이 한 마리가 들어오려고 애를 썼다. 얼굴과 귀는 검은색이었지만 작은 발과 등에는 하얀색 털이 있었다. 눈은 무슨 색이었는지 기억나지 않는데 예쁘고 내 마음을 울리는 표정이 눈에 어려 있었다. 바깥에선 비가 조금 흩뿌리고 있었고 날은 찼다. 나는 새끼 고양이가 추울까 봐 가슴에 그 어린 존재를 꽉 끌어안고 실내로 들이기 위해 베란다 문을 열었다.

불현듯 미오가 떠올랐다. 8년 된 말티즈인 미오는 고양이만 보면 천적을 만난 듯 사납게 짖어대기에 미오와 새끼 고양이 둘 다 걱정이 되었다. 나는 한 손으로는 고양이를 가슴에 품고 한 손으로는 베란다 문을 잡은 채 아이들에게 미오를 잡으라고 소리쳤다. 내 품에 있는 고양이를 못 보았는지 다행히 미오는 짖지 않았다.

그런데 고양이를 안고 거실로 들어와서 눈을 들여다보았는데 고양이가 아니라 갓난아기였다. 피부가 하얗고 살이 포동포동 오른 사내아이가 배가 고픈 듯 칭얼댔다. 나는 놀라서 대체 이 아기가 어디서 어떻게 온 것 같냐고 애들에게 물었다. 애들도 놀라서 나와 아기 주위를 둘러싸고 아기를 바라보았다.

갑자기 어서 아기의 엄마를 찾아야겠다는 사명감이 불타올랐다. 아무래도 옆집인 것 같다는 생각이 들었다. 옆집이 아니고는 살아 있는 아기가 기어 올 데가 없었다. (아무리 옆집이라지만 살아 있는 갓난아기가 11층 베란다에서 문을 열려고 낑낑댄단 말인가? 낑낑댄 건 고양이었지만) 나는 현관문을 열고 앞집 벨을 눌렀다. 곧 사람이 나오더니 자기 아이라며 아기를 안아 들었다.

나에게 고맙다는 인사를 하는 여자를 자세히 보니 사촌 동생 연희였다. 그리고 열린 문 사이로 보이는 연희의 집은 우리 집과 달리 보이는 공간만 200평은 족히 되어 보였고, 안쪽으로 더 넓은 공간이 있는 것 같았고 몹시 럭셔리했다. 분명 같은 아파트인데 이럴 수가 있나?

나는 집으로 돌아와 아이들에게 방금 본 것들을 얘기했다. 몰랐는데 옆집에 엄마 사촌 동생이 살고 있었다고, 그 예쁜 사내 아기는 그 사촌 동생의 아기였고, 그 집은 엄청 넓고 화려하다고. 아이들이 초롱초롱한 눈빛으로 나를 보며 놀라는데 꿈에서 깼다. 그 모든 것이 꿈이라는 깨달음은 한나절이 지나서야 왔다. 고양이의 예쁜 눈과, 아기의 하얀 볼, 미오가 고양이를 보고 짖을까 봐 걱정하던 마음이 잊히지 않아 글을 써본다. 왜 이런 꿈을 꾸었나 궁금한 마음도 들어서….

(2021. 5. 16.)

---

gratia: 들어온 행운을 꼭 부여잡아야 하는데, 쓸데없는 사명감 때문에 놓치는 일이 없도록
하세요. ㅎㅎ -비전문 해몽가로부터
   ↳ **muse:** 아, 이런 해석이 ㅋ 알겠습니다. 명심하겠습니다!

hanafeel: 200평 집, 고양이나 갓난이 안아 줄 생명이 필요하다고 몸이 말하는 듯.

〈시즌 10〉

2021년 가을

이미란
김세영
김현정
강의준
박비오
곽경숙
진아위
조부덕
임유진
최혜영
김미경
M. 클리포드
홍운기

얼굴

gratia

넷플릭스 드라마 〈굿 닥터〉를 시청하면서 가장 인상 깊었던 에피소드는 얼굴 이식에 관한 것이었다.

십대 소녀가 뇌사 상태에 이르자 의사가 소녀의 어머니를 찾아온다. 어머니는 눈물이 글썽해서 장기 기증 때문에 왔느냐고 묻는다. 딸의 죽음은 비통하지만 다른 이를 위해 장기 기증을 할 의사가 있는 것처럼 보였다.

그런데 의사는 소녀의 장기는 모두 파열되어 기증을 할 수 없는 상태이고, 안면 이식을 기다리는 환자가 있으니 소녀의 얼굴을 줄 수 있겠느냐고 묻는다. 어머니는 경악하며 절대 그럴 수 없다고 거부한다.

나는 그 어머니에게 감정 이입이 되었다. 나도 장기 기증 증서를 소지하고 다니지만, 내 얼굴의 껍질을 벗겨 기증한다는 생각은 상당히 두려웠다. 하물며 자식의 얼굴이라니….

뇌사 상태에 이르면, 통증을 느끼지 못할 것이고, 간이나 콩팥이나 안면이나 모두 신체의 일부일 뿐인데 기증하지 못할 것도 없지 않겠는가 하는 것은 이성적인 생각일 뿐 정서적으로는 쉽게 허용이 되지 않았다. 왜 그럴까? 우리는 신체의 모든 부분 중에서 얼굴을 그 인간의 표상으로 느끼고 있기 때문이 아닐까?

그 드라마에서는 소녀의 어머니가 병실을 뛰쳐나가던 중 엘리베이터에서 사고로 얼굴이 뭉개진 딸 또래의 소녀 환자를 직접 만나게 되고, 심리적 변화를 일으키면서 반전이 일어난다.

안면 이식이 성공해서 딸의 얼굴로 누워 있는 소녀 환자에게 어머니가 찾아와 뺨에 입을 맞추며 (자신의 딸에게) 작별을 고하는 장면에서는 눈물이 났다.

(2021. 9. 4.)

보물찾기: 감동적 영화인 듯하네요. 안면 이식이 어려운 것은 인간은 오감을 통해 세계를 이해하는데, 안면은 그 중에서도 대상을 분별하고 이해하는 데 절대적인 시각과 관련 깊은 부분이기 때문으로 여겨져요~.

    ↳ **muse**: 〈굿 닥터〉는 2013년에 KBS2에서 했던 드라마입니다. 주원, 문채원 주연 이었고, 서번트 증후군이 있는 의사가 주인공(주원)입니다. 이 드라마를 ABC에서 리메이크한 것이 넷플에 올라온 것입니다. 한국 드라마에서는 안면 이식 에피소드가 있었는지 기억이 안 나는데, 미국 편에는 있는 모양입니다. 안면 이식이라니 대단하네요.

골짜기백합: 장기 기증을 벌써 하셨군요~~~. 저의 경우는 괜찮을 것 같기는 합니다. 결국 썩어 없어질 것이니 조금이라도 좋은 일에 보탬이 된다면 감사할 수도 있을 것 같아요.

우슬초: 안면 이식까지 가능한 줄은 몰랐습니다. 안면 이식은 쉽지 않을 결정일 것 같아요.

muse: 그런데 얼굴 구조가(그러니까 골격이) 다를 텐데, 어떤 사람의 피부를 이식하는 것이 아니라 그 얼굴을 그대로 이식한다는 게 잘 이해가 안 가네요. 안면 이식편을 봐 봐야겠네요.

이메일 정리하기

gratia

어떤 모임에 갔더니 '지구칫솔'이라는 브랜드의 나무 칫솔과 고체 치약 세트를 기념품으로 주었다. 내장된 홍보문을 읽어보니 지구를 살리기 위한 몇 가지 제안이 있었는데 그중에 내가 생각해 보지 못한 '타이어 공기압 확인'과 '이메일 자주 정리하기'가 있었다.

'타이어 공기압 확인'이 지구 환경과 어떤 관계가 있다는 말인가? 궁금해서 인터넷을 찾아봤더니 공기압이 낮으면 연비가 낮고, 연비가 낮으니 배출 가스가 많아지고, 타이어 트레드의 수명이 최대 30% 짧아져서 고무 쓰레기의 배출이 많아진다는 것이다. 자동차를 안 타고 다닐 용기는 없으니 공기압 체크라도 자주 할 일이다.

이메일이 쌓여 있는 것은 또 어떤 메커니즘으로 환경과 관련이 되는지도 이해가 안 돼서 찾아봤더니, 불필요한 데이터를 유지하기 위해서 데이터 센터에서 서버를 유지하고 냉각하는 데 엄청난 전력을 소모한다는 것이다. 그 정보의 출처에서는 이메일 한 번 보내는 데 4g의 이산화탄소가 배출된다는 경고를 하고 있었다.

　불필요한 이메일을 삭제하라는 경고를 계속 무시하다가 그동안 주고받은 메일들이 통째로 날아가 버린 적도 있는 내가 게으름보다 더 무거운 죄를 짓고 있을 줄이야….

(2021. 11. 21.)

골짜기백합: 앗! 정말요? 이제부터 저도 이메일 빨리 정리해야겠어요. 자주 쓰지 않아 차곡차곡 쌓이는 이메일부터요!

hanafeel: 이메일 전체 삭제했어요. 시간 되면 카톡도 내용 삭제해야겠어요.

더 파더

gratia

TV의 영화 채널을 돌리다 우연히 꼭 보고 싶었던 영화 〈더 파더〉를 보게 되었다. 나의 관심은 디멘시아를 겪는 노인의 심리와 정신 세계를 어떻게 영상으로 표현했을까 하는 것이었다. 손상된 뇌의 기억을 다룬 영화 〈오픈 유어 아이즈〉와 비슷한 기법일 거라고 예상했는데, 과연 그러했다. 유사한 장면이 반복해서 등장하고, 인과관계가 맞지 않는 장면들이 충돌한다. 나는 〈오픈 유어 아이즈〉를 리메이크한 〈바닐라 스카이〉를 보았는데, 결말의 반전이 정말 압권이었다.

관찰자의 시선으로 이러한 인물의 심리와 기법을 다루는 영화보다는, 이러한 인물이 초점자가 되어 서술하는 소설 쓰기가 더 어려울 것 같다. 영화는 배우의 연기나 촬영과 편집 기법의 도움을 받지만, 소설은 오직 서술로만 이를 해결해야 하기 때문이다. 인물이 처음부터 디멘시아를 앓고 있다는 것이 밝혀지면 독자가 흥미를 잃을 수 있기에, 논리적인 것 같으면서도 부자연스러운 플롯이나 서술을 진행시키다가 마지막에 진실을 밝혀야 한다. 엘리스 먼로의 단편소설 「호수가 보이는 풍경」이 그러했다. 주인공이 병원을 찾아 헤매는 이야기가 부연을 거듭하며 전개되다가 꿈에서 깨어나는 병상과 간호사가 등장하는 결말로 이야기의 진실을 전하는 것이다. 소설은 영화보다 훨씬 지루할 수 있으며, 미숙한 독자는 이해하지 못하는 이야기가 될 수 있다.

과거와 현재, 꿈과 현실의 경계가 지워지는 정신세계에서 시간과 기억이 지금의 자신과 충돌할 때 그가 겪는 혼란과 공포는 어떠할 것인가. 또 그를 돌봐야 하는 가족의 연민과 고통은 어떠할 것인가. 〈더 파더〉는 이러한 질병 서사를 안소니 홉킨스와 올리비아 콜맨의 탁월한 연기로 형상화한 멋진 영화였다.

(2021. 12. 13.)

---

muse: 먼로를 다시 찾아보고 싶네요. 언급하신 영화들도 찾아서 볼게요.

옛날 노래

솜사탕

오늘의 선곡

Greig, E.(1874), Peer Gynt suite no 1. #2 Aase's death, no 2 #4
solveig's song

공교육을 통해서, 물론 음악 시간에 노래를 불렀다는 것은 아니
고 주로 시험문제에서 접한 곡들은 거의 듣지 않게 된다. 나에게
대표적인 그런 곡이 바로 솔베이지의 노래였었다. 얼마나 싫어했었
냐면, 뻥 좀 보태서 듣거나 악보를 보게 되면 약간 멀미가 나는
정도? 그런데 앞 문장에서 '었었'이라는 시제를 사용하여 '발화 시
점에서 더 이상 성립하지 않는 사건, 즉 단절된 과거'를 암시하는
바, 지금은 그렇지 않다. 세상 청승맞은 오제의 죽음이나 솔베이지
의 노래를 가끔 찾아 듣게 된 데에는 자연스러운 노화 현상도 있고,

영화 '하모니' 그리고 노회찬 의원이 있다.

며칠 전에 우연히 어디를 지나다 솔베이지의 노래 전주만 듣고, 꾀꼬리 같은 목소리 혹은 투박한 첼로 소리가 나와야 하는 대목에서 소리가 뚝 끊겨서 심지어 아쉬울 지경이었다. 그리하여 오늘 밤에는 굳이 오제의 죽음과 솔베이지의 노래를 골랐다. 오제의 죽음은 어떻게 들으면 우리나라 전통 장례식에서 상여가 무덤까지 가는 동안 배경음악으로 쓰더라도 서양음악인 줄 감쪽같이 모를 수도 있다. 이렇게 말하면 장송행진곡이냐고 할 수도 있지만 또 그렇지는 않다. 그냥 소박한 하얀 종이꽃이 달린 관이 옮겨지는 장면에 어울린다.

유튜브에서 한참 검색하여 한국어로 부르는 솔베이지 노래를 찾았다. 당연하겠지만 한국어로 듣게 되면 덜 지루하고 감정이 생생하다. 손석희는 뉴스룸의 앵커브리핑에서 3번에 걸쳐 노회찬 의원을 추모했는데 모르긴 해도 사람들의 마음속에 '솔베이지의 노래'와 그를 연합시킨 시간이었을 것이다. "그 겨울이 지나면 봄이 오고 또 봄은 가고 그 여름날이 지나면 세월도 흘러간다."

(2021. 10. 27.)

hanafeel: 자두만한 감동이 영그는 글입니다. 물론 노회찬이 솔베이지를 연주했었겠지요. 지금은 104세이실 아버지가 18번이라 했었는데...

골짜기백합: 솔베이지의 노래 저도 자주 부르곤 했습니다.^^ 그리그의 삶을 그린 영화도 기억이 나요. 그리고 보면 당시 도나우 강의 물결이니, 그레이트 월츠니, 슈베르트의 아베 마리아 같은 아름다운 음악 영화들이 참 많이 나왔던 것 같은데 요즘은 덜한 것 같아요. 그 때는 그런 영화를 보면서 사춘기를 보냈던 것 같은데, 요즘 아이들은 오징어 게임을 보면서 보내는 듯 하네요.

보물찾기: 예전에 많이 불렀는데요. 덕분에 오랜만에 유튜브에서 찾아 들어봤어요. 그 때 그 시절과 함께.^^

입력장치 그 이상

솜사탕

사무실 키보드를 바꿨다. 게임을 하지 않지만, 모니터와 키보드는 중요하다.

자동차가 순수하게 모빌리티가 아닌 것과 비슷하게 키보드도 그냥 입력장치는 아니다. 허구한 날 뭔가 입력해야 하는 노동자에게 키보드의 만족감은 삶의 질에 중요하다. 적어도 내가 키보드에 기대하는 바는 오타 나지 않는 입력 정확도(내가 잘못 타이핑한 것까지 알아서 교정하라는 말은 아님), 손목이 편안한 정도 이상이다. 광택나지 않는 표면과 손가락 끝 피부에 플라스틱으로서는 최선의 접촉위안을 주는 촉감을 제공하며, 키 아래 돔에 약 50그램의 무게가 전달되면 원하는 문자가 입력되어야 하고, 무엇보다 고요하되 일을 하고 있다는 청각적 정보가 전혀 없으면 안 된다.

고작 키보드로 시각, 촉각, 청각, 소근육 운동감각까지 두루 만족시키기를 원하는 호모 사피엔스는 내가 유일하지 않다. 예를 들면 유튜브에 무접점 키보드 ASMR이 있다. 잠 안 오는 날 물 끓는 보글보글, 도각도각, 소리를 듣다 보면 고전적으로 양을 세는 것보다 더 효과가 있을지도 모른다.

(2021. 11. 3.)

---

gratia: 사물과 접하는 능력도 삶을 고양시키는 거군요.^^

골짜기백합: 제 컴퓨터도 오래되니 키보드 두 개 정도(엔터키와 L자)가 안 되어서 걱정하다가 키보드만 살 수 있다고 해서 해결한 적 있었어요. 지금은 컴퓨터 교체해서 키보드가 거의 새것 그대로 있어서 알았더라면 제 것 드렸을 것을...^^

해피트리: 솜사탕 님 글에서 노동자란 단어를 자주 접하니 한 가지 생각나는 것! 일=노동인데 5월 1일 노동자의 날 왜 공무원과 선생님은 쉬지 않나요? 선생님과 공무원은 노동자가 아닙니다. 왜요? 선생님과 노동자는 노동을 안 한다는 거예요?

작별 인사는 언제

솜사탕

출근하는 길에 사촌오빠의 전화를 받았다. 통화의 핵심은 외삼촌 (사촌오빠의 부친)이 아무래도 상담 비슷한 활동이 필요하다는 것이었다. 외숙모께서 6년쯤 전 나의 부친과 비슷한 시기에 치매 진단을 받고 그동안 집에서 외삼촌과 사촌 언니가 쭉 보살펴왔었다. 그런데 더 이상 보살피기 힘든 상태가 되어서 다음 주쯤 요양병원으로 거처를 옮기기로 했다고 한다. 사촌오빠는 그동안 부친과 누나의 삶에 큰 영향을 미쳤던(긍정적으로든, 부정적으로든) 외숙모가 대면면회가 되지 않는 요양원으로 떠난 후 두 분의 상태가 걱정되어 상담자를 찾아달라고 하였다. 어지간하면 남 걱정 안 하고 이런 일에 잘 나서지 않는 편이지만 적당한 상담자들을 찾아놓았다.

오늘의 교훈은 이것이다. 부모님과 작별 인사는 언제 해야 하는가. 여름까지 아빠는 나와 엄마를 기억하고 있었고, 종종 도움이 필요해도 침대에서 내려오고 화장실에 가시는 일은 스스로 하셨었다. 그때 아빠와 작별 인사를 했어야 했다. 어느 드라마에서 작별 인사는 미리 해두어야지 막상 마지막이 되면 할 수 없다고 하였다. 다시 좋은 시절이 오고, 아빠가 숨을 멈추는 마지막 순간 옆에 있을 수도 있지만 그건 작별 인사는 아니다. 그냥 임종일 뿐이다.

(2021. 11. 25.)

---

hanafeel: 저희 엄마는 치매 내내 나만 보면 작별 인사를 하시더라고요. '바쁜디, 얼른 집에 가서 식구들 밥해주어라.'

gratia: 평소의 모든 작별에 다정하게 작별 인사를 해야겠네요. 언제 마지막이 될지 모르니.

골짜기백합: 아버님이 힘든 상황에 계시는군요. 아버님도 그렇고, 특히 어머니를 많이 위로해드리면 좋겠어요. 힘내세요!!! 솜사탕 님.

이런 손녀, 또 없습니다

우슬초

여덟 살 난 나의 딸은 편지 쓰는 것을 좋아한다. 종종 딸은 나에게 사랑한다는 내용과 함께 자기가 스무 살이 되면 엄마랑 같이 커피 마시러 다니자며 애정 표현을 많이 하곤 한다.

이런 딸이 얼마 전 시어머니를 감동시킨 일이 있다. 사건의 시작은 금요일 밤이었다. 시어머니는 격주 간격으로 아이를 봐주시기 위해 일요일 밤에 우리집에 오셔서 토요일 새벽에 가시는데, 바로 그날은 시어머니가 가시기 전날 금요일 밤이었다.

그날 밤, 딸아이가 혼자 구석진 곳에서 할머니와 고모에게 편지 쓰는 것을 발견했다. 뭐, 평소에도 편지를 자주 쓰는 아이이니 그러려니 했다. 그런데 딸이 나에게 살짝 와서 하는 말이 자기가 모아 놓은 돈으로 할머니께 용돈을 드리고 싶다는 것이다. 평소에도 명절 때 받은 돈으로 배달 음식값을 내겠다며 나서는 딸아이인데,

딸이 너무 돈을 쉽게 쓰는 듯하여 딸에게는 다음에 곧 고모 생일이니 그때 드리라며 안 된다고 조심히 말했었다. 그렇게 사건이 마무리되는 듯싶었다.

다음 날 토요일 아침, 늦잠을 자고 나서 현관에 놓인 택배를 가지러 현관 앞으로 향했다. 그런데 현관 앞 선반에 딸아이가 쓴 편지 봉투가 있는 것이다. 편지 봉투를 열어 보니 12만원이 들어 있었다. 알고 보니, 딸이 엄마의 만류에도 불구하고, 엄마 몰래 할머니와 고모에게 맛있는 것 사 먹으시라고 편지와 함께 각각의 몫으로 6만원씩 편지 봉투에 담아 놓은 것이다. 그것도 새벽에 집을 나설 할머니와 고모가 쉽게 편지 봉투를 발견할 수 있도록 현관에 테이프로 편지 봉투를 붙여 놓은 것이다.

새벽녘, 현관 앞에서 편지 봉투를 발견하신 어머니는 편지지만 **빼고** 돈은 그대로 두고 가셨다. 그 후로 어머니는 주변 지인에게 이런 손녀는 없다며, 자랑하고 다니신다. 지난주에는 어머니랑 이런저런 이야기를 나누다가 급기야는 눈물까지 지으며, 이런 손녀가 어디 있겠냐며 말씀하신다.

할머니에게 용돈을 드리고 싶다던 딸아이를 만류했던 내가 부끄러워졌다. 딸이 이런 마음을 오랫동안 간직해야 할 텐데 말이다.

(2021. 9. 2.)

gratia: 잘 키워야겠네요. 딸이 잘 살아 우슬초 님의 노후가 윤택해지려면.^^

hanafeel: 허걱, 듣도 보도 못한 미담입니다.

골짜기백합: 우슬초 님 닮아 현숙하고 착한 여성으로 자랄 것 같네요.^^ 축하드려요.

muse: 아, 손녀를 빨리 보고 싶다는 생각이 들게 만드네요.

지겨운 코로나

우슬초

지난 한 달은 전면 비대면 수업을 원칙으로 수업이 진행되었으나, 10월 4일 이후부터는 수강 인원에 따라 대면 수업이 가능하도록 교무처장님의 서한과 함께 공문이 내려왔다. 그런데 그날 오후, 바로 역대 최고 코로나 확진자가 발생했다. 교무처장님의 서한에는 코로나가 어느 정도 안정화될 것이라는 기대가 담겨 있었다. 아마 며칠 전에 학무회의에서 대면 수업 기준을 정하고 나서 썼을 서한일 것이다.

불과 한 달 전에는 대면 수업 진행 여부를 결정짓는 회의에 내가 참석해야 했다. 나의 일이 대학 LMS 시스템 운영 여부와 밀접하게 관련되어 있다 보니, 부득이하게 참석해야 하는 자리였다. 그런 중요한 회의에 참석할 때마다 나의 선택이 올바른 선택인가 늘 고민하게 된다. 이런 상황에서는 대면 수업을 진행해도 불만, 진행하지 않아도 불만이 나오기 마련이며, 결국 이런 결정을 내린 누군가를 원망하는 사람은 꼭 있기 때문이다. 게다가 그런 불만의 목소리를 가까운 지인으로부터 듣게 될 때면 나 또한 사람인지라 그리 기분 좋을 리 없기도 하다.

오늘 몇몇 교수님들과 도시락을 주문시켜 같이 밥을 먹으면서, 다음 주부터 가능하게 될 대면 수업 여부에 관한 이야기를 나누게 되었다. 나는 실시간 수업도 익숙해졌고, 팀별 활동도 이제는 각자의 컴퓨터를 이용하여 자료를 공유하는 방식으로 진행하는 것이 더 효율적이기도 하여 당분간은 비대면 수업을 진행하겠다는 의견을 제시했다. 추석 연휴 직후의 코로나 상황도 무시할 수 없다는 의견과 함께…. 그러나 나를 제외한 다른 두 분의 교수님들은 대면 수업을 진행하겠다는 입장이었다.

그리고 오후 5시.

같이 밥을 먹었던, 대면 수업을 진행하겠다던 그 교수님으로부터 전화를 받았다. 지난 목요일 같이 식사했던 지인 중 한 사람이 코로나 확진을 받았다는 것이다. 그 교수님도 보건소로부터 연락을 받고 검사받으러 가는 길이라는 것이 아닌가.

결국 나도 그 교수님의 검사 결과를 기다리며, 집에서 마스크를 낀 채 아이 방에 처박혀 있는 중이다. 벌써 몇 차례인지 모르겠다. 검사 결과를 기다릴 때까지 혹시 모를 상황에 대비하여 아이들과 떨어져 있는다고는 하지만, 같은 집안 식구들이 사실상 격리라는 것은 불가능하다. 그저 격리 시늉만 할 뿐이다.

아이들만 없었다면 나에게 코로나는 그렇게 걱정될 일은 아니었을지도 모르겠다. 아무튼 이 시국에 굳이 도시락을 시켰으면 따로 먹지 왜 같이 먹었냐는 남편의 면박을 묵묵히 듣고 있는 중이다. (남편은 몇 달째 집에서 도시락을 싸서 혼자 식사 중이다.) 빨리 잔여백신 예약에 성공하여 어서 백신 접종 완료자가 되어야 할 텐데 말이다.

(2021. 9. 27.)

---

gratia: 완백한 사람들은 밀접 접촉자라 하더라도 자가격리를 면제해 준다고 했는데, 10월 말쯤 돼야겠지요?

hanafeel: 허걱, 정말 고생하시네요!

muse: 에구.

골짜기백합: 중요한 결정을 앞두고는 ALDO 하세요. Ask, Listen, Discern, Obey To whom? You know that...

책에서 깨어날 때

Second rabbit

책들은 우리를 어딘가 다른 곳으로 데리고 간다. 제발트라면 우리를 영국 노퍽의 해안가에서 어슬렁거리다가 독일 남부의 소도시를 거쳐 미국 뉴욕주 변두리의 철 지난 양로원을 찾아 헤매게 만들 것이다. 톨렌티노라면 뜨겁고도 습한 촙트엔드스크루드의 도시 휴스턴에서 전통의 버지니아 주립대학을 거쳐 키르기스스탄의 어느 하숙집으로 우리를 데리고 갈 것이다. 줌파 라히리라면 우리에게 미국의 어느 정전된 집 부엌 식탁에 앉아 양초를 켠 채로 저녁을 먹고 캘커타의 사층집 옥상에서 빨래를 털다가 한 소년과 함께 부엌에 서서 창문 너머로 잿빛 파도가 물러나는 해변을 바라보는 시간을 선사할 것이다.

나는 단어들이 만들어낸 그 공간에 대해서는 아무런 불만이 없다. 불만은 반대쪽에 있다. 내가 아쉬워하는 것은 그 책들의 공간에 온전히 머물 수 없다는 것, 조금 더 오래, 조금 더 깊이 거기에서 살 수 없다는 사실이다.

책의 주술에서 빠져나올 때 느끼는 상실감은 마약의 환각에서 깨어나는 것과 비슷할지도 모르겠다. 늪처럼 발목을 잡는 현실, 여기라는 족쇄가 우리를 더 자유롭고 온전하게 그쪽의 세상에 거주하는 것을 막는다는 느낌.

왜 나는 여기에 존재해야만 하는가, 거기가 아니고.

(2021. 9. 1.)

골짜기백합: second rabbit 님이 책을 쓰신다면 우리를 어디로 데리고 가실 것인지 궁금해요~~~

hanafeel: 사랑에 빠져 이성적이지 않는 거, 그게 중독이었다는….

gratia: 오래 전에 만난 어떤 학생은 꿈꾸는 게 재미있어 틈만 나면 잔다고 하더군요. ^^

muse: 현실이라는 늪이 제 발목도 가져갔습니다. 어쩌면 독서는 ….

신성한 잠

Second rabbit

불면증 환자에게 잠이란 신성한 것이다. 모든 신성한 것들이 그렇듯이 잠도 쉽게 얻을 수 있는 것이 아니다. 그들에게 신성한 잠은 오랜 고투 끝에 간신히 다다를 수 있는 것, 오더라도 찔끔 오는 것, 왔더라도 왔는지 안 왔는지 확신할 수 없는 것이다. 이렇게 잠은 그들의 손이 미치는 경계에서 명멸하지만 그렇다고 그 신성함을 포기할 수는 없다. 그것이 없이는 살 수 없기 때문이다.

그러므로 이 잠의 신도들에게 머리만 대면 잠이 온다는 인간들은 혐오스러운 이교도이고 신성모독자들이다. 신성한 것은 거룩한 것이고, 거룩이란 그 말의 어원이 암시하듯 분리된 것, 즉 우리에게 멀리 있는 것이다. 잠이라는 신성을 아무리 간절하게 원한다고 하더라도, 그리고 그럴 능력이 있다고 해도, 그것에 너무 가까이 가거나 깊이 들어가서는 안 된다. 영원한 잠은 죽음일 테니까. 결국 인간은 그 신성의 불꽃을 맴도는 불나방인 것이다.

불면증 환자인지 아닌지는 그가 잠들기 위한 올바른 자세에 대해 고민하는지 아닌지로 판단할 수 있다. 그들은 매일 간절함과 고통 속에서 묻는다. 어떤 자세를 취해야 잠이 올까? 잠들기 위한 최적의 자세는 어떤 것인가? 내가 지난번 잠들었을 때는 어떤 자세였던가? 오른쪽으로 누웠던가, 아니면 반대쪽? 오른팔을 뻗고 왼팔은 구부렸던가? 구부린 손의 각도는? 두 번째 손가락과 세 번째 손가락을 붙여야 하나? 이불이 발에 스칠 때 느껴지는 이 감각은 정상인가?

잠이라는 신성한 영토에 접어들기 위한 모든 꿈틀거림과 소음은 기도일 수밖에 없다. 양 한 마리, 양 두 마리, … 양 천칠백사십구 마리….

(2021. 9. 15.)

hanafeel: '모닥불, 부족하면 장작불 소리를 기억해내는…' 부탁드리고 싶네요.

해피트리: 양 천칠백사십구 마리 ㅎㅎ 불면증 환자에게는 양 칠천 마리도 말똥말똥 거뜬하게 세죠. ㅠㅠ 잠을 자는 것은 정말 행복하고 감사한 일입니다.^^

꼴짜기백합: 저는 일주일, 혹은 10일에 한 번 정도 서너 시까지 잠이 안 와서 말똥말똥해질 때가 있어요. 잠이 늦게 들었을 때는 대신 늦잠을 자게 되니 감히 불면증 환자의 고통을 안다고 할 수는 없겠지만, 살짝 느껴 보기는 했습니다.^^
의외로 불면증으로 고통받는 이들이 많던데, 해피트리 님 말씀처럼 잘 자는 것에도 행복하고 감사함을 느낄 수 있겠네요.

gratia: 저는 심호흡을 천천히 100번을 하고, 그래도 잠이 안 오면 그냥 일어나서 책을 봅니다. 심호흡이 몸에 휴식을 주었다고 생각하면서...^^

솜사탕: 이 글을 올린 시간은 아침 8시 49분. 평소 토끼 님의 사유와 이를 언어로 옮기는 능력을 고려하면 위의 문장들을 만들어 배치하는데 10분, 그 전에 책상으로 가서 노트북을 켜고 인터넷을 연결하고 로그인까지 3분, 혹시 메인 페이지에서 눈을 사로잡는 제목이나 이미지가 있을 경우 한눈파는데 10분(토끼 님이 의외로 주의산만일 수 있음). 대충 넉넉하게 잡아도 아침 8시 20분부터는 잠의 신성함을 주장하기 시작하셨을 것 같은데 그렇다면 토끼 님은 잠의 신도인가? 이교도인가?

마이클 랩슬리의 기도

Second rabbit

한국의 개신교에서는 주기도를 제외하고는 특별한 기도문을 거의 사용하지 않는다. 그 이유는 아마도 '성인'들을 인정하지 않기 때문이기도 하고 계시의 직접성에 기대는 경향 때문이기도 할 것이다. 여기서 내가 계시의 직접성이라는 표현을 쓴 것은 사제나 교회 조직의 중재를 거부하는 개신교적 전통을 표현하기 위한 것이다. '내'가 하나님 앞에 단독자로 서는 것이 중요하다는 이런 입장을 루터의 만인사제설에서 기원한 것이라고 생각할 수도 있을 것이다. 여기에 고해에 대한 거부감의 이유도 있다. 내가 내 이야기를 직접 하나님에게 할 수 있는데 왜 사제라는 믿을 수 없는 중재를 거쳐야 하는가 말이다. 이런 태도는 교회의 '전통' 전체에 대한 불신으로 연장되기도 한다. 루터가 종교개혁의 물꼬를 틀 때 내세웠던 슬로건은 '오직 성경 sola scriptura'이었는데 이 구호가 타깃으로 삼았던 것이 바로 가톨릭의 '전통'이었다. 루터가 던진 질문은 이렇다.

하나님의 말씀인 성경이라는 길이 바로 우리 눈앞에 있는데 왜 굳이 교회의 전통이라는 우회로를 택해야 하는가.

여기서 한 가지 주지해야 할 사실은 그가 전통을 전적으로 거부했던 것은 아니라는 것이다. 사실 그럴 수도 없다. 성경의 텍스트는 독자가 사는 시대에 제기되는 모든 문제에 대해 해답을 제공하지 않기 때문이다. 루터의 입장에 대한 반론으로 이렇게 말할 수 있다.

사도들이 교회를 세운 이래로 교회의 역사와 전통 전체가 성경으로 통하는 대로인데, 왜 그 길을 두고 전혀 신뢰할 수 없는, 마치 자신들이 처음으로 성경으로 향하는 길을 낸 양 주장하는, 그런 샛길들을 따라가야 하는가.

이 반론 앞에서 루터의 개혁은 혁명적이었던 만큼이나 타협적이었을 수밖에 없었다. 루터 자신은 가톨릭의 많은 것을 그대로 따랐다. 오늘 한국의 개신교인들이 루터를 본다면 천주교 사제라고 비난할 것임에 틀림이 없을 정도로 말이다.

개신교의 이런 '전통'에 대한 반감은 새로운 교파들을 가능하게 했지만, 또한 소위 '이단'들이 창궐할 수 있는 문도 열었다. 누구나 성경으로 통하는 길을 낼 수 있다. 누구나 내 맘대로 내가 원하는 것을 기도할 수 있다. 이런 주관주의는 low church들의 특징이고 한국의 개신교회들도 여기에 속한다. 이 한 극단은 퀘이커에게서 발견되는데, 그들은 성령이 각 개인에게 직접적으로 빛을 밝혀준다고 믿는다. 예배라는 집단적인 형식마저도 별로 중요하지 않다. 그들의 예배에는 예배를 이끄는 인도자도 없고 주보, 즉 프로그램도 없다. 신도들은 그저 가만히 앉아 있다가 성령이 그들의 마음을 움직이면 일어서서 간증을 한다. 찬송? 그냥 심령이 동하면 혼자 노래하면 된다. 다른 사람들이야 함께 하든지 말든지 그들 맘이다. 그리고 시간이 지나면 예배가 끝난다. 한때 그들의 별명이 shaker, 즉 흔드는 사람이었는데, 그 이유는 성령을 받아서 몸을 떨거나 방언을 하거나 하는 현상 때문이었다고 한다. 물론 이런 별명은 high church, 즉 예전을 중요시하는 성공회나 루터교의 사람들이 품위 없어 보이는 퀘이커들을 경멸적으로 부른 이름이었다.

어쨌든 나는 이런 신학적인 입장의 문제를 떠나서라도 기도문을 사용하지 않는 습관은 바보 같다고 생각한다. 한국 교회의 뜨거운 신앙의 대표적인 모습으로 간주되는 새벽기도에 참여해 보면 거의 모든 사람들이 똑같은 말을 반복하고 있다. 아들 대학 잘 가게 해달라거나, 사업이 잘 되게 해달라거나, 건강을 회복하게 해달라거나…. 물론 그들의 간절한 심정을 모르는 바는 아니지만, 기도라는 것이 저래야 하는지에 대해서는 깊은 회의가 든다.

좋은 기도문은 나의 말보다 훨씬 더 나를 잘 표현해 준다. 게다가 어떤 기도문들은 우리의 제한된 소원과 욕망을 넘어 신의 마음에 접속하는 길을 열어주기도 한다.

내 기억에 남아 있는 기도들 중의 하나를 여기 올려놓는다. 2013년 부산 제10차 WCC 총회의 폐회 예배 설교에서 마이클 랩슬리 성공회 사제는 이런 축도로 예배를 마쳤다. 그는 남아프리카에서 넬슨 만델라와 함께 아파르트헤이트와 싸우다가 편지 폭탄 테러를 당해서 두 손과 왼쪽 눈을 잃었다.

하나님께서 당신을 쉬운 대답이나 반쪽의 진실이나 표피적인 관계에 대한 견딜 수 없는 불편함으로 축복하셔서

그래서 당신이 대담하게 진실을 찾게 되고 가슴 깊은 곳에서 우러나오는 사랑으로 사랑할 수 있게 되기를 빕니다.

하나님께서 당신을 불의, 억압, 그리고 인간의 착취에 대한 거룩한 분노로 축복하셔서

그래서 당신이 지칠 줄 모르는 열정으로 사람들 속에서 정의와 자유, 평화를 위해 일할 수 있게 되기를 빕니다.

하나님께서 당신을 육체적인 고통과 거절과 굶주림, 그리고 소중하게 여기는 모든 것들의 상실로 고통당하는 사람들과 함께 흘리는 눈물의 선물로 축복하셔서

그래서 당신이 손을 뻗어 그들을 위로하고 그들의 고통을 기쁨으로 변화시킬 수 있게 되기를 빕니다.

하나님께서 당신을 이 세상에서 진짜로 변화를 만들어낼 수 있다고 믿을 정도로 충분한 어리석음으로 축복하셔서

그래서 당신이 다른 사람들이 모두 할 수 없다고 주장하는 것들을 하나님의 은총 가운데 이루어 낼 수 있게 되기를 빕니다.

생명의 하나님 우리를 정의와 평화로 이끄소서. 아멘.

cf. 한국의 보수적인 교단들과 교계 언론들은 WCC 자체를 인정하지 않는다. 이 폐회 예배에 대해서도 기독교의 예배가 아니라는 평가를 내렸다.

(2021. 10. 4.)

---

muse: 생명의 하나님, 우리를 정의와 평화로 이끄소서.

해피트리: 기도를 어떻게 드려야 좋을지 몰라서 며칠 전에 엄마께 전화를 드렸는데 좋은 기도문을 주셔서 감사합니다. 집에 붙여 놓을게요. WCC에 대한 음모론과 허위사실이 인터넷에 돌고 있는 것 같아 심히 걱정스럽습니다. 여기에 대해서도 기도 드리겠습니다.

골짜기백합: 귀한 기도문 감사합니다. 저는 WCC의 구체적인 것을 잘 몰라서 말을 아낄 수밖에 없지만, WCC가 온통 잘못되었다는 것보다는 성경 밖의 교리까지 허용하는 일부를 경계하는 것은 아닌가 하는데, 여튼 참 어려운 문제 같아요.

gratia: 범접하기 어려운 열렬한 기도문이네요.

결핍 1: 울리지 않는 전화벨

뭉게구름

새벽 1시, 새벽 2시, 새벽 3시 반······.

깊은 밤이다. 지나가는 차 한 대 없이 고요하다. 날벌레들의 소리
조차도 끊기니 로스팅 머신 돌아가는 소리가 굉음처럼 들린다. 이
미 새벽에 가까운 시간이지만 갑작스럽게 쏟아진 커피 주문에 낮밤
을 가릴 처지가 아니다. 며칠 동안 반복된 일로 피로가 쌓였는지
마침내 목이 따끔거리고 편두통이 와서 근육 이완제와 함께 약을
먹었다. 혼미해진 정신과 무겁게 가라앉은 몸 상태다. 낮은 음의
전화벨 소리가 로스팅 머신 돌아가는 소리를 뚫고 환청처럼 들려온
다. 엄마? 멈칫한다. 그럴 리가? 혹시나 싶어 전화기를 살펴본다.
하지만 전화기를 쳐다본 나 스스로가 민망하게도 아무런 흔적이
없다.

늦은 밤이면 시간 단위로 전화벨을 울리시던 어머니. 왜 안 들어

오고 있느냐고, 혹여 전화를 받지 않았을 때는 늦은 밤임에도 다른 자식들에게 전화 걸어 "느그 동생이 전화를 안 받는 것을 보니 무슨 일이 있는가 보니 얼른 전화해 보라" 성화를 부리시던 어머니. 형제들에게 미안하고 민망한 마음에 한 번도 집에 안 들어간 적이 없고, 무슨 사고는커녕 별일조차도 없는데 왜 매번 그러시느냐며 역정을 내고 투덜거린 적이 한두 번이 아니었다.

어머니는 비슷한 일들을 두고 투정을 부릴 때면, 그런 느그 엄마가 생각날 터이니 두고 보라 하셨다. 어머니의 장담은 현실이 되었다.

몇 번이고 전화기를 쳐다본다. 하지만 벨은 울리지 않는다. 더 이상은……? 더는……?

어머니의 귀가를 독촉하던 전화벨 소리, 전화를 걸어 공연히 미안하다시던 그 소리가 그립다.

(2021. 9. 9.)

hanafeel: 전화도 없고 밤낮도 없으시다니 저까지 쓸쓸해집니다.

골짜기백합: 뭉게구름 님. 참 반갑다고 말씀을 드리려 했는데 내용이 정말 걱정되고 쓸쓸하네요. 그래도 주문이 많다는 것은 반가운 소식입니다. 물론 늘 건강 조심하셔야 해요.
이해인 수녀님의 〈감사〉라는 시 한편 선물로 드립니다. 잘 아시겠지만, 제가 너무 좋아해서요.^^

감사만이 꽃길입니다.
누구도 다치지 않고
걸어가는 향기 나는 길입니다.
감사만이 보석입니다.
슬프고 힘들 때도
감사할 수 있으면
삶은 어느 순간
보석으로 빛납니다.
…

gratia: 일주일에 하루는 쉬는 날이 있어야 합니다…

〈노동의 새벽〉을 흥얼거리며

뭉게구름

불세출의 노동자 시인 박노해, 그의 시를 가사로 만든 〈노동의 새벽〉이라는 민중가요 첫 부분은 "전쟁 같은 밤일을 마치고 난 새벽 쓰린 가슴 위로 찬 소주를 붓는다"로 시작한다. 이어지는 가사는 "이러다간 오래 못가지 이러다간 끝내 못가지"다. 학생시절 나는 노동자들의 연대와 투쟁보다는 처절한 하루살이 삶에 더 시선을 두었던 듯하다. 불과 1년 전 일도 기억 못 하는 머리 좋은 사시 출신들이 넘쳐나는데, 나 따위가 어떻게 감히 30년 전 기억을 장담할 수 있을까 싶어 '듯하다'고 말하는 것이다. 어쨌거나, 나는 노동자로 하루하루를 연명해 가는 삶을 선망하고 동경했을 것이다. 이런 이야기는 열심한 신앙인에게 오히려 이상하게 들릴 수 있을 것인데, 아무튼 나는 장담할 수 있다. 이런 생각은 순전히 복음적인 동기에서 비롯된 열정이었다고.

지금 나는 그 소망대로 살고 있다. 그리고 지난 10일을 보내는 동안, 까마득히 잊고 있었던 민중가요 〈노동의 새벽〉을 절로 흥얼거리고 있었다. 그러나 이것은 반전이라 할 만한데, 사실 지금의 내 살림살이는 학생시절의 그 순수한 복음적 열망에서 기인한 것이 전혀 아니다. 그럼에도 불구하고 아무려나, 학생시절 선망하고 동경했던 삶(물론, 커피 장사하는 삶을 염두에 둔 것도 전혀 아니다)이 이루어졌다며 자기 위안 삼으며 좋아라해야 하는 것일지도 모르겠다. 물론 이런 식으로 말하면 요즘 사람들은 '정신 승리' 하고 있느냐고 말할 텐데, 이 표현은 나 같은 시골뜨기 어리바리에게는 너무 야박하고 냉소적으로 들려 움츠러들게 한다.

　꿈에도 그리던 미래가 본래 원하던 모습대로 이루어지지 않았다 해서 실망할 일은 아니다. 〈노동의 새벽〉의 후반부다.

　　오래 못가도 어쩔 수 없지

　　끝내 못가도 어쩔 수 없지

　　어쩔 수 없는 이 절망벽

　　깨트려 솟구칠

　　거친 땀방울 피눈물 속에서

　　숨 쉬며 자라는 우리들의 사랑

　　우리들의 분노

　　희망과 단결을 위해

　　새벽 쓰린 가슴 위로

찬 소주를 붓는다

노동자의 햇새벽이 오를 때까지

(2021. 9. 10.)

---

hanafeel: '노동의 새벽' 세대시네요.

gratia: 아무튼 '전쟁 같은 밤일'을 체험하고 계시는군요.^^

muse: 문체에 미세한 변화가? 아닌가? 잘 모르겠습니다.^^
요즘 머리가 맑지 못해서... 암튼 글 보니 반갑습니다.

해피트리: 박노해 노동의 새벽이 절정에 닿았던 때 겨우 중학생이었음에도 불구하고 노동자라는 단어는 저의 붉고 젊은 피를 돌게 했었는데..
요즘시대 노동자란 저에게 있어 고등학교를 갓 졸업하여 중소기업의 열악한 조건과 환경에서 고생하는 청년 노동자나 외국인 노동자들은 매우 안쓰러운 반면에 민주노총과 같은 거대한 단체의 노동자를 대표한다는 이름을 걸고 자신들의 이익을 추구하기 위해 툭하면 머리에 빨간띠 매고 사회의 분열을 일으키는 일부 귀족노동자들에 대해서는 반감이 들더군요.
원래의 민주노총이 지향했던 의미와 진정성을 많이 회복해야 할 듯싶습니다.

보물찾기: 명절 무렵에는 커피를 사러 가지 말아야겠다는 다짐을 합니다~.^^

모처럼의 호사

뭉게구름

독서 모임에서 읽기로 한 책이 아직 도착하지 않았으므로, 나는 책장을 돌아다니며 관련된 주제를 다뤘던 것으로 짐작되는 열 댓 권의 책을 찾아 탁자 위에 늘어놓았다. 그리고 그 중에서 좀 더 직접적으로 관련 주제를 다루고 있는 책을 추리니, 10여 권 정도로 좁혀졌다. 한참을 그렇게 책을 뒤적거리다 보니, 꽤 긴 시간이 흘렀다. 어떤 의미에서 나에게 독서란 이런 과정을 뜻한다. 또 이런 과정이 책을 읽는 재미의 대부분을 차지한다. 물론 이렇게 하는 일은, 속절없이 흐르는 시간의 속성에 헌신적으로 스스로를 내맡기는 행위를 의미하므로 부족해지는 시간을 야속타 원망하게 되는 결과를 낳기도 한다. 정작 읽어야 할 책을 소홀히 하게 되고 독서 모임 당일까지 그 텍스트를 끝내지 못하는 때도 많아지는 것이다. 언젠가 이와 관련해서 사람들과 이야기를 나눠본 적이 있는데, 이

거야 말로 학교 성적이 좋지 않은 사람들의 일반적인 특성이라 할 만하다. 학교 성적이 좋은 친구들은 일반적으로 정해진 범위의 과제부터 끝내놓는다. 하지만 나와 같은 사람들은 끝없이 확장되는 주제의 탐구를 마다하는 법이 없으므로 주어진 시간 안에 과제를 끝내는 경우가 거의 없다. 하지만 내게는 이런 독서 방식, 공부야말로 책이 전해주는 법열, 곧 독서삼매경 자체다. 그러니 헤어나지 못하고 그저 그 시간을 오롯이 즐길 뿐!

모처럼 주어진 여유로운 시간 덕분에 책들을 뒤적거려 보는 호사를 누렸다. 그것은 확실히 호사였다. 낮 시간을 그리 보내고 있을 무렵, 원두를 주문하는 전화가 왔고 나는 저녁 시간 내내 커피를 볶아야 했으니까. 그런데 책을 찾다 보니 내가 원하는 내용이 어느 책에 있는지, 또 그 책은 어디에 있는지 찾지 못하고 헤매고 있음을 깨닫게 되었다. 예전에는 내가 찾고자 하는 주제를 다룬 책들을 금방금방 찾아내곤 했는데, 몇 년간 책을 손에서 놓다시피 하며 지낸 탓인지 이제는 그것이 쉽지 않다. 더욱이 여러 차례 이리저리로 책장을 옮기고 또 집으로도 일부를 가져다 놓으니 원하는 책들을 찾아내는 것조차도 수월하지 않다. 사람들은 일에 시달리는 내게 바쁘게 사니 좋은 것이라고 말하지만, 나는 입버릇처럼 책을 마음껏 읽을 수 없으니 사는 재미도 없고 이것은 좋게 사는 것이 아니라고 말하는데 이게 진심이다.

지금은 로스팅 룸으로 사용하는 곳을 이전에는 서재로 사용했다. 당시 거기에 써 붙여 놓았던 토마스 아 켐피스의 말이 떠오른다.

"내가 세상 모든 것에서 평안을 찾아보았으나 골방에서 책과 함께 있을 때 외에는 찾지 못했다."

(2021. 9. 27.)

---

hanafeel: 평안. 나도 들어는 본 말인데...

해피트리: 바쁘게 사는 것도 좋겠지만 한가롭게 여유 있게 천천히 사는 것도 행복 같아요. 책과 함께 하시는 구름 님 파이팅~~

gratia: 텍스트를 먼저 읽고 참고문헌을 다음에 읽어야 하거늘… ^^

muse: 마지막 토마스 아 켐피스의 말에 웁니다. 가슴이 많이 아프네요.

골짜기백합: 전 제목만 보고 누군가가 맛난 음식을 잔뜩 사들고 왔나보다 했는데, 좀 질 낮은 상상이었습니다.^^

고구마

보물찾기

한동안 맛있게 먹다 잠시 주춤하는 사이에 방치된 먹거리들은 말라비틀어지거나 썩은 채로 발견되곤 한다. 최근 고구마가 그랬다. 장 건강에 특효약인 듯도 해서 생식을 먹을 때면 군고구마 반 개를 으깨어 함께 먹었는데 고구마 효과를 목격한 남편이 한 자루나 남은 고구마를 두고도 의욕이 과잉 발동해 한 자루를 더 사 온 것이 화근이었다. 본래 인간이란 존재는 결핍을 느낄 때 소유욕이 발동하는 법, 넘쳐나는 고구마와 먹고 싶은 욕구는 확실히 반비례 곡선을 그렸다. 고구마를 먹기까지의 작업—꺼내기, 씻기, 에어프라이어에 넣고 온도와 시간 맞추기—은 분명 별것도 아닌데, 고구마의 효과를 충분히 누리고 있는 자에게 먹겠다는 의지는 구울 때 집안 가득 차는 냄새를 빼내는 노력을 넘어서지 못하는 게 분명했다. 식재료를 꺼낼 때마다 고구마 자루가 눈에 들어왔건만 다만 그뿐이었다.

생리 현상의 불편함을 다시 느끼게 된 어제, 다시 고구마를 꺼냈다. 힐끗 볼 때는 몰랐는데 자세히 보니 여기저기 작은 싹이 움터 있었다. 저런, 후회가 밀려왔지만 인생이란 늘 그렇지 않은가. 자루에 든 고구마를 모두 쏟아 썩은 것들은 버리고 막 올라오려는 싹은 수세미로 빡빡 씻어 낸 후 에어프라이어에 넣었다. 어제는 몰랐는데 오늘 다시 먹으려고 작은 것 몇 개를 집어 껍질을 벗겨보니 싹이 났던 부분들은 모두 조금씩 썩어 들어가는 게 아닌가.

아! 죽어야 살리는 생명의 원리…….. "한 알의 밀알이 썩어야 많은 열매를 맺을 수 있다"는 말씀이 최근 읽은 『울고 있는 사람과 함께 울 수 있어서 행복하다』는 글과 겹쳐졌다. 어린 시절 어머니에게 "어머니는 매일 기도하고 어려운 살림에 고아도 데려다가 기르는데 왜 우리는 부자도 안 되고 잘되지 않지요?"라고 하자, 그녀의 어머니가 해주었다는 말, 간척지를 만들려면 바닷물에 수없이 돌을 던진단다. 아무리 던져도 바닷물만 넘실대는 것을 볼 때면 그곳이 뭍이 되리라는 생각이 불가능해 보이지. 그러나 언젠가는 그 돌들로 인해 바다가 땅으로 변한다…. 어머니의 기도와 헌신을 묵살했던 그녀는 어머니가 던진 그 돌들이 자신을 물에 빠지지 않도록 떠받쳐준 것이었음을 이제야 깨달았다고 한다. 그리고 지금 자신이 하는 기도와 헌신은 이제 아들을 위해 돌을 던지는 일이라고 했다.

지금까지 내가 던진 돌들은 과연 얼마나 될까. 오늘 먹는 고구마처럼 식재료 틈바구니에서 아무도 모르게 온몸과 마음이 썩는 아픔을 삭이며 싹을 틔운 적은 또 얼마나 있을까. 싹이 있던 자리에 혼적으로 남은 거뭇거뭇한 고구마 속살을 도려내며 가슴 아린 참회가 차올랐다.

(2021. 9. 3.)

---

gratia: 해피콜을 이용하면 간단히 고구마를 구울 수 있습니다만...^^

hanafeel: 참회, 참 훌륭하세요.

muse: 얼마 전에 샀던 당근 형제들 미이라 상태로 변하면서 저도 참회했습니다.
 ↳ 골짜기백합: ㅋㅋㅋ

해피트리: 꿀고구마, 밤고구마, 호박고구마, 군고구마 어렸을 땐 참 좋아하고 맛있었는데 이제는 너무 넘쳐서일까요. 고구마 한 개만 먹어도 체한 듯 답답한 게 역시 인간은 보물찾기 님 말씀처럼 결핍을 느껴야 소유욕이 발동하나 봅니다.

골짜기백합: 고구마를 둘러싼 재미있고 깊이 있는 글! 근데 수세미로 싹을 빡빡 씻어냈다고 하니 그 어린 싹이 좀 불쌍해요. ㅋㅋ (모기 빼고는 다 불쌍^^)

기억의 회로

보물찾기

어젯밤과 새벽 사이에야 잠자리에 들며 늦잠을 자리라 생각했건만, 밝은 빛에 절로 눈이 떠졌다. 시계를 보니 7시, 아직 7시밖에 안 됐는데 볕이 어쩜 10시 햇볕 같을까…. 다시 눈을 감고 아무리 잠을 청해도 환한 볕이 그대로 놔두지 않는다. 그냥 하루를 시작하고 말았다.

동영상으로 예배드리는 내내 앞뒤 베란다를 오가던 바람이 밥 먹을 때나 차 마실 때도 줄곧 따라다닌다. 책상에 앉아 멍하니 햇살 가득한 앞산을 바라보고 있자니 백합님이 올린 '바람…'의 시구처럼 따뜻한 듯 뒤끝은 서늘한 바람이 살갗을 스친다. 어딘가 낯설면서도 익숙한 듯한 이 느낌…… 이 느낌을 따라 어릴 적 어떤 기억이 아스라이 수면 위로 올라오는 게 느껴진다.

아마도 가을날이었을 것이다. 학교에서 돌아와 방바닥에 누워

멍하니 줄무늬 벽지를 두른 벽과 천장을 응시하고 있었다. 창밖에서 들어온 햇볕 속에서 작은 먼지 입자들이 떠다니는 게 보였다. 갑자기 모든 게 정지된 듯 고요하고 투명하게 느껴지던 순간, 왠지 모를 외로움과 쓸쓸함에 가슴이 싸해지면서도 꼭 그런 것은 아닌 것 같은, 어딘지 모를 평화로움과 충일감이 깃들어 있는 것 같은 그런 느낌이 들었었다. 그때의 그 기억과 느낌이 환한 햇볕과 바람 속에서 수십 년을 훌쩍 넘어 되살아난다.

채석강 퇴적층 절벽에 갔을 때 나의 무의식 세계가 이렇지 않을까 생각했었다. 언어로 옷 입히지 못한 숱한 기억과 감정들이 세월의 풍화작용과 함께 쌓이고 또 쌓이고, 갈고 다듬어져 나의 내면 깊이 켜켜이 자리하고 있을 것이라는, 조세프와 해리슨이 도식화한 '조하리의 창'의 4영역, 나도 남도 모르는 나의 모습이 그 속에 있을 것이라고……. 자동판매기의 내면을 꺼내 보여줄 수 있는 동전처럼 기억의 회로를 건드릴 매개물이 있을 때라야 나는 그 세계를 엿볼 수 있으리라.

미켈란젤로의 〈천지창조〉 중 아담의 손가락에 닿을락말락한 하나님이 손가락이 떠오른다. 하나님의 손가락이 닿는 순간 흙이었던 아담의 온몸에는 전류가 흐르듯 생명이 전달된다. 감히 하나님의 손가락에 비유할 수 없지만, 오늘 환한 햇볕과 바람은 기억의 회로에 전류를 일으켜 잠시 어린 시절의 나의 내면과 해후하는 선물을 주었다.

(2021. 10. 4.)

해피트리: 저도 어린 시절 초등학교에서 돌아와 방바닥에 누웠을 때 천정과 벽지를 보며 보물찾기 님처럼 저런 느낌을 정확히 받았던 기억이 여러 번 있었는데 참 신기하네요!!

골짜기백합: "언어로 옷 입히지 못한 숱한 기억과 감정들"이라는 말이 참 멋지면서 동감이 됩니다. 제가 미처 표현하지 못한 것을 보물찾기 님이 언어의 옷을 넘어서 글의 옷을 입혀주셨네요.^^

gratia: 멋진 비유예요. 마지막 단락...^^

관계의 질

보물찾기

명제 2: 관계의 질은 존재의 질을 형성한다.

지구 생태계를 구성하는 모든 생물은 상호의존적 관계망에서 결코 자유롭지 못하다. 먹고 먹히는 먹이사슬부터 생물의 생존 방식 자체가 다른 존재와의 관계를 토대로 하는 것이라 아무리 애를 쓴다 해도 그 누구도 여기에서 빠져나갈 수는 없다. 우주적 그물망 속 하나의 그물코로 존재하는 한, 우리는 관계 맺고 있는 이들과 좋은 것이든 나쁜 것이든 서로 영향을 주고받으며 살아가야 하는 숙명을 지닌다. 그렇다면 관건은 관계의 질일 것이다. 관계의 질에 따라 존재의 질이 결정되기 때문이다.

쇼펜하우어는 인간 관계를 고슴도치 간의 거리에 비유했다. 혼자는 춥고 외로워 다른 이에게 가까이 가고 싶지만, 가시에 찔리는 것이 두려워 가지 못한다. 숱한 시행착오 끝에 고슴도치는 춥지도 않고 가시에 찔리지도 않을 최적의 거리를 찾아내는데 이것이 생존에 적합한 거리가 된다. 쇼펜하우어의 통찰력 있는 비유에서처럼 인간 간의 '적절한 거리 유지' 원리는 그물망에서 벗어날 수 없는 태생적 한계를 수용한 인간이 취한 생존 방식이라 하겠다.

요즘 수강하고 있는 지인의 강의, 애착 이론에서는 출생에서 생후 2년까지 양육자와 맺은 관계가 한 인간의 정체성 형성에 결정적인 영향을 끼친다고 한다. 영아가 보낸 신호에 대한 엄마의 반응에 따라 안정형, 회피형, 저항형, 혼란형의 애착 유형이 형성되는데, 이것이 성인이 되어서도 그대로 이어진다는 것이다. 아기의 요구에 민감하게 대응하는 부모를 둔 아기는 안정적인 사람으로 자라나지만, 부모가 아기의 요구를 거절하거나 보류하면 아기는 불안정한 상태가 되어 자신을 보호하기 위한 방어 기제를 무의식중에 작동한다고 한다. 여러 유형 중에서 특히 눈에 들어왔던 유형이 회피형이다. 회피형의 아이는 자신의 요구가 수용되지 못하는 경험을 통해 보호자의 심기를 건드리지 않기 위해 표정을 드러내지 않게 되고, 엄마 옆에 바짝 붙어 있기보다는 대체로 조금 떨어진 자리에서 혼자 조용히 노는 행동을 한다. 주변 사람들에게서 거저 키우는 것 같은 아이라든가, 의젓하다든가 하는 등의 말을 듣는 아이 중에 이런 유형의 아이들이 많다고 한다. 거절이 두려워 엄마에게 가까이 가고 싶은 간절한 욕구를 누르느라 마음속으로는 얼마나 힘들어하고 있을지, 아이의 조용하고 무표정한 모습이 반복되는 거절 경험을 통해 형성된 자기를 지키려는 생존 전략임을 생각하니 마음이 아려왔다.

돌아보면 우리 큰아이도 그랬던 듯하다. 큰아들은 동생과 두 살밖에 차이가 나지 않지만, 병치레로 키와 체구가 작았던 동생과 달리 또래보다 큰 키와 체구를 가졌던 탓에 늘 큰애 취급을 받았다. "너는 다 큰 애가 왜 그렇게 어린애 같니?", "다 큰 형이 약한 동생에게 양보해야지……." 이런 말을 입에 달고 살던 어느 날, 유치원에 데려다주기 위해 큰아들을 앞세우고 따라 걷던 중 아들의 뒷모습에서 이 아이가 아주 작은 어린아이였다는 것을, 이제 겨우 아장걸음에서 벗어난 다섯 살밖에 안 된 어린아이라는 것을 새삼 깨달았었다.

'저리도 어린 것이었는데…….'

엄마 품을 동생에게 양보하고 거절당할 것이 뻔한 어리광 대신 저만치 떨어져 조용히 레고를 가지고 놀던 큰아들, 적절한 거리 유지가 자기를 보호하는 방법이라는 생각에 엄마를 차지하고 싶은 마음을 억누르며 참고 또 참았을 어린 시절 큰아이의 마음 자락을 들여다보노라니 뜨거운 것이 울컥 올라왔다……

참 많이도 서툰 엄마였다. 그래도 이제 할머니로선 조금 자신감이 생기는 듯한데 할머니가 될 날은 요원해 보이기만 하니…… 세상사 안타까운 게 많은 것 같다.

(2021. 11. 24.)

gratia: 너의 애착을 책임져줄 보물 할머니가 여기 계시는데, 아이야 너는 지금 어느 하늘을 떠돌고 있는 게냐...^^

hanafeel: 울컥합니다.

솜사탕: 감동적으로 읽고 있었는데 반전이 있군요. ㅋㅋ 얼렁 보물 3세를 데려다놔라!!

골짜기백합: 저는 엄마와의 관계에서 고슴도치 이론이 많이 생각났었어요. 조금이라도 떨어져 있으면 너무 보고 싶고 그리운데 함께 있으면 무엇인가 투덜투덜..
그래도 하나님 은혜로 맏이가 잘 자랐잖아요. ^^
아주 어릴 적 경험이 어른의 성격을 좌우한다는 것은 특히 프로이트 이론에 많이 바탕한 것이라고 들었는데 요즘은 이에 대한 비판도 많다고 해요. 만약 어릴 적 양육 자와의 관계가 절대적일 만큼 중요했다 하더라도, 오늘 들은 한 목사님 말씀에 예수님 은 과거까지 거슬러 올라가서 우리의 상처를 치료해 주시는 분이라는 말이 인상적이 었어요.
"관계의 질에 따라 존재의 질이 결정된다." 명언으로 기억하겠습니다. ^^

배보다 배꼽이 더 크다

복숭아

나주로 이사하고 나서 출퇴근 시간이 줄어드는 동시에 개인 시간이 많이 생겼다. 특히 드디어 아침에 여유 있게 출근할 수 있어서 너무 좋다.

이사를 계기로 규칙적인 생활을 다시 시작하기로 하였다. 그중의 하나는 운동을 다시 시작하는 것이다. 아침 6시의 테니스와 7시의 수영 중에 7시의 수영 시간을 선택하였다. 7시부터 7시 50분까지 수영하고 수영장에서 바로 출근할 수 있어서 시간상 가장 효율적이기 때문이다. 월수금 일주일 3회의 수영과 매일 저녁의 산책으로 기본적인 운동량을 보장할 수 있다고 생각했다.

그러나 생각하지 못한 문제가 생겼다. 6시 40분쯤에 집에서 나가야 해서 그 전날 늦어도 11시 전에는 자야 충분한 수면을 보장할 수 있다. 그러나 일요일에 낮잠 자는 습관과 월요일 조금 일찍 출근해야 하는 부담 때문에 일요일 밤에 항상 깊이 자지 못하고 지난주에는 심지어 새벽 1시까지 잠이 안 와서 5시간 반밖에 못 자는 경우가 있었다. 결국, 월요일 종일 피곤한 상태로 보냈다.

건강 관리를 위해 운동을 하는데 운동을 위해 잠이 부족한 것은 오히려 건강에 좋지 않다. 그럼 이런 결과가 나오면 운동을 시작하는 의미가 없지 않을까 반성하였다. 내일은 또 출근하기 부담스러운 월요일인데 이번에는 잘 자기 위해서 오늘 낮잠을 안 잤다. 이번에 꼭 잘 자고 활기찬 모습으로 운동하고 출근할 수 있으면 좋겠다.

(2021. 9. 12.)

---

muse: 운동도, 수면의 질도, 건강도 모두 챙기게 되시길 바라요. 글 반갑습니다.

hanafeel: 7:00 수영반~ 부러워요.

gratia: 일주일이 시작되는 월요일을 맞아야 할 일요일 밤은 왜 그렇게 잠이 안 오는지 몰라요. ^^
 ↳ 골짜기백합: 맞아요. 또 중요한 일을 앞둔 날도.^^

골짜기백합: 조금 익숙해지면 좋아지겠지요. 그런데 수영장 물의 질이 좋아야 할 터인데...

Kahoot

복숭아

이번 주부터 학교 전체 대면 수업으로 전환하기 시작하였다. 한 달 동안 인강으로 해서 나와 학생들 아직 서로 얼굴도 모르는 사이라서 이번 주의 첫 대면 수업 때 수업 내용 대신 OT를 하기로 하였다.

OT는 보통 재밌는 사람이 하면 학생들도 재밌게 놀 수 있지만 아무래도 내가 그런 사람이 아닌 것 같다. 그런데 내 수업인데 다른 사람이 나 대신에 할 수도 없어서 많이 고민한 후에 Kahoot으로 퀴즈 게임을 만들기로 하였다.

Kahoot은 퀴즈를 만들 수 있는 무료 사이트이고 여러 명이 같이 참석할 수 있다. 이번 학기에 한국어 전공 수업 외에 생활중국어 수업도 담당해서 퀴즈 게임은 2가지로 준비했다. 하나는 중국과 관련된 상식 문제이고 또 하나는 한국과 관련된 상식 문제이다. 언어를 공부해도 언어만 공부하면 안 되고 그 나라의 역사, 문화

등 기본 상식도 알아야 된다고 생각해서 이 퀴즈를 준비하였다.

생활중국어 과목을 신청할 한국 학생은 대부분 1학년 학생이라서 중국에 대해 아는 것이 많이 없을 수 있다. 그래서 선택형 퀴즈 아니고 O, X 판단형 퀴즈 10개를 만들었다. 중국의 명절, 숫자 문화, 대표적인 중국 요리, 역사 등의 문제를 포함하였다. 반대로 한국어를 전공한 외국인 학생들을 위해서는 대부분 3년 이상 한국에서 생활했으니까 1,2,3,4 선택형 퀴즈를 만들었다. 내용도 한국의 민주주의 발전과정, 지폐 속인 위인, 요즘 가장 인기가 많은 드라마 〈오징어 게임〉, 중국 사람과 한국 사람들이 항상 오해했던 단오절, 단오제 등 여러 가지 역사, 문화와 관련된 문제를 만들었다.

지금까지의 수업 경험으로 보면 나의 질문에 대해 적극적으로 대답하는 학생이 많이 없어서 학생들이 이 Kahoot 퀴즈 게임으로 과연 재밌게 놀 수 있을지 많이 걱정하였다. 이제 다시 생각해보니까 걱정할 필요가 없을 것 같다. 수업을 싫어하는 학생은 있겠지만 게임을 싫어하는 학생은 없을 것이다.

우선 화요일에 중국어 수업부터 해봤다. Kahoot으로 하면 자동으로 재밌는 음악까지 나와서 더 신나게 놀 수 있다. 먼저 게임 핀을 입력하고 자기의 닉네임을 입력한 후 바로 퀴즈 게임에 참석할 수 있다. 그런데 학생들이 서로 알아야 된다고 생각해서 닉네임 대신에 학생 진짜의 이름으로 입력하라고 하였다. 그래서 퀴즈 게임을 시작하기 전에 스크린에 떠오른 학생 이름부터 일일이 확인하고 간단하게 자기소개도 하였다.

그다음에 퀴즈 게임을 시작하였다. 한 문제당 20초만의 시간이 주어지고 똑같이 정답을 선택해도 먼저 누르는 사람이 더 높은 점수를 받을 수 있다는 규칙 때문에 학생들이 신나고 긴장감 있게 놀았다. 한 문제가 끝나면 내가 정답을 알려주고 왜 맞는지 틀리는지 구체적인 설명도 같이 해주었다. 옛날에 단순하게 수업 내용을 알려주는 것보다 게임한 후에 설명을 해주는 것은 훨씬 더 효과적이다. 그리고 문제마다 끝난 후에 5등 안에 들어온 학생의 이름도 나왔다. 마지막으로 1~3등만 뽑지만 하나만 틀리면 등수도 바뀔 수 있으니까 학생들이 게임을 엄청 열심히 하였다. 결국 Kahoot 퀴즈 게임 덕분에 첫 수업도 재밌게 놀고 한국, 중국의 문화 지식도 제대로 전달하였다. 마지막으로 학생들에게 준비한 선물도 중국과 한국의 대표적인 기념품이다.

이번 수업은 Kahoot 덕분에 대성공이었지만 언어 교수만 중심으로 했던 내 옛날 수업은 너무 재미없는 것이 아니었는지 반성하였다. 수업 내용도 중요하지만, 내용을 어떻게 효과적으로 학생들에게 전달해야 하는지도 계속 고민해야 할 문제다. 그리고 가장 중요한 것은 다음 학기에 OT하면 또 한번 Kahoot을 써야겠다고 결심하였다.

(2021. 10. 3.)

gratia: 학생들이 다음 수업도 기대하면서 올 것 같은데요? 그날 그날 수업한 내용도 게임으로 정리하면 재미있을 것 같군요. ^^

second rabbit: 이런 것까지 준비하시다니, 좋은 선생님이시네요. ㅎㅎ

hanafeel: 아주 재밌었을 거 같아요. 특히 저 같이 놀기 좋아하는 친구들이 좋아하는..

해피트리: 유익하고 효과적인 수업을 위해 노력하는 복숭아 님 대단하네요. 짝짝짝!

골짜기백합: 와 Kahoot 게임이라는 것 배워갑니다. 복숭아 님 최고!^^

보물찾기: 즐거운 OT, 한 학기 수업에 대한 동기 유발이 충분히 되었겠는데요.^^

꿈 곡선도

복숭아

수요일에 학생 상담센터가 중국 유학생을 대상으로 꿈, 진로와 관련된 프로그램을 운영하였다. 지도교수 겸 통역으로 내가 같이 참석했다. 이런 좋은 기회 덕분에 우리 학생들의 꿈 이야기를 알게 되었다.

프로그램의 일부로 유치원부터 현재까지 자기의 꿈들을 곡선도로 그렸다. 자기한테 힘이 될 수 있는 꿈이라면 화살표를 위로 올리고 반대로 자기를 방황하게 만든 꿈이라면 화살표를 하향으로 그리면 되며 20여 년간의 인생 이야기로 자기의 꿈 곡선도를 만든 것이다.

결과를 보면 크게 차이가 없었는데, 유치원부터 고등학교까지는 과학자, 가수, 화가, 피아니스트 등 현실과 다소 거리가 있는 꿈이 대부분이었다. 그러나 대학교에 다니면서 이제 그 꿈은 선생님,

공무원, 은행원, 금융종업자 등과 같은 현실적인 꿈으로 바뀌었다. 여기에서 학생들이 점점 자기의 인생 목표를 찾았다는 것을 볼 수 있을지도 모른다.

그러나 이 비슷비슷한 학생들의 꿈 이야기 중에 몇 명 학생들의 꿈 곡선도는 인상적이었다. 한 명은 우리 학교에 입학하기 전에 화살표 방향이 모두 하향이고 꿈 목표도 하나밖에 안 쓴 여학생이다. 자기의 꿈 이야기를 친구들한테 나눌 때 울면서 했던 학생의 모습도 충격적이었다. 유치원부터 고등학교까지 그녀의 꿈은 하나밖에 없었는데 그것은 무용가였다. 그런데 이 꿈은 자기가 원하는 것이 아니고 부모가 원하는 것이라서 화살표를 모두 하향으로 그렸다. 그녀의 말대로 부모의 기대를 저버리지 않도록 노력했지만 약한 몸으로 아무래도 무용가가 되는 꿈이 무리한 것이다. 한류 문화를 좋아해서 우리 학교에 유학하러 오고 이제 이루어지지 못한 무용가 꿈보다 좋아하는 한국 노래와 춤을 배우고 나중에 학생들에게 한류 문화를 잘 가르칠 수 있는 평범한 한국어 선생님이 되는 새로운 목표를 찾았다. 그리고 마지막에 자신한테 힘이 될 수 있는 말을 한마디씩 나눌 때 이 학생은 "나는 부모의 딸이기도 하지만 그 전에 나는 내 자신이다. 세상에서 유일무이한 존재다."라고 말했다. 아마 이 말은 그동안 부모가 자신한테 강요한 것에 대한 저항이다. 실은 전공이나 직업을 선택할 때 부모의 영향을 받은 사람이 적지 않은데 이 학생처럼 자기가 좋아하는 것을 찾고 이를 위해 노력하는 모습이 감동적일 수밖에 없다.

또 특이한 꿈 이야기를 가진 주인공이 3명 있었다. 현재까지 22년 밖에 안 되는 '짧은 인생'에 이 3명은 너무 다른 인생 이야기를 가지고 있다. 그중에 2명은 비슷한 성장 과정이고 한 명은 어렸을 때 중국에서 가장 유명한 피아니스트인 랑랑의 공연을 보고 너무 멋있다고 생각해서 피아노를 배우다가 나중에 성악에 관심이 생겨서 성악도 배웠다. 피아노든지 성악이든지 학생의 취미를 위해 학부모가 모두 현지에서 가장 유명한 피아니스트와 성악가를 초빙하고 과외를 시켰다. 또 한 명은 어렸을 때부터 배우가 되고 싶어서 비싼 배우 학원도 다니고 성형수술까지도 하였다. 물론 이 두 학생은 모두 예술가나 배우가 되는 꿈은 이루지 못해서 우리 학교에 와서 한국어를 배우고 있지만 적어도 그녀들의 꿈을 위해 부모들이 최선을 다하고 지지하였다. 부모들의 이런 정신적, 경제적 지원 덕분에 두 학생은 현실에 눈뜬 후에 다시 시작하는 자신감이 있었다.

그러나 두 명과 비교된 학생이 한 명 있다. 모든 학생들의 꿈 이야기 중에 가장 슬프지만 가장 감동적이기도 한 이야기다. 유치원, 초등학생 때 다들 가수, 과학자 같은 꿈과 달리, 이 학생의 꿈은 요리사였다. 누나와 자기의 등록금을 벌기 위해 몸이 아파도 식당에서 일해야 하는 어머니 대신에 일하고 싶었기 때문이다. 이런 꿈은 고등학교까지였지만 대학교 전공을 선택했을 때 조리학과 아니고 한국어학과를 지원하였다. 학생이 어머니 대신에 일하고 싶은 효도처럼 학생의 어머니도 아들이 나중에 안정적인 직업이 있으면 좋겠다고 생각했다. 요리사는 언제 일자리를 잃을지도 모르기 때문이다. 그래서 이제 학생의 꿈은 졸업한 후에 고향으로 돌아가서 공무원이 되고 평생에 부모와 안정적으로 사는 것이다. 마지막으로 이 학생은 이렇게 말했다. '실은 저도 꿈이 있어요. 부모님도 모르신 꿈이에요. 저는 운동 선수가 되고 싶어요. 그런데 운동 선수가 되면 부모님도 걱정하시고 일자리도 안정적이지 않아서… 꿈은 그냥 꿈이에요. 부모를 위해서라도 저는 절대 실수하면 안 돼요.' 꿈을 이루지 못해서 다시 시작한 여학생 두 명과 달리 이 학생은 꿈을 위한 노력도 시작하지 못했다. 그의 말대로 이루어지지 못한 꿈보다 부모를 행복하게 하는 것은 더 중요하다. 슬픈 이야기지만 학생의 현실적인 꿈을 이루기 위해 항상 응원해주겠다.

(2021. 11. 7.)

골짜기백합: 여러 이야기 잘 읽었습니다. 꿈 이야기를 곡선도로 그리는 프로그램도 있군요. 그 대학에서는 다양하게 학생들을 도와주려는 듯 보여요. 그런데 공무원을 꿈꾼다는 학생은 중국에서 열심히 공무원 공부하는 것이 더 이루기 쉽지 않나요? 한국에서 그런 친구들은 어디 갈 생각은 접어두고 열심히 책과 씨름하고 있어서 궁금해졌어요.
　↳ **복숭아:** 아마 유학 경험이 있으면 나중에 중국에 들어가서 더 쉽게, 더 좋은 일자리를 찾을 수 있기 때문인 것 같아요.

gratia: 요리사를 꿈꾸다 한국어 배우러 온 학생은 한국 음식을 배워 가면 좋지 않을까요? ^^

muse: 절대 실수하면 안 돼요....라니...

투 첼로

hanafeel

인문학 앙상블을 기획한 심 선생님이, 김기용 첼리스트에게 하우저가 생각나지 않을 실력의 '투 첼로' 공연을 요구하여 '10년 후 그라운드'에서 성사되었다. 그가 투 첼로를 결성하여 첫 공연을 한 것이다.

양림동 은성유치원 건물의 오랜 역사를 보여주듯 출입문이 열리는 그곳에 탐스런 금목서 두 그루가 만개하여 작고 통통한, 수 없이 많은 주홍 꽃망울에 분내 나는 꽃가루를 흠뻑 머물고 펼쳐 있었다.

둥글고 기다란 하늘빛 나무창에 찬란한 햇볕이 쏟아지었다.

무대를 3m 앞에 두고 스포츠카 운전석만한 높이, 무릎이 올라가는 낮은 의자에 돌진하는 자세로 공연 내내 있었다.

'말이 통하지 않는 사람까지 한 명도 빠짐없이 존엄하다. 그리고 나는 존엄하다.'라는 것을 투 첼로의 공연을 보지 않고 어떻게 알 수 있었겠냔 말이다. 내 코앞에서 투 첼로가 온몸으로 연주했기에 알게 된 것이다.

인문 주간의 인문학 강좌 사이에 배치된 여러 그룹의 연주자들에게 준비하는 두 달의 시간은, 뱉지도 삼키지도 못하고, 견뎌야 하는 당혹스러운 시간이었으리라 짐작이 간다.

심 샘이 무대에 이제까지 없던 팀을 구성해서 설 것, 이제까지 악보도 본 적 없는 곡도 연주해 줄 것, 아마추어 시민들의 수준을 앙양시키고 공연 팀 간의 경쟁을 마다하지 말 것 등등을 끝임 없이 주문하였을 것 같다.

'아직 신을 믿는가?' 강연자를 위해 준비한 소박한 들국화와 주홍빛 장미 두 송이를 투 첼로의 나인국 첼리스트에게 전하였지만, 그는 심 샘에게 심 샘이 너무 좋다며 새로 결성한 투 첼로를 꼭 다시 불러 달라 하였다 한다.

사람을 나아지게 하는 것, 살게 하는 것을 '권력'이라 부르고, '심 샘은 좋겠다.'해 본다.

(2021. 11. 3.)

---

gratia: feel 님은 좋겠다..라고 할 사람도 엄청 많아요. ^^

보물찾기: 모든 것들이 잘 어우러진 공연이었던 것 같습니다~ "코앞에서" "온 몸으로" 하는 연주를 선물로 받으셨네요. ^^

골짜기백합: 와 하나필 님으로부터 '소박한 들국화와 주홍빛 장미 두 송이'를 받으신 분이 부럽습니다. 사람을 나아지게 하는 것, 살게 하는 권력이라니 난생 처음 권력이라는 단어에 친근감이 생기네요.

아버지와 외할아버지

hanafeel

외할아버지와 아버지는 비슷한 시기에 돌아가셨던 것 같다. 정확한 것을 물어볼 엄마도 안 계시다.

어제 대화법 강좌에 참여하여 세상에 대한 주관적인 이해와 더 나은 객관적 이해를 이해하려다 나는 거의 멘붕 상태가 되었다.

아버지는 홀어머니 밑에서 자라 월북한 외삼촌 그늘에 있다, 전쟁 전후 좌익에 휘말리었고 그 뜻을 이루지 못하고 홀엄니를 모시려 지주, 부르주아의 집에 장가들게 되었다. 이후에도 정치적으로 심한 고초를 겪으며 자녀의 교육에 버거운 생활고에 시달리었다. 그동안 외할아버지도 마누라를 일찍 여의고, 네다섯 차례 재혼을 하였고 좌익이라는 이유로, 병이란 이유로 많은 자식들을 잃고 무능해지고 병약한 아들 하나의 뒷바라지에 재산을 다 쓰게 되었다.

아버지는 가끔 외할아버지가 집에 오셨을 때도 별 내색이 없었다. 평소의 아버지 행실을 아는 나는 점잖은 외할아버지를 볼 때마다 막연히 부끄럽고 조심스럽기만 했다.

외할아버지의 존재가 아버지의 목숨을 위태롭게 한 한국 근대의 정치 상황과는 특별한 연관이 없다는 나의 보편적 상황 이해와는 달리 그에게는 외할아버지가 그의 분노의 표출, 강정떨이의 계기이거나 심정적인 결론이었다. 그의 주관적인 세상의 이해는 그야말로 객관적이거나 진실이 아니었다.

외할아버지는 복숭아 한 구루마를 형사에게 전하여 아버지를 보도연맹 명단에서 빼기까지 하였다.

아버지에 대해 이해해 보자면 그의 생명을 송두리째 위협하는 상황을 피할 수 없는 무능에 대한 혐오가 있었을 것 같다. 자기혐오를 인정하고는 가족을 건사할 버젓한 인간일 수는 없어, 살아남기 위해 자신이 아닌 가까운 타인의 이름으로 자기혐오를 덮었어야 했다.

상황이라는 게 있다. 상황이라는 게 통째로 사라질 수 없다.

그런데 내가 아이들에게 남편에게 분노하는 것은 상황을 혼자 통제하려는, 통제할 수 있으리라는 그 이름 '과대망상'의 결과이다. 아니 통제할 수 없는 무능에 대한 자기혐오의 다른 이름이겠다.

(2021. 11. 11.)

골짜기백합: 저의 이종사촌 오빠도 서울대 다니다 월북하고 남파되어 오는 등 해서 우리 이모부님은 공직에 사표 내셔야 했고 다른 형제들도 다들 힘든 시절이 있었지만, 지금은 다들 잘 산답니다. 사촌 오빠는 비전향 양심수로 감옥에 오래 갇혀 계시다가 김대중 대통령 때 감옥에서 나오셨는데, 결국 암으로 돌아가셨어요.

술

hanafeel

치악산과 무등산에 눈이 내린 날, 갈매나무 소설 모임의 점심 회식을 나선다. 담양 가는 길, 산과 들판에 뿌려진 단풍가루들이 촉촉한 공기에 흩날리어 내 인생 처음인 듯 화사하였다.

사람들이 북적이는 식당 한편에 모여 앉자, 이번 주 베르나르 베르베르의 『기억』을 읽었던 기억이 전생이었듯이 읽기 모임 분위기는 매우 생경하고 낯설게 시작되었다. 맞은편으로 타지에서 온 이들이 두 테이블로 나누어 앉고, 얼굴이 불그스레해진 이가 소주병을 연신 들었다 놓았다 하였다.

그렇게 해서 나도 소주를 마셨다.

활을 부드럽게 연결하려면 첫째 손가락을 과정이 있게 구부리되 갑자기 구부리지 않을 것, 둘째 팔에 힘을 빼고 무게를 내려놓을 것을 시연을 하고 있는데 친구의 카톡이 와서 아시아문화전당에 나갔다. 〈포스트 휴먼〉이라는 기획 전시를 보고 아는 이들과 식당의 조그만 구석에 둘러앉자, 무언가에 위축되는 듯 다시 답답하였다. 그래서 맥주를 마시며 벌써 전생이 된 듯이 점심때 기억을 주저리주저리 늘어놓았다.

큰방 베니아 합판 벽을 두고 큰아들이 24시간 생활을 한다. 술이 취한 채이거나 피곤에 지치어 큰방에 잠시 들리는 정도이지만 그에 대한 막연한 안타까움이 나의 온몸을 짓누르고 있다.

그는 젊고 사려 깊어서 말이 통하지 않는다.

그가 세상에 돌아다니며 남은 그의 시간을 허송세월하지 않기를 바란다.

그저 쓰레기를 쌓아두지 말고 창문을 열기만을 바랄 뿐이다.

안타까움의 실체는 벗겨 보니 그가 콜라를 마시는 것만 남았다.

눈을 뜰 때마다 아니 꿈을 꿀 때마다 생경하고 낯설고 답답하고 삶이 위축되어, 술을 마시는 나의 모습만이 남아 있다.

그래서 단호하게 술을 끊고 그에게 선명한 모습으로 다가서기로 하였다. 그를 믿고 기다린다.

(2021. 11. 13.)

gratia: 너는 콜라를 끊어라. 엄마는 술을 끊으마. 우리 딱 한 달만 그렇게 해볼까? 이런 제안은 어떨까요…

골짜기백합: 하나의 조그만 대안, 시작이 될 수도 있을 것 같아요.

골짜기백합: 고등학교 시절 책 가운데 『상자 속에 사는 남자』 비슷한 제목의 것이 있었는데요, 외국 글이었는데, 아주 뛰어난 한 남자가 제목처럼 밖으로 안 나오는 이야기였던가 그랬어요. 갑자기 소환되어서 검색해보니 제가 보았던 책은 아니고 한국 작가가 쓴 『상자 속의 남자』라는 글이 나오네요. 아드님과 한번 만나서 그냥 편하게 일상적 대화를 나누고 싶다는 생각도 들어요. 좋아하는, 또 멋진 하나필 님의 아드님이시니…

늪 속에서

muse

나는 내가 또 늪에 빠졌음을 안다. 여기에서 나와야 한다. 그런데 나는 아무것도 하지 않는다. 왜? 왜 나는 나를 방치하고 있을까? 이 늪에서 나를 구할 사람은 나밖에 없는데, 나는 나를 바라보기만 한다. 어딘가 가서 누군가를 만나고 싶기도 한데, 하지 않는다. 그게 무슨 소용이 있겠어. 헛된 짓이야. 중얼거릴 뿐이다. 사실이긴 하다. 지금 이런 심정으로 누군가를 만난들 그니에게 내 진정한 속마음을 다 털어놓을 수는 없을 것이고, 나는 내가 또 무의미한 짓을 했다는 생각에 한 발 더 깊숙이 늪 속으로 빠져들어갈 테지. 이제는 습관이 된 것일까? 일정한 간격을 두고 늪 속에 들어오는 것. 나가려고 발버둥치지도 않고 그저 나를 바라보기만 하는 것. 늪 속에 있는 동안 내 주변은 내가 다시 정리하기 힘들 만큼 혼란에 빠지고, 자의에 의해서든 타의에 의해서든, 무엇에 의해서든 다시 늪 밖에 서게 되면 나는 오랜 시간과 감내하기 힘든 노력을 들여서 늪 밖에 적응하려고 할 것이고 그것은 또 다른 고통이 될 것이다. 뭐 하는 거지. 나는 왜 이런 삶을 반복하는 것일까? 안 되는데. 이러면 안 되는데. 늪 속도 늪 바깥도 매력적이지 않다. 호기심도 생기지 않고, 재미도 없다.

(2021. 9. 12.)

---

gratia: 제 경우에는 특정 질병에 노출되지 않기 위해 몸의 상태를 예의 주시하고, 징후가 보이면 얼른 약을 먹어서 악화를 예방합니다.

muse: 늘 생각하는 바이지만 저는 gratia 님을 본받아야 합니다. 하하.

골짜기백합: 뮤즈 님, 지난 며칠 동안 여러 일이 있으셨네요. 건강도 잘 챙기시기를 바랍니다. 그런데 제 지난 글 〈한 교수가 본 추리소설〉 내용에 우수한 강의자 명단에 뮤즈 님이 빠졌더라고요. 그래서 당연히 다시 넣었는데요.
너무 재미있게 강의하시고 또 인기도 많으실 뮤즈 님의 이름이 왜 빠졌을까 생각하니 뮤즈 님이 항상 참 젊게 보이시니, 학생같이 느껴져서 그랬던 것이 아닐까 싶어요. 여튼 뮤즈 님 힘내세요.

그의 장례식장에서

muse

　지금까지 오지 않은 이들은 그의 죽음을 몰랐거나 알아도 올 수 없는 상황이었을 거라는 암묵적인 동의 덕인지 한때 같은 무대에 섰던 이들은 제각기 흩어지기로 했다. 일부는 가까운 술집으로 가기로 했는데 그들이 떠나온 도시로 갈 비행기나 버스나 기차가 더 이상 없는 이들이었고, 자차를 가져왔고 술은 입에도 대지 않은 자들은 그의 죽음이 만든 이 오랜만의 풍경을 그만 접고 내일 다시 시작될 일상을 위해 집으로 갔다.

　긴 삶에 비하면 단 몇 시간의 향연에 불과한 자리에 아무도 동의하지 않을 이유를 대며 끝까지 자리를 지키던 그녀도 지독히 염오했던 남자 선배 하나가 불쾌해진 얼굴로 입에서 술단내를 풍기며 학번별로 이쁜 여자들 정보가 자신의 두뇌 속에 아카이브로 형성되어 있다고 떠들기 시작하자 떠날 때가 왔음을 알고 조용히 일어섰다. 하지만 한창때에 비해 비대해진 몸 때문인지 그녀의 움직임은 자리를 지키던 모든 남자 선배들의 표적이 되었다. 그림자처럼 사라지려는 목적이 허사가 된 것을 깨닫자 그녀는 무람없이 다가오는 포옹과 악수를 기꺼이 받고 다시 만날 것을 모두에게 기약하고 그녀만의 아지트로 재빨리 후퇴했다.

(2021. 11. 7.)

골짜기백합: 항상 묵직한 의리를 지키시는 뮤즈 님이신 것 같습니다. 비대해진 몸 때문이 아니라 그 존재 자체의 의미로 표적이 되었을 것 같고요.
　↳ muse: 일견 맞는 말씀이기도 한 것이, 십 수 년 만에 만난 그들(남자 선배들)은 과거의 그녀가 여전한지 확인하고 싶어 했고, 지금은 달라진 사람임도 확인하려 했기에 주시의 끈을 놓지 않았지요.^^

gratia: 군더더기 없는 첫 단락 문장들이 좋군요...
　↳ muse: 너무 소설식 문체였다고 자책하던 중이었습니다.^^

글을 추리기 위해

muse

갈매에 왔다. 여기서 『천 번의 로그인』에 낼 글을 추려보려고 한다. 꼭 그 목적으로 갈매에 온 것은 아니다. 드립백도 살 예정이지만, 커피도 갈매에 온 목적은 아니다. 그저 2021년이 가기 전에 갈매에 오고 싶었다. 어떤 사람하고 같이 오려고 했는데 이미 선약이 있다고 해서 혼자 오게 되었다.

온 김에 커피도 사고 글도 추리려고 한다. 갈매에 온 지 너무 오래되었다. 같이 공부하는 선생님들도 뵌 지 그만큼 오래되었다. 갈매에는 낯선 고양이 한 마리가 있다. 이름이 없다. 신부님 말로는 이 고양이도 집냥이였던 것 같다고 한다. 신부님은 새 집사가 이름을 짓도록 이 아이에게 이름을 주지 않고 임시 보호자 노릇을 하고 있다.

마음이 아프다. 왜 살아있는 생명체를 맘대로 거두었다가 맘대로 버리는 것인지… 고양이가 들으면 서운할까 봐 '네 전 주인 나쁘구나'라는 말은 속으로 삼킨다. 이 추운 날 임시 보호자라도 좋은 분을 만났으니 다행이다. 이 아이의 운명은 어떻게 될까. 천식과, 매우 까탈스러운 내 반려견 미오, 그 밖의 다양한 이유로 나 역시 이 아이의 집사는 아니다. 눈물이 스민다.

몹시 불성실했던 시즌 10에서는 추릴 만한 글이 눈에 안 들어온다. 다른 시즌은 어땠을지. 글을 읽다 보니 내가 가르친 학생들이 자꾸 떠오른다. 글쓰기 얼마나 힘들었을까. 글쓰기를 좋아하면 좋아하는 만큼, 싫어하고 모르면 또 그만큼 글쓰기는 어렵다. 눈이 오다가 그친다. 오늘 여기에서 글을 다 추리지 못할 수도 있다.

그냥 이 시간은 2021년을 지나간 나에 대한 선물이다. 조용하고, 멋진 음악이 있고, 커피가 있고, 따뜻하고, 낯설지만 맘에 들어오는 고양이가 있다. 지나간 시간의 나를 읽어내는 일은 설레면서도 두려운 일이다. 차분히 골라내면 되겠지. 신부님이 커피콩 골라내듯이 말이다. 그런데 나는 2021년에 너무 많이 늙었을까. 자꾸 눈물이 난다.

(2021. 12. 30.)

---

gratia: 음.. 문체가 달라졌네요. 비약하시려나 봅니다. ^^

골짜기백합: 와 과연 전공자의 눈은 다른가 봅니다. 저는 문체의 다름 이런 것 전혀 모르겠는데요^^

솜사탕: 그 고양이 예쁘더만요~ 난로 앞에 늘어져 있는 꼬라지는 '고양이 본질'을 잘 구현하기조차 합니다.

가장 매력적인 사람은?

골짜기백합

'가장 매력적인 사람'은 어떤 사람일까에 대해 갑자기 생각을 나누고 싶어졌다.

지적인 면이 뛰어난 사람?

예술이나 스포츠 등 어떤 분야에서 일가견을 이룬 사람?

외모가 정말 멋지고 사랑스러운 사람?

매너가 진짜 좋은 사람?

분위기가 너무 좋은 사람?

등등 그 매력 포인트가 각 사람마다 다를 것이다. 사실 위의 유형 모두 참참 매력적임을 인정하지 않을 수 없다.

이 방 식구들의 생각도 궁금한 가운데, 내 생각에 '가장' 매력적인 사람은 '너무나 존귀하면서 참으로 겸손한' 사람이다. 이제까지 살면서 나름 많은 사람들을 만나고 겪었던 것 같다. 그런데 이런저런 연락을 주고받게 되면, 사회적으로나 권력적으로나 위상이 높은 사람들, 바쁠 텐데 언제 답을 줄까 하는데 의외로 너무나 친절하고 예의 바르고 신속하게 답을 주는 경우가 있었는가 하면, 그 반대의 경우도 있었다.

이전에는 학생들이 메일이나 문자 등으로 무엇을 보내면, 나는 교수니 조금 천천히 답을 해도 되겠지? 혹은 그 내용이 하잘것없는 것처럼 보이면 조금은 무시해도 되지 않을까? 하는 생각도 없지 않았다. 그러나 이런 여러 경험을 통해서 나는 상대가 어떤 처지의 어떤 사람이든 최대한 겸손하고도 따뜻하게 응대하는 법을 조금 배우게 되었다. 나도 그런 매력적인 사람이 되고 싶기 때문이다.

그러면 가장 매력 없는 사람은 누구일까? 별것 아닌, 진짜 조금의 외모만 가져도 거들먹거리는 부류의 사람들이 아닐까? 많은 경우 그런 사람에게서 뿜어져 나오는 악취가 그 사람뿐 아니라 주변까지 오염시키는 것을 본다. 사실 나 자신 그런 악취를 풍길 때가 많을 것이다. 참, 여기서 내가 말하는 존귀라는 것은 사실 꼭 사회적, 신체적 외모나 위상을 의미하지는 않는다. 왜냐하면 모든 사람은 '사람'이라는 것만으로도 너무나 존귀하다고 진심으로 생각하기 때문이다. 그렇다면 결론은 '겸손한 사람'이 가장 아름답고 가장 매력적인 사람이 되는 셈.

갑자기 중세의 성인으로 유명한 아시시의 프란체스코 이야기가 생각난다. 프란체스코는 항상 자기가 세상의 가장 큰 죄인이며 못난 사람이라고 자처하였는데, 제자 하나가 이를 조금 아니꼽게 생각하여 "아니 스승님, 모두가 선생님을 성인처럼 여기는데, 혼자서 맨날 그렇게 가장 못난 죄인이라고 하시니 솔직히 너무 가식이 아닙니까?" 했더니, "하나님이 나에게 베풀어주신 그 큰 은혜를 다른 사람에게 베풀어주었으면 자기보다 훨씬 좋은 사람이 되었을 것인데 자기는 그렇지 못하다."라고 대답하였다는 아름다운 이야기. 사실 프란체스코가 모델로 삼았던 이는 바로 예수 그리스도이셨을 것이다. 하나님과 같을 정도로 존귀한 분이시면서도 남루한 종의 형체를 가지고 이 세상에 오셔서 그토록 고통스러운 죽임을 당하시면서까지 인간을 사랑하고 섬겨주신….

(2021. 9. 9.)

해피트리: 백합 님의 이번 포스트 글을 보고 너무도 공감합니다. 저도 살면서 위의 내용과 비슷한 경험을 많이 해서요. 존귀하면서 삼위일체 신이신 예수님께서 한낱 인간들에게 조롱받고 멸시당하면서 한없이 자비롭고 겸손하셨던 것을 생각하면 정말 감동을 넘어 마음이 아프죠.ㅠㅠ
   ↳ **골짜기백합**: 네 깊은 동감 감사합니다.^^

hanafeel: 저도 얼른 얼른 댓글을 달아야겠네요.
차분하고 이성적인 사람이 매력적일 듯..
   ↳ **골짜기백합**: 오고가는 댓글 속에 밝아지는 글쓰기 문화인가요? ㅎ
하나필 님에게 매력 어필하는 타입은 차분하고 이성적이신 분이군요. 저도 차분해지고 이성적인 사람이 되도록 노력하고 싶어집니당.^^

gratia: 저는 판단력이 뛰어나고 유머 감각이 있는 사람이 좋습니다.^^
   ↳ **골짜기백합**: 그라시아 님의 매력형은 누구나 좋아할 것 같아요~

다이돌핀아, 너 어디서 나오니?

골짜기백합

　오래전 보물찾기 님에게 이런 말을 들은 적이 있다. 한 의사분이 "어떤 음식으로도 섭취가 잘 안 되면서 중요한 영양소가 두 개 있는데, 하나는 비타민C이고 다른 하나는 오메가3이므로 이것만은 약으로 섭취하는 것이 좋다"라고 했다는 것이다. 그런데 음식으로도, 약으로도 섭취가 안 되면서, 다른 어떤 것보다도 놀라운 위력이 있는 호르몬 혹은 영양소가 있다고 하는데 그것은 바로 '다이돌핀'이라는 것이다. 다이옥신이 아니라 다이돌핀!^^ 이것은 음식으로도, 약으로도 섭취가 안 되면서, 다른 어떤 것보다도 놀라운 위력이 있다고 들은 것 같다. 엔돌핀 이야기는 우리가 꽤 들었는데, 다이돌핀은 엔돌핀 사촌격이면서 엔돌핀보다 무려 수천 배 효력이 있다는 것이다. 그럼 그 좋은 것을 음식으로도 영양제로도 섭취를 못 한다면 어떻게? 다이돌핀은 우리가 너무 기뻤을 때, 정말 보람을 느꼈을 때, 정말 아름다운 경치나 음악, 그림을 보거나 듣고 큰 감동을 받았을 때, 책이든 강의를 통해 인생을 관통하는 진리를 듣거나 발견하였을 때 나온다고 한다. 어떤 이는 이건 말도 안 된다고 할지 모르고(이 말이 맞을 수도…), 또 실제로 어떤 효력이 있는지, 이것을 다이돌핀이라고 불러야 할지 어떤지도 나도 잘 모르겠지만, 그래도 앞의 예들에는 뭔가가 있다는 생각이 든다.

예를 들어서 어떤 분이 암으로 몇 달 못산다는 사형 선고를 받고 이왕 죽을 것 봉사라도 하자면서 열심히 봉사하다가 실제로 암이 나았다는 이야기를 두어 번 들은 적이 있다. 그 사람들이 거짓말을 안 했다면, 내 생각에는 봉사하면서 느낀 그 보람과 기쁨이 암세포를 서서히 녹여버린 것은 아닐까 한다. 나도 정말 아름다운 경치를 보거나 조금 보람된 일을 하거나, 인생의 진리를 조금이나마 깨달았다고 느꼈을 때 느끼는 감동이나 희열은 이루 말할 수가 없는데, 그것을 어떻게 몇 그릇 음식이나 영양소에 비할 수 있겠는가? "사랑을 하면 예뻐져요."라는 옛 노래 가사가 있었는데, 이것도 그런 것과 연관된 것이 아닐까? 물론 상대방에게 예쁘게 보이려고 꾸미는 데서도 기인하겠지만, 사랑을 하고 사랑을 받을 때 느낄 수 있는 그 아름다움과 기쁨이 어떻게 우리 몸에도 영향을 안 끼칠 수 있겠는가 말이다. 성서 잠언 17장 22절은 정확하게 "즐거운 마음이 좋은 약(A cheerful heart is good medicine)"이라고 말한다. 그렇다면 근심은 정반대의 역할을 할 것 같은데, 역시 잠언은 바로 이어서 근심은 뼈를 마르게 한다고 말한다(But a crushed spirit dries up the bones).

그러니 뼈를 마르게 하는 근심은 될 수 있는 대로 떨쳐버리고, 작은 것, 별것 아닌 것에도 기뻐하고 감사하면서, 감동하면서 사는 것은 평범하면서도 영원한 진리일 성싶다.

Is life a question mark, comma, semicolon, exclamation, puzzle or a full stop?

이런 질문을 아이작 뉴턴에게 하였다면 다음과 같은 대답을 얻었을 것이다.

"Live your life as an Exclamation rather than an Explanation!"

(2021. 9. 30.)

hanafeel: 헉. 처음 들어본 호르몬?
　↳ **골짜기백합**: 의사 샘이 못 들어보셨다니, 혹 사 이 비?
　그래도 그 비슷한 것이 무엇인가 있을 것 같아요~ ^^
　↳ hanafeel: 그런 듯.ㅋ

해피트리: 다이돌핀... 생체의학적으로 설사 근거가 불충분하다고 해도 믿고 싶어지네요.
만병통치약과 같은 호르몬이 존재할 것 같아요. 눈에 보이는 게 다가 아니니까...
내 몸에도 많이많이 나왔으면 좋겠습니다.
　↳ **골짜기백합**: 그렇죠. 눈에 보이는 것이 다가 아니니까. 피톤치드를 많이 내실 트리
　님은 이미 많이 나오는 것 아닐까요?ㅋ

gratia: 엔돌핀보다 지적 수준이 높은 호르몬이군요~ ^^
　↳ **골짜기백합**: 어제 샘 위해서 기도했어요. 오늘도 계속 신경이 쓰이고요. 대상포진
　많이 아프다던데, 특히 샘께 많이 많이 나와서 빨리 건강해지시길~~~

보물찾기: 저도 선생님이 물을 보며 좋은 말을 계속해 주었더니 몸에 좋은 물이 되었다던
말 기억해요^^ 두 영양소 얘기는 기억이 나는 듯, 아닌 듯ㅎ
　↳ **골짜기백합**: 네, 선생님이 해주셨어요. 아는 의사분이 그렇게 말했다고요^^ 그
　뒤로 저는 오메가 3는 여전히 안 먹지만, 비타민 C는 될 수 있는 대로 한 알씩...
　ㅎ. 물 이야기는 유사 과학, 사이비 과학이라는 이야기도 많지요? 다만 저는 눈에
　안 보이지만 물에 미생물이나 박테리아 같은 것들도 많이 살 것이니 그들도 생명이
　라면 미움보다는 사랑을 좋아할 것 같다는 생각에서 맞을 수도 있겠다는 생각도
　들어요.

나의 유토피아

골짜기백합

먼저 퀴즈부터 내어볼까요?

"칼리폴리스, 아르카디아, 태양의 도시, 신 아틀란티스, 코케인 (Cockaygne), The Big Rock Candy Mountain, 월든 투, 샹그릴라, 무릉도원…"의 공통점은?

차이는 있겠지만, 각 시대, 누군가가 생각해낸 이상향, 유토피아의 이름이라 할 수 있겠다.

요즘은 Design Utopia, Eco-Utopia, Feminist Utopia 등 여러 유토피아 론이 등장하고 있다. 나의 유토피아는 어떤 것인가? 내가 대학교에 들어가자마자 플라톤의 『국가론』을 읽었던 것은 내 나름의 이상 사회를 생각해내기 위해서 어떤 아이디어를 얻으려 했던 것 같다. 몇 해 전 '서양사상사'라는 대학원 수업에서 유토피아에 대한 학생들의 이야기를 들은 적이 있다. 가장 인상에 남았던 대답은

20대 한 남학생으로부터 나왔다. 자신의 유토피아는 "20대의 젊은 이도 국회의원도 하고 정치도 맡아서 하는 나라"라는 것이었다. 예상치 못했던 대답이었는데, 얼마 전 이준석 씨가 '국민의힘' 대표 직을 맡는 것을 보고 젊은이들 사이에 오래전부터 그런 생각들이 있었고 그런 토양이 조성되어 갔음을 알 수 있었다. 그런데 젊은이가 정치를 전담하는 사회가 누군가에는 유토피아일지 몰라도, 나이 드신 일부 어르신 등 누군가에게는 불편할 수가 있을 것이다. 즉 누군가의 유토피아는 누군가의 디스토피아로 될 수 있는 것이다.

교육학으로 낯익은 이름인 스키너(Skinner)는 『월든 투(Walden Two)』(소로우의 〈월든〉을 패러디한 제목의 책)에서 똑똑한 심리학자들이 유아시절부터 교육을 잘 시키면 유토피아적 사회에 적합한 인간이 만들어질 수 있다고 주장하였다. 이에 대해서 네글리(Negley) 등은 『유토피아를 찾아서(The Quest for Utopia)』에서 인간을 개조한다는 스키너의 구상은 '충격적인 공포'이며, 유토피아 정신을 흩트리는 잔학행위라 비판하였다. 스키너가 교육공학적 이상적 사회라 생각했던 곳은 다른 누군가에게는 잔학 행위가 이루어지는 곳이 되는 것이다. 사실 나도 유토피아라는 단어를 낳은 토마스 모어의 『유토피아』를 읽었을 때 이런 나라에 그다지 살고 싶지 않다는 생각을 했었다.

이처럼 유토피아는 같은 시대에 사는 사람들도 서로 달리 생각할 수 있는 것, 나의 유토피아가 다른 사람의 디스토피아가 될 수도 있고, 또한 한 시대의 유토피아는 다른 시대의 디스토피아가 될 수도 있을 것이다. 그리고 보면 무엇보다도 무엇이 유토피아인가에 대한 합의부터 이루어져야 할 것 같다. 한때 유행하였던 칼 포퍼의 책 『The Open Society and its Enemies』 역시 이런 문제와 닿아 있다. 포퍼는 본질적으로 실현 불가능한 것의 실현을 강요하는 데서 이성과 진리가 억압되고 인권과 자유는 유린되게 된다고, 즉 '열린사회의 적'이 된다고 말했다. 당연히 플라톤의 이상국가 등은 포퍼의 열렬한 공격 대상이 되었다.

또 마르크스가 유토피아의 허구성을 비판하면서 이를 일종의 허위의식을 조장하는 이데올로기라 보았다면, 만하임은 유토피아가 현실 초월의식이라 하더라도 현실을 개혁하려는 힘을 갖고 있다고 긍정적으로 평가하였다. 내 생각에도 실현하기 힘들더라도 바라보고 가까이 가려 노력하는 이상향은 있어야 할 것 같다. 물론 자신의 유토피아에 관해서 이야기하고 함께 가자고 설득할 수는 있겠지만, 절대로 강요해서는 안 될 것이다. 하나님도 인간에게 자유의지를 주셨는데 인간이 무엇이라고 다른 사람에게 자기의 뜻을 강요할 수가 있단 말인가? 여하튼 나의 유토피아는 이사야서 11장 6절~9절에 나오는 모습과 가깝다.

그때에 이리가 어린 양과 함께 살며 표범이 어린 염소와 함께 누우며 송아지와 어린 사자와 살진 짐승이 함께 있어 어린아이에게 끌리며 암소와 곰이 함께 먹으며 그것들의 새끼가 함께 엎드리며 사자가 소처럼 풀을 먹을 것이며 젖 먹는 아이가 독사의 구멍에서 장난하며 젖 뗀 어린아이가 독사의 굴에 손을 넣을 것이라 내 거룩한 산 모든 곳에서 해 됨도 없고 상함도 없을 것이니 이는 물이 바다를 덮음 같이 여호와를 아는 지식이 세상에 충만할 것임이니라.

여러분들이 생각하는 이상적 사회는 있으신가요?
있다면 어떤 사회인가요?

(2021. 10. 5.)

---

gratia: 기본소득이 보장되어 하고 싶은 일만 해도 되는 사회일 것 같아요~ ^^

muse: 한 표 던집니다^^
 ↳ **골짜기백합**: ㅎㅎㅎ

우슬초: 나의 유토피아가 다른 사람의 디스토피아가 될 수 있다는 말, 명심하겠습니다.^^
 ↳ **골짜기백합**: 우슬초 님이 관심 가져주시니 기뻐욤^^

해피트리: 어린 시절 주일학교에서 배웠던 노래, '사막에 샘이 넘쳐 흐르리라' 가사가 저 위에 나오는 이사야서 성경 구절인데 저의 유토피아도 백합 님과 같습니다. ^^
 ↳ **골짜기백합**: 네 너무 좋아요^^

매력은 어디에서 오는가

해피트리

회원님들은 사람들의 어떤 점에서 매력이 느껴지나요? 잘생긴 이목구비나 훤칠한 키, 예쁜 얼굴과 날씬한 외모에서 느끼는지, 아니면 그 사람에게서 풍겨오는 분위기나 전해지는 느낌에서인지, 외모는 좀 못생기고 안 예뻐도 비단결같이 고운 마음이거나 성품인지, 그것도 아니면 현실적으로 그 사람이 가진 능력이나 재산인지… 매력은 어디에서 나오는 것일까요?

어떤 한 부부가 있었다. 아내는 얼굴이 못생겼고 자신의 얼굴에 대해 열등감을 가진 인물이다. 그러나 남편은 지금껏 아내가 못생겨서 싫다는 생각을 단 한 번도 가져본 적이 없으며 오히려 못생긴 얼굴을 전혀 부끄러워하지 않는 아내가 귀엽기까지 했다. 그런 부부에게 작가가 설정한 극적인 플롯으로 인해 커다란 위기를 맞게 된다. 남편과 우연히 기차역에서 함께 내리게 돼서 같이 걸어오는 아름다운 외모의 여인을 보며 아내는 지금껏 숨겨왔던 자신의 열등감을 드러내고 만다.

이 글은 유명한 펄벅의 단편소설 「매혹」의 일부이다. 남편을 배려하고 이해하는 아내의 마음이 진정한 사랑의 양상이 아니라 자신의 열등감을 숨겨가며 남편의 사랑을 얻기 위한 수단으로 꾸며진 이해와 가공된 배려였다면 그 사랑은 언제까지 지속될 수 있을까를 생각하게 한다. 그리고 진정한 행복은 어디에서 오는 것인가를 묻게 한다. 아내처럼 사랑하기 때문에 자신의 추함과 결점을 숨겨가며 자신이 사랑하는 사람을 쟁취하는 것이 더 행복할지 아니면 자신의 추함과 결점마저 있는 그대로 그 자체로 사랑해줄 수 있는 사람을 선택하는 것이 더 행복할지…. 물론 둘 다면 좋겠지만 둘 중 하나를 선택해야 한다면, 과연 어느 쪽이 행복할까요? 자신이 사랑하는 사람과 함께 할 때 or 자신을 사랑해주는 사람을 선택할 때, 여러분들은 어떤 선택을 하시겠어요?

(2021. 9. 8.)

---

gratia: 자식들에게는 너를 사랑하는 사람과 결혼하라고 말하고 싶군요.^^
  ↳ **골짜기백합**: 자신의 추함과 결점마저 있는 그대로 그 자체로 사랑해줄 수 있는 사람이 백만 배 더 좋아요.

보물찾기: 전라도 말 '권' 있다, 볼수록 괜찮다는 말은 외모와 내면 모두 적용되는 것 같네요.^^

hanafeel: 추함과 결함이 있는 사람이 더 사랑스러워요.^^

갈매나무에서 집으로

해피트리

지난번 갈매나무에 들렀을 때 화분 하나를 집으로 옮겨왔다. 고양이들 밥 주느라 바쁘신 구름 님께서 미처 식물까지는 돌보지 못했을 것이다. 캐나다로 돌아가야 하는 상황인 펀 님께서 나에게 주셨다. 작은 화분에서 꽤 답답함을 느꼈는지 많이 자랐지만 몇 개의 잎들은 시들어 있었다. 집으로 데려와 근처에 있는 화원에 가서 큰 화분으로 옮겨 심었다. 지금은 쑥쑥 자라 베란다에서 비쳐오는 은빛 햇살 속에서 빛이 난다.

나를 포함한 사람들은 식물이 가혹한 야생의 삶에서 자라기를 원하지 않아 집으로 들인다. 혹독한 겨울 추위와 작열하는 뜨거운 태양 아래 질식해 버릴지도 모른다고 생각한다. 그래서 집으로 들이면 햇빛이 잘 드는 곳에 이리저리 옮겨주고 물을 듬뿍 주며 사랑과 정성을 기울인다. 그런데 불행하게도 내가 예전에 키웠던 식물들은 모두 죽고 말았다. 원인은 지나치게 물을 주어 뿌리가 썩었다는 것이다. 그 경험으로 최대한 무관심하며 물을 드문드문 주고 자리도 한 곳에 두었더니 오히려 식물이 쑥쑥 잘 큰다. 주인의 정성을 받으며 집안에서 자라는 것보다 야생의 터전에서 식물이 더 잘 견디는 이유와도 비슷할 것이다.

큰아이가 어렸을 때 말했던 것이 기억난다.

"엄마 봐요, 식물도 지나치게 관심을 주니까 죽잖아요. 사람도 마찬가지예요. 우리도 그냥 내버려 두면 좋겠어요."

관심은 사랑에서 나오는 것이지만 지나친 것은 중요한 것을 방해하고 빼앗을 수 있다는 것을 의식하게 하였다. 지금 생각해보니 아들들에게 정말 미안한 것이 있는데 고양이를 좋아하지 않는 내가 식물을 사랑하느라 정성을 기울인 반면, 식물보다는 고양이, 강아지를 그렇게 기르고 싶어 했던 아이들의 어린 시절 바람을 들어주지 못한 것이 아쉽다. 굳이 이유를 들자면 체력이 안 되었다. 어린 아들 둘을 뒷바라지하기에도 벅찼으니까.

(2021. 10. 25.)

솜사탕: 오~ 큰아이가 적절한 때를 놓치지 않는군요. 그때부터 내버려 두셨어도 되었겠습니다.^^

hanafeel: 싱싱하네요~~

골짜기백합: 잘 키우셨네요~~ 셋째 아가?^^

gratia: 행복한 입양입니다.^^

당신은 행복한가요?

해피트리

행복을 묻는 순간 행복과 멀어진다. "당신은 행복한가요?"라고 물었을 때 "나는 정말 행복해요."라고 대답하는 사람은 다수이기보다는 소수일 것이다. 인간은 본능적으로 쾌와 불쾌를 느끼는데 안정감을 느낄 때 쾌감과 행복지수가 올라가고 불안을 느낄 때 불쾌하며 행복지수가 낮아진다. 흐르는 피나 죽음 등을 보았을 때 본능적으로 불안을 느끼고 아기가 편안하게 잠을 자고 있는 모습 등을 보면 안정감을 느끼게 된다. 인간에게 안정감을 주는 의식주의 해결이나 종족 보존은 인간이 살아가기 위한 삶의 도구로서의 행복이다. 행복은 목적이 아니라 삶의 도구인 것이다. 그런데 "인생의 최대 목적은 행복이다."라고 말한 고대 철학자들과 대표적으로 아리스토텔레스에 의해 인간은 난제에 빠졌다고 한다. 행복이 삶의 도구가 아니라 삶의 목적이 되어 버린 것이다.

삶의 도구로서 행복일 경우,

"당신은 행복한가요?"

"네 저는 빵을 먹어서 행복해요."

삶의 목적으로서 행복일 경우,

"당신은 행복한가요?"

"빵을 먹어서 행복해요."

"당신의 인생의 최대 목적은 빵을 먹는 건가요?"

"……."

삶의 도구로서 행복이 아니라, 삶의 최대 목적이 행복일 때 사람들은 눈에 보이지 않는 무형의 행복을 찾기 위해, 뭔가 고차원적인 행복을 찾아 정신적인 유영을 해야 한다. 그러다 보면 행복과 멀어지게 된다. 요즘은 소소한 확실한 행복이라는 '소확행'을 추구하는 이들이 많아지고 있다. 거창하진 않지만, 삶의 도구로서 소확행을 누리다 보면 삶의 목적이기도 한 행복과 아주 멀리 멀어지지 않을 것이다.

(2021. 11. 5.)

골짜기백합: 해피트리 님, 오늘 제 글 주제가 행복과 관련되는데 해피트리 님의 글은 다른 심오한 측면에서 행복이란 주제를 다루고 있네요. 아리스토텔레스의 『니코마쿠스 윤리학』이 생각나는 가운데 해피트리 님의 기본 주장에 일단 동의가 됩니다. 갑자기 인간의 목적은 행복이 아니라 거룩함이라고 늘 이야기하시는 김양재 목사님이 생각납니다. 해피트리 님은 인간의 목적은 무엇이라고 생각하시는지도 갑자기 궁금해졌어요.

 ↳ **해피트리:** 아, 저도 당연히 행복을 누리는 것이 목적일 것 같습니다. 그렇지만 이성과 양심이 있는 인간의 목적은 생존 본능과 약육강식만을 추구하는 동물과 다르게 의를 지향하는 것이라 생각합니다. 여기에서 의란 인간됨의 도리와 선의를 말합니다. 감사합니다.^^

보물찾기: "당신은 행복한가요?" 물었을 때 "글쎄요"라고 하는 사람이라면 행복한 사람이라더군요.^^

명칭이 없는 어느 언어학적인 증후군

이면지

맥락은 의미를 만든다. 다시 말하면, 단어는 더 많이 사용될수록 더 많은 의미를 가지게 된다. 내 생각에 이 현상은 초급 외국어 학생이 '기본 어휘'를 공부할 때 힘 드는 가장 큰 이유가 된다.

물론, 외국어를 공부하기 시작하면, 가장 흔히 보이고 들리는 단어들을 배우는 것이 가장 합리적인 첫걸음이지만, 이 똑같은 단어들은 이해하기가 가장 어려운 단어일 수가 있다.

이 현상은 특히 동사의 경우에 고려할 만한 것 같다. 한국어의 경우, '가다'나 '오다', '놓다', '들다', '보다', '쓰다', '나다' 등 많이 사용되는 동사를 국어사전을 이용해 조사해 보면 그들 각자가 굉장히 긴 정의가 있음을 알 수 있는데, 자신이 모국어 사용자라고 하면, 어느 맥락에 들어 있든지 그 단어의 의미를 이해할 수 있겠다. 그러나 자신이 2개 국어 사용자라고 하면, 익숙해진 단어가 익숙해지지 않은 맥락에 들어 있으면 헷갈리게 될 때가 많겠다.

이렇듯이 모국어 사용자의 마음속에서는 흔히 보이고 들리는 단어가 쉽겠지만, 2개 국어 사용자의 마음속에서는 이 똑같은 '쉬운' 단어가 꽤 어려울 수 있다. 그러니까 수많은 2개 국어 사용자는 자신이 드러내려는 의미를 드러낼 수 있는 '쉬운' 단어가 존재할 때에도 '어려운' 단어를 골라서 말할 때가 많다. 예를 들면, 2개 국어 사용자 중에는 '머무르다'라고 말하지 않고 '정류하다'라고 말하는 자, '쉬다'라고 말하지 않고 '호흡하다'라고 말하는 자, '줄다'라고 말하지 않고 '감소하다'라고 말하는 자가 있겠다. 왜냐하면, '어려운' 단어는 정의 한 개만 있으며 '쉬운' 단어는 정의 수십 개가 있을 수 있기에, 2개 국어 사용자의 생각에 '어려운' 단어는 오히려 쉬워 보일 수 있다.

그러나 이처럼 어려운 단어를 자주 골라 말하는 2개 국어 사용자는 뜻하지 않게 자신의 언어 능력을 실제보다 더 좋아 보이게 만들 때가 많다. 특히, 문법을 잘 사용하며 어휘를 별로 많이 알지 못하는 사용자의 경우에 이 현상이 두드러지는 것 같다.

연구의 목표가 아직도 되지 못한 이 현상을 설명하기 위해서 나는 'erudite polyglot syndrome'이라는 영어 표현을 생각해냈는데, 한국어로는 무엇이라고 말해서 이 의미를 드러낼 수 있을지 모르겠다. '세련된 2개 국어 능력 증후군'이라는 표현은 너무 어색한가?

(2021. 9. 11.)

gratia: 오, 그런 현상이 있을 수 있겠네요. 한국인이 영어로 말할 경우는 관용어를 잘 사용하는 게 언어 능력이 좋아 보이던데요. ^^

보물찾기: '2개 국어 사용자'라는 용어보다는 '이중언어 화자', 또는 '이중언어 사용자'라는 용어가 일반적으로 많이 사용되는 표현이에요.^^

    ↳ **이면지**: 그렇군요. 사실, 저는 그 의미를 드러낼 수 있으며 덜 번거로운 단어를 찾고 있었는데요. 감사해요!

기다림의 쪽지문

이면지

자신의 한국어 능력의 부족을 증명하는 것이라고 해도, 앞의 이야기는 내 생각에 재미있는 언어학적인 현상을 설명해 주니까, 알려줄 만한 것 같다.

'배달의 민족 주문'이라는 표현은 아마 여러분들의 귀에 꽤 익숙해진 것인데, 나는 약 2개월 전까지 몰랐다. 오래전부터 식사를 배달하는 식당으로 가봤을 때마다 그 표현을 외치는 소리가 내 귀에 들렸는데, 아예 이해하지 못했다. '배달'이라는 단어와 '민족'이라는 단어, '주문'이라는 단어, '의'라는 조사를 다 알았지만, 그 목소리를 들었을 때마다 무엇이라고 말하는지는 이해하지 못했다. 그 표현을 외치는 목소리가 일상적인 발음에 비교해 마치 노래를 부르는 것처럼 모음, 자음의 강조를 바꾸고 있었기 때문이든지 내 귀는 어느 한 단어의 끝 또는 어느 다른 단어의 시작을 잡을 수 없었고, 나는 이해할 수 없었다.

그 목소리가 무엇이라고 말하느냐는 질문에 대한 가장 좋은 대답은 '기다림의 쪽지문'이라고 되었다. 자신이 생각하고 있던 표현이 현 상황에 알맞지 않다는 것도 알았고, 의미가 없는 말이라는 것도 알았는데, 들었을 때마다 '기다림의 쪽지문'이라고만 생각할 수 있었다. 몇 년 동안 그 목소리가 무엇이라고 말하는지 모르면서 지낼 수밖에 없었다.

그러다 어느 날, 모국어 사용자인 친구와 함께 식당으로 먹으러 갈 기회를 우연히 얻을 수 있었고, 우리가 식사가 나오기를 기다리는 중 그 귀에 익숙한 목소리는 들렸다.

나는 내 친구에게 질문했다.

"그 목소리는 무엇이라고 말하고 있어요?"

내 친구는 나에게 물었다.

"어느 목소리?"

"그 녹음된 목소리."

"아, '배달의 민족 주문'. '배달'은…."

친구는 표현에 들어 있는 단어들 각자의 의미를 설명해 주기 시작했다. 그렇지만 내 친구가 자신의 목소리로 '배달의 민족 주문'이라고 말하자마자 나는 즉각 이해할 수 있었고, 더 이상 설명해 줄 필요가 없다고 말했다. 내 친구는 헷갈린 것 같아 보이는 표정을 지었다.

"표현에 들어 있는 단어들을 이미 알았다고 하면, 왜 표현 자체를 이해할 수 없었죠?"

"강조를 받은 음절들 때문이었는가 봐요. 목소리는 마치 노래를 부르는 것처럼 올라가다가 내려가잖아요."

내 친구는 내가 말하고 있는 바를 공감할 수 없다는 듯이 계속 눈을 가늘게 뜨고 나를 봤다. 나는 친구에게 또 하나의 질문을 던졌다.

"영어를 공부하면서 그런 경험을 겪게 된 적이 없나요? 표현이나 문장에 들어 있는 단어들이 이미 배운 것인데도 화자의 목소리 때문에 이해할 수 없게 된 적이 없나요?"

"그럼, 그런 경험이 많지요. 특히 텍사스주 사투리의 경우에."

역시, 우리는 자신의 모국어를 이중언어 사용자의 귀로 들을 수 없는 것 같고, 자신의 모국어를 쉬운 것으로 생각하는 편견에 빠지기 마련인 것 같다.

나는 영어를 가르쳤던 시절에 이 현상에 대해 잊지 않도록 노력했는데, 만약에 영어 교사로서 다시 일하게 된다면, 잊지 않도록 더욱더 노력하겠다.

(2021. 9. 12.)

hanafeel: 대학 졸업 후 한참이 지나도록 원어민 말, 팝송가사도 99.8% 알아들 수 없었어요. 제가 학력고사 영어 한 문제 틀린 사람이었는데...
이면지란 이름만큼 샘의 한국어실력은 생경하고 믿기지 않는 수준..
10년 전부터 영어 공부 포기했어요.
　ㄴ **이면지:** 네, 저는 잘한다는 칭찬을 들을 때가 많은데도, 잘한다는 실감이 든 적은 거의 없어요. 주변에 있는 사람들이 말하는 바를 오해할 때가 너무 많거든요. 저는 한국어 공부를 그만둘 생각은 하나도 없는데, 만약에 한국 내의 학교에서 영어를 공부하게 되었으면, 저도 영어 공부를 그만두고 싶을 것 같아요.

muse: 저도 같은 한국어이지만 경상도나 강원도 지역의 말을 음조 때문에 못 알아들을 때가 있습니다.
　ㄴ **이면지:** 저는 방언을 더 많이 공부하고 싶어요. 재미있을 것 같은데, 표준어 공부만으로도 너무 많은 시간이 걸려서 어려울 것 같긴 해요.

gratia: 악센트에 따라 의미가 달라지는 모국어 때문에, '배달의 민족 주문'이라는 소리의 억양에 혼란을 느끼셨군요. ^^

〈서편제〉 2부

이면지

이 영화에 나오는 인물들 각자가 예술에 대해 취하고 있는 것 같은 자세를 고려할 때 예술이 원래 무엇이냐는 의문 또는 그 의문에 관한 주제는 밝혀지는 것 같은데, 이 영화의 분석이 밝혀주는 주제 또 하나는 아마 세대 간의 심리적인 상처이다.

이 영화에 등장하는 주인공들은 혈통적으로 서로와 매어지는 가족이 아니라는 것은 물론이지만, 그들이 가족과 꽤 비슷하게 작용하는 만큼 시청자는 그 인물들을 어느 종류의 가족으로 볼 수밖에 없다. 그러니까 유봉이 아버지의 역할을 맡고 있고 송화와 동호가 딸과 아들의 역할들을 각각 맡고 있음에 틀림이 없다. 그러나 이 가족의 특이한 점은 아버지인 유봉이 자신의 '딸'과 '아들'의 안녕을 지키는 데 관심이 있기보다 그들의 예술적인 재능을 키우는 데 관심이 있는 것이다. 물론, 이 주장을 가장 잘 뒷받침하는 일례는 유봉이 송화가 눈이 멀면 판소리를 더 잘 할 수 있을 거라는 생각을 하고, 안맹을 유발할 독성을 준비해서 송화에게 먹이는 것이다. 또, 유봉은 송화가 피로와 배고픔으로 거의 쓰러지도록 송화에게 밤새 소리를 연습시킬 때가 있다.

이상한 것은 송화가 유봉을 미워하지 않고 그를 끝없이 용서해 주는 것이다. 영화의 이 일부를 심리적인 관점에서 보면, 송화가 유봉에 대해 취하고 있는 자세는 '스톡홀름 증후군'의 일례인 것 같다. 1973년에 스웨덴 스톡홀름에서 어느 강도 집단이 은행에 들어가서 고객과 직원들을 인질로 삼고 거의 1주일 동안 경찰들과 맞서서 버텼는데, 인질들은 경찰들을 자신들의 편으로 보기보다 오히려 강도들을 자신들의 편으로 보기 시작했다. 인질들은 강도들과 함께 좁은 공간을 나누면서 시간을 많이 보내게 되면서 자신들의 집단을 강도들의 집단과 별개인 상태를 생각할 수 없게 되어 자신과 강도들을 하나로 보게 되었나 보았다. 강도들이 경찰에 잡히고 감옥에서 갇혔을 때, 인질이던 사람들의 일부는 강도들과 함께 편지를 주고받기도 했다고 한다.

그런데 스톡홀름에서 벌어진 이 별난 현상은 인간이 석기 시대부터 적용하던 심리적인 생존 방법에서 말미암았다는 의견이 있다. 그 시대에 살았던 인간들은 다른 인간으로부터 폭력을 당할 가능성이 지금보다 훨씬 더 높았고 서로에게 적대적인 부족 또는 집단은 서로와 싸웠을 때 포로를 잡힐 때가 많았는데, 만약에 적대적인 부족에 잡혀서 그 부족과 함께 살 수밖에 없었으면, 심리적으로 더 쉽게 생존하기 위해서는 우리도 아마 조만간 자신들을 그 부족의 일부로 보기 시작했을 것이다. 송화는 그 은행의 고객 또는 직원들과 마찬가지로 이 똑같은 심리적인 생존 방법을 적용했을 수 있지 않을까? 그랬다고 해도, 동호는 안 그랬다.

동호는 어느 날 유봉에게 화가 나서 도망치고, 유봉이 숨지도록 돌아오지 않는다. 그러나 송화가 보고 싶어서 송화의 흔적을 따라다니기 시작하는데, 어느 날, 어느 적막한 마을에서 판소리를 하고 있는 송화를 찾는다. 눈이 먼 송화가 동호를 볼 수 없고 동호가 자신의 이름을 송화에게 알려주지 않기 때문에 송화가 동호를 인식할 리가 없는 것 같지만, 동호와 송화가 각각 북을 치고 소리를 할 때 송화는 북을 치고 있는 자가 동호라는 것을 알았던 것 같다. 동호가 떠난 뒤, 송화가 머물고 있는 집의 주인이 송화에게 "그렇게도 기다리던 사람끼리 왜 서로 모른 척하고 헤어졌단 말인가?"라고 물어볼 때 송화는 "한을 다치고 싶지 않아서였지요…. 우린 간밤에 한을 다 풀어냈어요."라고 대답한다.

이렇듯이 송화와 동호는 유봉이 저질렀던 학대를 겪으며 자라났으니까 서로의 경험을 아마 어느 다른 사람보다 더 잘 이해할 수 있는데, 혹시라도 그들이 같이 연주하던 판소리는 서로가 나누게 되던 아픔을 표현하기 위한 어떤 종류의 영적인 언어가 되어 주었는가? 단순히 언어로 그들 각자의 아픔을 표현했으면 유봉이 언급하던 '한'에 파묻히고 있었을 텐데, 판소리를 사용해 한을 풀어냈으니까 우리는 그들이 자신의 아픔을 아름다운 것으로 바꾸기 위한 홀륭한 도구가 있었다고 말할 수 있는 것 같다.

물론, 그 도구를 준 자는 유봉이었지만, 그 아픔을 준 자 또한 유봉이었다. 내 생각에 유봉이 주던 서로 반대되는 이 두 가지의 행동은 거의 모든 부모가 자녀에게 취하는 행동을 대표하는 상징이다.

유봉의 행동이 꽤 지나친 일례인 것은 물론이지만, 거의 모든 부모는 자녀에게 도움이 되는 것을 주면서도 뜻하지 않게 심리적인 상처가 될 수 있는 것도 자녀의 마음에 남긴다. 역설적인 것은 유봉이 꽤 깊은 심리적인 상처를 남기면서도 그 똑같은 상처를 낫게 하기 위한 수단을 주었다는 것이다.

(2021. 10. 16.)

앙리 홍: 한국인의 '한'에 대해서, 서편제에 대해서, 임권택 감독이 표현하려 했던 것들을 정확하게 분석한 듯합니다. 정말 대단합니다.

↳ **이면지:** 감사합니다~. ^^

물론, 한국어는 제 모국어가 아니지만, 제 모국어인 영어로 이 영화에 대한 분석을 써봤으면 오히려 뭔가 더 어려웠을 것 같네요. 왜냐하면, 그 분석을 읽을 사람들이 한국인이 아닐 테니까, 그 사람들이 이해할 수 있도록 설명해야 할 것이 더 많을 것 같거든요. 다른 한편에는 한국인 독자를 대상으로 글을 쓰면 서로 다른 문화권 사이에서 비유적인 '교량'을 지어야 할 필요는 별로 없어요.

gratia: 스톡홀름 증후군이라니, 재미있는 시각입니다. 송화는 자신의 예술을 깊이 사랑하는 사람입니다. 아버지가 자신을 장님으로 만든 이유가 한을 심어 예술세계를 심화시키려는 열정에서 비롯된 것이라는 것을 이해하고 있지요. 명창의 경지는 창을 하는 이들이 간절히 소망하는 것이기에 송화의 마음속에 한은 맺힐지언정 원한은 없는 것이지요.^^

↳ **이면지:** 네, 그런 것 같아요. 송화는 예술을 사랑하기는 하는데, 제 생각에 송화가 예술에 대해 가지고 있는 이 똑같은 사랑은 유봉에게 송화를 지배하기 위한 비유적인 '손잡이'가 되어 주는 것 같아요. 어느 장면에는 동호가 송화와 함께 이야기해서 유봉이 저지르는 학대에 대해 불평할 때, 송화는 "그래도 나는 소리가 좋아. 소리를 하면 만사를 다 잊고 행복해지거든"이라고 설명하잖아요.

그러나 유봉은 송화를 사나운 세계로부터 어느 정도로 보호해주기도 하니까, 유봉이 완전히 나쁜 사람이라고는 말하기가 어렵네요. 예를 들면, 부자가 참석하는 모임이 그려지는 장면을 보면, 송화가 유봉이 없었으면 기생이나 되어 가는 것이 상상하기가 쉽지요.

골짜기백합: 서편제 제작자가 어제 날짜로 돌아가셨다는 뉴스가 오늘 있네요.

스톡홀름 증후군 이야기가 나오니 저는 요즘 많이 인용되는 가스라이팅이 생각났어요.

"너는 예술을 사랑해야 해, 한이 서린 문화여야 해"라는 대대로 이어지는 중첩되는 가스라이팅... 극 중 인물뿐만 아니라 각본을 쓴 사람에게도 독자들에게도 끊임없이 릴레이되는...

석양 속에서 걷고 싶다

앙리 홍

석양은 좀처럼 만나기 힘든 친구 같다. 조금만 지체하면 이미 어둠 속으로 모습을 감춰버리고 만다.

그것은 길게 드리워진 구름에서부터 시작한다. 한줄기 붉은 기가 구름 한 자락에 희미하게 걸린다. 아직은 강한 태양 빛에 바로 마주 보기도 힘든 때이다. 그러나 해가 지평선을 향해 내리 서고 빛이 비스듬하게 비추면 그림자는 옆으로 길게 눕는다. 한낮의 강한 빛은 지루한 경치를 비추어 주었지만 이제 긴 그림자와 어둠이 스며들면서 우리가 볼 수 있는 풍경은 농담과 실루엣이 더해져서 흐릿한 듯 더욱 풍요로워진다. 그러면 하늘은 따뜻한 기운이 가득 차고 노랑 바탕을 깔고 점차 붉은 색조가 더해지기 시작한다. 바람이 불어 구름이 흐르면 주름이나 굴곡을 만들어내어 불타는 노을을 더욱 아름답게 표현해 낸다. 이제 사위는 온통 붉은색이 지배한다.

거기에 빛 내림까지 더해지면 더할 나위가 없다.

바닷가의 낙조는 일품이다. 산마루에서 마주하는 해넘이는 떨어지는 해만큼이나 발걸음을 재촉한다. 차창 밖으로 스치는 노을은 모퉁이를 돌아서면 다시 보기 힘들 때가 있다. 도시에서도 가끔 커다란 불덩이 같은 태양이 빌딩 사이로 내려앉기도 하지만 볼 수 있는 사람이 많지 않다. 어려서는 늦게까지 놀다가 집에 돌아갈 때 길어진 그림자와 함께 우연찮게 석양을 보았지만, 엄마가 기다리는 집으로 줄달음질을 쳤었다. 커서는 마음이 맞는 이들과 함께 산이나 바다를 찾으면서 선셋 포인트를 가보기도 했다. 그 감동은 여유로울 때 그리고 함께 나눌 때 더 커지는 것 같다.

태양이 전선에 걸려 느리게 움직이기도 하고 바람이 불어 구름 위를 빠르게 가로지르는 모습도 볼 수 있다. 석양에는 모든 것이 멈춰 있는 듯하면서 또한 많은 생각들이 빠르게 흘러 지나기도 한다. 과거와 미래가 섞여 한 공간에서 마치 영원 속에 떠 있는 것처럼 느껴진다. 우리의 이성이 감성의 유혹에 넘어가서 안식 속으로 빠져드는 것 같다. 이윽고 검은 색조가 많아지고 하늘이 파랗게 변하면 우리의 시야도 좁아지고 아쉬운 여운을 남기고 모든 것은 어두움 속으로 떨어진다.

빛과 어둠이 만나는 곳이다. 그리고 우리의 마음이 열리는 곳이다. 만약에 가능하다면 서쪽으로 계속 걸어가면서 영원히 지지 않는 석양 속으로 끝없이 걷고 싶다.

(2021. 9. 24.)

hanafeel: 호올~~~

gratia: 의대 문학 써클의 멤버셨나요? 돌아온 문청 같으십니다. ㅎㅎㅎ

솜사탕: 그러게요. 뻥 좀 보태면, 신속하게 산이나 바다 뒤로 넘어가는 해를 보고 있자면 멀미가 날 것 같기도 해요. ㅎㅎ

골짜기백합: 어린 왕자가 생각납니다. 슬플 때면 석양을 보았다고 했는지? 또 조금만 의자를 돌리면 계속 석양을 볼 수 있는 작은 별에서 수십 번이나 석양을 보았던 그. 제가 지금 살고 있는 아파트는 동향이어서 아침 해가 떠오르는 모습을 보게 됩니다. 일출도 참 멋있지만 혹 이사하게 되면 석양을 편하게 볼 수 있는 전망을 가진 아파트로 바꿀 생각을 가끔 하게 되어요.

보우라인 매듭

앙리 홍

양식의 맨 위

양식의 맨 아래

양식의 맨 위

양식의 맨 아래

보우라인 매듭은 내 마음속에 숙제처럼 남아 있다. 지금은 많이
잊었지만 꽤나 많은 매듭법을 알았었다. 대학에 입학하고 산악 동
아리에 들어갔다. 기본적인 워킹 과정이 끝나고 암벽등반을 시작하
게 됐다. 매듭은 암벽등반의 기본이며 어떤 경우에는 생명을 담보
할 수도 있는 중요한 것이다.

아카시아 꽃향기가 가득한 약사사를 지나서 5~6월의 새인봉은
맑고 화창했다. 그 당시 새인봉은 사람들이 많이 찾는 곳은 아니어

서 헬멧이며 안전 장구를 갖추고 바위를 배우기 좋은 곳이었다. 반쯤은 얼이 빠진 채로 가장 쉬운 8자 매듭부터 배웠는데 행맨, 피셔맨, 카베스통 등등 생소하기 짝이 없었다. 그래도 매듭은 꼭 알아야만 했다. 그 후 산악연맹에서 주관하는 등산학교에서도 매듭 강의가 있었는데 거기서 보우라인 매듭도 같이 배웠던 것 같다. 그리 어려워 보이지는 않았는데 많이 사용하지 않아서 마음에 담아 두기 전에 잊어버리고 말았다.

그해 12월에 1년을 마무리하는 환송 등반을 가게 되었다. 환송 등반은 신입생들만 모여서 가기 때문에 모두들 좋아했다. 내장사에서 1박하고 백양사로 넘어가는 종주 코스였다. 다음날 산행이 끝나고 버스 정류소까지 걸어가는데 다들 목이 말랐다. 한참을 걷다가 두레박이 없는 길가 우물을 발견했다. 그냥 참고 걸어갈 것인지 직접 우물에 들어가서 물을 길어올 것인지 서로들 의견이 분분했다. 결국은 그날의 진행이 로프를 매고 우물로 들어가기로 했다. 우선 잘 쓰는 매듭인 행맨 매듭을 연결하고 우물로 내려갔다. 다행히 미끄러지는 일은 없어서 무사히 마무리되었다. 그때 마음속으로 행맨 매듭은 사람에게 써서는 안 된다고 생각했지만 다른 매듭이 떠오르지 않았다. 보우라인 매듭을 잘 할 수 있었다면 좋았을 거라고 지금도 아쉽게 생각한다.

대학을 졸업하고 산에 자주 가지 않으면서 매듭이며 보우라인 매듭을 아주 잊어버리고 살게 됐다. 그런데 어느 날 TV에서 보우라인 매듭에 대해서 보게 됐다. 그때 그런 매듭이 있었지 하면서도 막상 그것을 어떻게 하는지는 생각이 나지 않았다. 여러 번 이사를 하면서 잃어 버렸지만 『등산 백과』란 책이 있었다. 등산의 역사부터 시작해서 산행에 대한 모든 지식을 세세하게 다룬 책이다. 거기에 매듭법에 대해 그림과 설명이 있어서 많이 보았는데 이제는 그 책과 함께 기억 저편으로 사라져 버렸다.

아이들에게 젓가락 잡는 바른 법을 가르치려다 그만둔 적이 있다. 애들이 고등학생이 되도록 젓가락질이 영판 어색하였다. 그래서 모두를 모아 놓고 약지에 젓가락 하나를 고정하고 다른 손가락으로는 나머지 젓가락을 움직이기만 하면 된다. 더 안정적이고 효율적으로 음식을 집을 수 있다고 설명했다. 몇 번 해보다 잘 안되기도 해서 녀석들은 더 이상 시도를 하지 않았다. 지금까지 불편 없이 식사를 잘했는데 굳이 배울 필요가 없어 보였다. 아빠만 잔소리쟁이가 되고 말았다.

막내가 어렸을 때는 지금보다는 더 착해서 부엌일을 잘 도왔다. 어느 날 감자를 깎는데 채칼을 쓰는 것이 참 대견했다. 마님은 안주로도 과일 안주를 안 먹는다는데 우리 집은 과일이 귀하다. 사과를 깎아 주다가 아이들이 과일을 잘 안 먹는 이유가 과일을 깎지 못하기 때문이라고 했다. 나도 어려서는 젓가락질도 과일 깎는 것도 잘하지 못했다. 어느 날 그것을 해보기로 마음먹었다. 그것은 생각처럼 어려운 것이 아니었고 시간이 조금 걸렸지만 금방 따라 할 수 있었다.

요즘은 보우라인 매듭을 인터넷에서 쉽게 찾아볼 수 있다. 그렇게 어려운 매듭은 아니다. 알아놓으면 여러 모로 쓸모가 많아 보인다. 많이 사용하면 잊히지 않겠지만 그렇지 않으면 금세 잊혀질 것이다. 애들도 젓가락질이나 과일 깎기를 제대로 하기를 기대해 본다. 이것을 잘한다고 유능하거나 훌륭한 사람이 되는 것은 아니지만 왠지 미루어 놓은 숙제를 해내는 느낌이랄까.

　　행맨 매듭: 일명 '교수형 매듭'이라 불리며 한 방향으로 당겨지는 매듭이다.
　　보우라인 매듭: 고정과 확보용으로 쓰기 쉬운 매듭

(2021. 9. 26.)

---

hanafeel: 우물에 물 뜨러 로프 매고 내려가다니... 물 없으면 맥주 마시지..ㅋ

우슬초: 이름에서부터 행맨 매듭의 용도가 떠오르기는 하지만, 그래도 직접 우물에 들어갔을 그 누군가도 대단하신 걸요.^^

gratia: 오오, 등산에 매듭이 그렇게 중요한 거군요.^^

muse: 우물 속으로 내려가는 경험을 하시다니...

Last letter

앙리 홍

사람마다 감성이 멈추는 지점이 다르기에 영화에 대한 끌림도 조금은 다를 것이다. 내가 좋아하는 영화에 대한 이야기이다. 며칠 전에 저녁 늦게까지 채널을 돌리다가 〈Last latter〉라는 영화를 우연히 보게 되었다. 첫 부분은 놓치고 중간부터 보게 되었는데 영화의 소재나 전개가 〈러브레터〉가 연상되었다. 영화가 끝나고 찾아보니 이와이 순지 감독의 2020년 영화였다. 이와이 순지가 1995년 러브레터를 보낸 후 25년이 지나서 쓰는 마지막 편지인가? 편지는 영화의 주요한 소재로 쓰이지만 우리는 편지가 파헤치는 가슴 아픈 사연에 주목하게 된다. 어긋나고 엇갈린 사람들의 마음을 생각하게 한다. 〈Last letter〉를 막 보고 나서 처음에는 40대 중년의 눈물이 잘 와 닿지 않았다. 그러나 곰곰이 생각해 보면 20대의 감정을 그대로 가슴에 묻고 살지만, 세월에 바래고 현재의 삶의 무게에서 버거워하는 우리에게 40대의 눈물도 가슴 벅차게 느껴진다.

두 영화는 각기 다른 사랑의 모습이지만 비슷한 인생의 시점을 다루고 있다. 나는 이때를 인생의 절대 시점이라고 부르고 싶다. 십대 후반과 이십대 초반이다. 모든 문학과 사랑이 시작되는 때이다. 모든 사랑이 가능하고 또한 가장 아름다운 때이다. 그러나 그 당시에는 그 의미를 모른 채 지나쳐 간다. 우리는 비로소 처음으로 마주 대하는 삶에 대한 두려움이나 압박감, 성급함과 시행착오를 겪는다. 그저 뜨거운 열정이나 무지가 만든 순수함에 이끌려서 부지불식간에 그 뜨겁고 찬란한 시간을 지나쳐 버린다. 그 상처와 아픔은 우리 인생에 깊은 자국을 남긴다. 그러나 누구도 그때로 되돌아갈 수는 없다.

〈러브레터〉를 처음 보았을 때 〈겨울연가〉를 처음 보았을 때처럼 큰 감흥은 없었다. 현재와 과거를 넘나드는 일인이역을 하는 여주인공의 연기가 도무지 헷갈려서 무슨 내용인지 알 수가 없었다. 그래도 남자 주인공이 산에서 죽으며 마지막으로 부른 노래를 남은 친구들이 같이 부른다든지 하얀 산과 설경은 내가 좋아하는 소재여서 몇 차례 더 보게 되었다. 그러면서 줄거리도 이해하고 마지막 장면의 독서카드 뒷면에서 보여주는 가슴 서늘한 이와이 슌지의 영화적인 문법의 느낌을 알게 됐다.

나는 나의 젊음이 따분하고 참으로 삭막했다고 줄곧 생각했었다. 학과 공부에 치이고 산에 다니느라 제대로 여자를 사귀어 본 적도 없었다. 그런데 영화를 보면서 사랑의 모습이 다양함을 알게 됐다.

사랑의 달콤함을 한껏 즐기는 주인공도 있지만, 주인공 뒤에 가리어진 많은 조연들이 사랑에 상처받고 가슴 아파한다. 그렇지만 우리 인생이 의도치 않은 여러 사건이 엇갈리게 짜여가며 만들어지듯이 꼭 아름답고 따뜻한 결말만이 중요한 것은 아닌 것 같다. 우리는 그런 식으로 20대를 보내지만 다들 각자의 몫을 챙긴다고 생각한다. 달콤한 열매를 많이 맛보는 바람둥이도 있겠지만 실연의 쓴 열매를 곱씹거나 아직도 아물지 않은 가슴을 안고 사는 사람도 있을 것이다. 나 자신도 닿지 않는 마음에 가슴 아파했지만 그런 나 때문에 가슴 아파했을 누군가가 있었을까. 내가 줄 수 없었고 또한 받을 수 없음이 돌이켜 보면 가슴 아프지만 그래도 청춘이 아름다웠음을 뒤늦게나마 알려준 영화였다.

〈Last letter〉는 언제가 우리의 인생이 가장 빛나는지 묻고 있다. 영화는 두 사람의 마음이 하나로 닿기 전에 같이 만들었던 졸업생 송가였다고 한다. 지나고 나면 그때가 정말 아름다웠으며 가장 찬란하게 빛났음을 깨닫게 된다고 이야기한다.

(2021. 9. 29.)

hanafeel: 남들은 57세가 제일 좋은 나이라던데, 쩝.

골짜기백합: 저는 옛날로 돌아가 다시 그 질풍노도 시대를 겪기보다는 평강함을 느낄 수 있는 현재가 좋다고 생각하지만, 이상하게 제 마음은 늘 20대 후반의 감성에 맞추어져 있구나 하는 것을 느낄 때가 많더라고요. 제 겉모습은 늙어가는데, 마음은 늘 그 언저리...

gratia: 여주인공이 설원에서 외치던 "오겡끼 데쓰까? 와따시와 겡끼데쓰"가 떠오르네요. 단순한 말이지만 멀리 있는 그리운 이의 안부를 묻고 내 안부를 전하는 절실함이 있었지요. ^^

글쓴이 소개

gratia: 이미란. 전남대학교 국어국문학과 교수이며 소설가이다.

솜사탕: 김세영. 연구방법론과 관련된 각종 비정규 노동을 하며 날마다 늙어가고 있다.

우슬초: 김현정. 순천대학교 교양교육원 조교수이며, 글쓰기 이론과 교육 분야를 연구하고 있다.

Second rabbit: 강의준. 평화교회 목사이며, 책읽기와 인문학 운동에 관심이 있다.

hanafeel: 조부덕. 예방치의학 박사이며 광주 산수동에서 〈하나치과〉를 운영한다.

muse: 임유진. 지천명이 넘도록 문학 혹은 글쓰기가 숙명이라고 생각했다. 이순이 다가오는데 그것이 착각이었음을 깨닫는다. 이제 착각을 숙명으로 바꾸는 작업에 들어가려 한다. 과연!

뭉게구름: 박비오. 광주에서 카페 〈갈매나무〉를 운영하며, 독서 모임과 커피 강좌를 열고 있다.

복숭아: 진아위(秦亞偉). 초당대학교 국제학과 조교수이며, 한류 문화의 매력을 알아가고 있는 중이다.

해피트리: 김미경. 현대문학을 전공하고 연구자의 자세로 다양한 글을 쓰고 있다. 카카오 브런치 작가로 활동 중이며 글을 통해 공감과 소통을 나누기를 바란다.

보물찾기: 곽경숙. 광신대학교 한국어교육학과 교수로 재직하였으며 조금 일찍 학교 밖으로 나와 너른 세상을 둘러보는 중이다.

골짜기백합: 최혜영. 전남대학교 사학과 교수. 소설가 혹은 시인을 꿈꾸었던 어린 시절을 그리며….

이면지: M. 클리포드(Matthew Clifford). 의무병이며 이전의 영어 교사. 프리랜서로 한영 번역을 할 때가 있다.

Sunshine: 김덕희. 주부. 담양군 수북면에서 전원생활을 하다가 딸이 살고 있는 용인시로 옮겨서 손녀를 만나는 즐거움으로 살고 있다.

앙리 홍: 홍운기. 누가 산악인이라고 불러주면 아직도 기분이 좋고, 항상 새롭게 되리라 다짐하지만 늘상 게으른 자신을 마주하며 살고 있다. 여린 마음에 상처도 잘 받는 편이지만 다른 세계와 만남을 동경하는 마음을 언제까지나 잃지 않고 살고 싶다.